浙江教育学院学术著作出版资金资助出版
浙江省新世纪高等教育教学改革项目研究成果

外语·文化·教学论丛

From Monologue to Conversation
—A Translation Study under the Perspective of Philosophy Hermeneutics

从独白走向对话
——哲学诠释学视角下的文学翻译研究

裘姬新 著

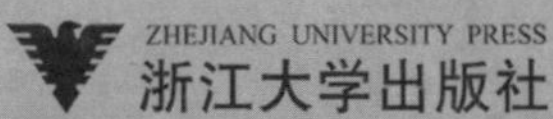

前　言

翻译是中西文化交流的桥梁，翻译是国际经济快速发展的纽带。在不同语言转换的背后，人们增加了理解和信任，科学和技术为更多的人造福。翻译研究是对翻译工作的概括和提炼，为翻译实践提供系统的理论和有效的指导。翻译研究中的哲学取向从哲学思想出发透析翻译的本质和翻译过程中人与文本的深层互动。翻译哲学论拓展了翻译研究的广度，增强了翻译研究的深度，为已有翻译研究模式注入新的理念。不论是在西方理性主义古典哲学占据主要地位的时代，还是20世纪哲学“语言论转向”时期，语言与哲学一直是人们不断探寻的话题。罗素、海德格尔、维特根斯坦、伽达默尔、德里达、奎因、哈贝马斯等哲学大师都曾从哲学角度对翻译作过精辟的论述。对哲学家来说，了解语言有助于了解人对世界的感知和理解；了解语言的结构有助于了解人的逻辑心理和认知模式；了解一个民族的语言有助于了解一个民族的文化。从单一语言的研究看世界是片面的，这是因为我们的思维会受本族语言的限制。翻译作为两种语言的交流和转换，是用另外一种语言解构一种语言表达的思想。通过对比研究同一思想内容的表达和再现，更容易说明语言和世界的本质。凭借哲学诠释学提供的独特视角，本书试图揭示翻译过程中主体间的对话关系，及其产生、发展到形成的过程。翻译作为诠释性对话，是从理解到表达的双重对话过程，是两种世界观的交流与融合，是人类迈入“交谈共同体”的必由之路。“对话”是贯穿本书各章节的基本主题。

第一章：导论——诠释学的起源与发展。本章对国内外诠释学研究状况做了全面的综述。哲学诠释学重视主体理解的应用因素，使理解者的个人存在得到理论上的证明。在应用过程中，理解主体的存在和被理解对象的存在在各自的问题视阈中进行对话，形成问答逻辑和视阈融合，从而永远地“面向事物本身”。哲学诠释学将语言的本质限定于“对话”。在语言形成的对话中，语言被说的过程意向着被听，语言的被说和被听都是语言作为一个对话过程

本身所设定的，所以在语言的被说和被听过程中包含并卷入了说和听语言的双方。从这一角度分析，语言决定了人类存在的本体论背景。诠释学意义上的文本因脱离了作者而获得了自主性，我们要理解的不是深藏在文本背后的东西，而是文本向我们展示出来的一切；我们要理解的不是早已凝固于文本之中的建构，而是这个建构所开启的可能世界。正因为诠释学所研究的理解主体、文本等也是翻译研究的重心，由此提出以哲学诠释学作为翻译研究的新方法，探讨哲学与翻译的共核。

第二章：诠释学理论与翻译的关系——从理解到诠释。在中国传统的翻译理论研究中，几乎所有的译论命题都有其哲学渊源；同样许多西方的翻译理论也有其哲学基础。本章探讨翻译的哲学属性，论述理解、诠释与翻译的关系，勾勒出哲学翻译研究的基本脉络。翻译是一种哲学诠释学对话；无论是语词符号的文本还是非语词符号的文本转换都是翻译；文本内容和主体理解密切相关，文本和理解是互动的、开放的。

第三章：文本与互文——从独白走向对话。本章重点研究哲学诠释学视角下的文本、文本与互文、互文与互文性。翻译活动中从独白走向对话，一个重要的条件就是原作者在构造文本时，必须预设营造对话的艺术机制，提供某种对话的可能性，使译者能够积极参与文本，与文本和作者展开对话。文本最重要的艺术机制就是空白，文本意义的未定性和文本结构的开放性。召唤译者以各种不同的方式来填补文本的空白，以自己独特的方式来应答作者和文本的提问。对文本空白的重新把握给了译者自主解读的空间，从而使对话成为可能。

第四章：作者·文本·译者——翻译活动中的主体间对话。在确定了“译者的主体性”后，翻译活动不再是由译者单独进行的语言移植活动，而是存在原作者、译者、读者、文本等多个主体。这牵涉到多个主体间的权力关系和权力结构，进而产生主体间性。翻译活动事实上就是多元主体间以语言为媒介进行的主体间的交往或对话。译者的主体性并不是孤立存在的，而是以主体间性为前提条件。这体现了译者与源语文本、源语作者和目的语读者等主体之间的相互关系。虽然原作者和读者是隐形的主体，但自始至终都影响着译者主体性的表现。本章还就多元主体间的关系进行了深入分析，剖析了整个翻译过程中对话是如何展开、深入并最终达成的。

第五章：文本诠释的限度——主体间对话的制约。本章旨在讨论翻译过程中主体间对话的制约因素、受制约程度，包括文本、译者自身的限制以及诠释活动中的限制。艾柯曾经说过，“赋予读者以诠释的优先权并不必然意味着诠释的无限性”。译者对文本意义的诠释不是无限度的。该“限度”在于文本本身语言文字所能允许的范围,文本的表现要素是语言;这个“限度”在于译者自身视野对文本意义的确定;这个“限度”还在于译本读者的接受能力。

第六章:文本诠释的误区——主体间对话的不平等。西方哲学、文论的两大思潮(人本主义与科学主义)、两次转移(从作者到文本、从文本到读者)以及三个转向(非理性转向、语言论转向和文化转向)对翻译研究产生了重大影响。从“作者中心”到“文本中心”,再到“译者中心”,尽管更新了翻译研究视角,扩展了诠释的维度,但每种研究视角都有其不足。翻译活动就是主体间平等对话的活动。本章在确定了该命题后从翻译实践的角度阐述了四种文本诠释的误区,即:作者中心论、文本中心论、译者中心论和读者中心论。

第七章:名著复译——主体间对话的多元性。文本的意义是由文本提供的,当译者面对文本的时候,他不过是文本的一个读者,与其他读者相比没有任何诠释上的优先性。当译者对文本进行翻译的时候,便进入了和文本之间的无限的对话过程。一个文本无论获得了多少、多么权威的诠释,它的意义都不会枯竭,都仍然存在诠释的空间。对母语文本的阅读、理解、解释同样也是对话,但唯有对外语文本的阅读、理解、解释才更好地体现了对话的性质,因为这是一个不同民族、不同文化、不同语言间相互了解的过程。本章重点研究多元诠释的有效性,对名著复译现象及复译中存在的问题进行剖析,分析复译的必要性,并进而提出五种复译策略。

哲学诠释学视野下的翻译研究从哲学角度出发研究翻译和翻译主体,为翻译学研究增添了新的研究模式。哲学与翻译学的跨学科研究是对翻译学研究的探索和尝试。把哲学的精髓思想应用到翻译学研究中,可帮助翻译工作者更深入了解翻译的实质、对话过程和翻译的诠释特性。该翻译研究模式不仅对“等值”等单向度的“独白”论的兴盛进行理性的反思,更为当代的翻译研究探索出一条更具解释力的研究途径。

目　录

Foreign Language
Culture
Teaching

第一章　导　论

——诠释学的起源与发展

在刚刚过去的20世纪，哲学思潮异彩纷呈，可以大体分成两大走向。就空间而言，可分为科学主义哲学（逻辑实证主义、分析哲学、建构主义、解构哲学）和人文主义哲学（现象学、存在哲学、诠释学[①]、法兰克福学派）；就时间而言，可分为现代主义思潮和后现代主义思潮。如果说逻辑实证主义、建构主义、现象学、存在哲学代表了现代主义思潮，分析哲学、诠释学、解构哲学、法兰克福学派则代表了后现代主义思潮。诠释学作为后现代主义萌芽的哲学，对文化学，符号学和传媒理论乃至读者阅读理论都产生了深远的影响，为社会科学各学科的研究开辟了新的途径。作为一种人文哲学，诠释学有其发生、发展和演变的过程。诠释学源于古典释义学，中世纪时成为注释圣经的理论。该理论又经历了从生命哲学到现象学再到本体论的发展，又从本体论发展到认识论和方法论，在人文社会科学领域研究中产生了广泛而深远的影响。

第一节　哲学诠释学的形成及其理论特征

一、古典诠释学的起源和发展

由于长期的历史疏远化作用，诠释学的源头在当代人的视野里已是一幅模糊不清的图景。诠释学起源于语言学和《圣经》注释，而不是哲学。最早的

① 诠释学在我国学界又称“阐释学”、“诠释学”、“释义学”。本书中的“释义”、“阐释”同“诠释”。

诠释学乃是指向某些特定的领域(如宗教和法律),以特定的文本[①](宗教经典、法典或文学作品)为诠释对象,与特定的实践活动(如牧师和法官等的职业活动)密切联系的一种诠释技艺以及相关的规则和方法,因而可以看成是一种前诠释学。诠释学的直接源头有两个:一是自古希腊以来的语言学传统和逻辑思想;二是基于这一传统的宗教教义学的发展,以及栖身于其中的宗教法律理论的发展。

"诠释学"一词最早出现在古希腊文中,最初的意思就是"解释",主要指在阿波罗神庙中对神谕的解说。由此又衍生出两个基本的意思:①使隐藏的东西显现出来;②使不清楚的东西变得清楚。

由于语言本身的多样性、多义性和多层次的丰富内涵,以及语言作品(文本)同人们时空上的间距,使人们有必要对语言及语言作品(文本)进行一定的解释和阐发,以避免误解。在古希腊的教官体系中,就有这种文字解释的传统。当时它又划分为修辞学与诗学两部分,主要用来解释与批评荷马和其他诗人。从那时起,欧洲的古典学者就一直有一个诠释考证古代文献的文献学阐释传统。到了中世纪后期,古代传下来的《圣经》经文、法典和典籍由于相隔年代久远,文字又古奥多义,使得一般人难以理解,或难以确切理解。这样,文献学研究变得日益重要。这种以弄清文本的词汇、语法,解决语文上的种种困难,考证古代典籍为主要目的的文献学研究,是诠释学的一种最初形态。这一阶段的语言学研究水平在亚里士多德的著作中得到了充分的反映。这位古希腊哲学家中最博学的学者,可能是人类历史上第一位系统阐述语言学的哲学家。他的研究成果比较集中地反映在《范畴篇》和《诠释篇》(英译本为 *The Interpretation*,拉丁文为 *Peri Hermeneias*)中,在某种意义上,它们可视为语言学的最初著作。在《范畴篇》中,已出现了"语法家"一词。在这个小册子中,亚里士多德已论及了概念的划分和概念间的从属关系,并分析了语言的一些基本性质,指出了语言意义的共同性和客观性以及语词的部分与整体的关系。

诠释学的另一种最初形态是神学诠释学,神学诠释学是神学家为了研究《圣经》而发展起来的。它着眼于文本的意义、文本的信息。它有一种实践的意图,因为它关心文本的信息可以怎样被"吸收"。

文艺复兴的曙光,结束了中世纪的漫漫长夜。随着宗教改革运动的兴起,新教徒也迫切需要对《圣经》经文作出自己的解释,以摆脱罗马教会的精神束

---

① 诠释学意义上的"文本"在我国学界有时又称"本文",本书中的"本文"同"文本"。

缚。从这一目的出发,他们对圣经的解释主要不在于一些纯文字技术上的工作,而在于对《圣经》的内容进行解释和阐发,寻求他们需要的"微言大义"。与此相适应,他们提出了一些解释的一般方法和原则,从而发展了神学诠释学。如路德派教徒福莱修斯(Matthias Flacius)提出,任何一节《圣经》的意思如果不是一目了然的话,那么,可以采取下列步骤来达到理解:语法上进行解释,然后参照基督教实际的生活经验所提供的有关背景情况,最主要的原则是要根据整体的形式和意向来考虑一节经文。这种个别部分要根据它与整体及其他部分的关系来处理的思想,标志着诠释学发展的重要一步。这就是后来反复为人提及的整体与部分的所谓"诠释学循环"的先声。

无论是新教的圣经解释学还是文艺复兴对于古代文献的研究,都表明正确地理解和解释这些古代的经文、文献和典籍对于人们的社会生活与文化生活是十分重要的。虽然文献学与神学诠释学的方法不同,但它们都涉及的是解释的某个方面。如果没有某种程度对意义的解释,文献学诠释学家就不可能正确理解文本;而如果没有适当的文献学训练,神学诠释学家就不能理解文本的信息。尽管如此,文献学、神学、诠释学,实际上都只是一种正确理解的技术,是一种狭义上的文本解释的方法论。然而诠释学并没有停留在这个形态上,它不久就越过了这个阶段,进入了一个更为广阔的天地。造成诠释学这一发展的主要原因,当然是人文科学本身的发展,而近代在人文科学研究领域里流行一时的科学主义与实证主义的思潮,则在某种程度上对诠释学的发展起了一种触发作用。

正是在对原初本文的重新理解和解释的"技术"的运用过程中,人们坚定了这样一种信念,即确定某种唯一正确、神圣绝对的东西是可能的;它还表明,"解释"对于"本文"是不可或缺的,它是这样一种艺术,能从本文中找出隐藏在文字后面的意义,正因如此,它便能够在"本文"的普遍性和单一场合的具体性、已成为过去的历史性和现存的现实性之间难以逾越的鸿沟上架起了一座桥梁。它要求把理解者置于被理解的"本文"语境之中,使理解主体进入历史,并以自己的体验重新解释历史,历史与当代、本文与解释者,以这种方式构成一个整体。这种理解与解释的方法便是我们称之为"前诠释学"的基础。

在严格意义上,"前诠释学"还不属于诠释学,它有两个特点:①它是从现在向着过去的一种单向理解运动(类似于中国的训诂学),虽然这一运动是为了未来的;②它所追寻的仍是"本文"中的"神圣绝对的精神",虽然这一过程可以通过不同的理解渠道来完成。尽管如此,前诠释学仍有着不可磨灭的贡献,它的存在本身已显示了诠释的自由、开放、宽容精神。当代诠释学,可视为这

颗富有生命力的种子结出的硕果。

二、哲学诠释学的形成

当代诠释学是在浪漫主义运动的推动下而形成的，它们的共同特征就是：①摒弃前诠释学追求某种“绝对”本文的“绝对”理解的口号，而将意义相对化；②挣脱神学的枷锁，而将诠释学提升为一般的方法论。施莱尔马赫的一般诠释学是当代诠释学的第一个完整的体系和形态。

18世纪末19世纪初的德国神学家、哲学家施莱尔马赫（Friedrich Schleiermacher，1768—1834）是探索诠释理论的第一位学者，他最重要的诠释学著作是《1805年和1809/1810年诠释学箴言》和《1819年诠释学讲演提纲》。在施莱尔马赫这里，诠释学的领地超越了宗教神学，涵盖了所有人文科学文本和精神作品。于是，诠释不再仅仅是接近上帝和真理的途径，而成为人与人对话、沟通的方式。施莱尔马赫是著名的《圣经》注释学家，他在解释《新约》时发现了一个古典诠释学所忽略的问题，这就是理解中的本文和教义之间的关系。众所周知，《圣经》是由诸多单独的本文合编而成的，它们是为不同的人在不同的时期完成的，仅仅根据语义学的规则来解释它们，会发现本文与本文之间有很多相互矛盾之处；假如人们从“教义学”出发，即根据共同的基督教信仰把整部《圣经》看作一个整体，并追溯到形成此一信仰的初始源头，所理解的《圣经》每每与纯粹语义的分析不同。其结果竟会是这样：如果坚持语义的分析，就摧毁了现有的共同信仰；如果坚持以教义学为基础，许多“本文”则显得不可信。为了解决这一难题，施莱尔马赫首先在原有的语义学规则的基础上补充几条新规则，其中最主要的是：所理解的本文必须置于它赖以形成的那个历史语境中。这一增补或多或少照顾到了宗教信仰的共同性，它对理解的约束表现在更大范围的历史语境对“本文”意义的限制。还有一项工作直接推动了一般诠释学的形成，这就是翻译柏拉图的著作，施莱尔马赫从中获得了单靠沉思默想很难得到的诠释经验。因此，下列问题在翻译中被凸显出来：思想风格和表达形式的联系，理解本文时那必不可少的整体与部分之循环关系，在实施翻译之前从整体上直观本文的核心之必要性，解释者与作者的关系，等等。由此他提出了诠释循环说。诠释循环的基本含义是：某事物的部分总是在这一事物的全体中被理解，反之亦然。例如，一个词的含义是被这个词处于其中的那个句子的含义所决定的，然而，句子又只能通过构成句子的那些词来理解。理解就产生于这两者的循环调节之中，这种循环在理解过程中不可避免。施莱尔马赫强调，诠释循环不仅仅涉及一个文本中整体与部分的关系，还要求理解必须穿透文本，达到作者的精神世界及其全部生活过程。他指出，我们了解一位过去的作者有可能甚于这位作者对自己的了解，因为我们能够在一个比他们自己先前可利用的更广阔的历史视阈中去认识他们。此外，施莱尔马赫从中意识到，本文的意义不能仅仅依赖于对语言的共同性之分析，只有通过读者对作者的“心理重建”，亦即再现作者创作“本文”时的心境，并以此进入作者，“设身处地”地站在作者的立场上考察对象才有可能，这种方法被施莱尔马赫称为心理学的移情方法。

由于理解者的主观性参与了理解过程，为理解的相对主义大开方便之门，受到了实证主义的抨击。此后，相对主义像一片不散的阴云，始终笼罩着诠释学。狄尔泰为抵御实证主义的侵袭，将施莱尔马赫的一般诠释学发展为“体验诠释学”。体验诠释学标志了哲学诠释学的形成。

德国哲学家威廉·狄尔泰(Wilhelm Dilthey，1833—1911)，是一位科学哲学家，人文科学在狄尔泰那里经历了一个“头脑冷静”的过程。对狄尔泰来说，人文科学的探索不同于自然界的科学探索，人文科学研究无法将人类自身从中排除出去，而且基本上都涉及理解人类表达的阐释问题。狄尔泰认为，理解人的存在，就是要理解他们的文化表达——不仅仅有文本，也包括各种各样的艺术形式和属于一般历史文化范畴的人类活动。因此，人文学科是诠释性的学科，它们的重心就在对语言表达的阐释上，而对这些表达的探索必须追问到原初的经验：生命经验。

狄尔泰的诠释理论中出现了两个新的重要原则。其一，假定在表达主体和设法理解该表达主体的理解者之间有着某种相似性，这些相似性是共同人性的基础。于是，理解与阐释就是个体生命对个体生命的理解，个体精神对个体精神的阐释。狄尔泰说：“我们是根据个人间的相似性和共同性理解个人的。这一过程以全人类的共性和个体化之间的关系为前提。”[①]其二，诠释学中的理解犹如美学中的情感移入，即一个人把自己所接受的外部的文化信息——狄尔泰称之为“对象的精神”(objective mind)，移入到自己的精神世界，使之成为文本创造者的一部分。狄尔泰指出的这一移入过程，实际上是将作者的精神表达移入阐释者自身来探索作者生命体验及体验表达的过程。这个过程不仅探求文本的意义，而且寻找文本作者的天赋，“所包含的东西比诗人和艺术家意识中存在的东西更多，从而也会呼唤出更多的东西”[②]。事实

① 洪汉鼎：《理解与解释——诠释学经典文选》，东方出版社2001年版，第102页。

② 同上，第103页。

上，这种移入过程蕴含着个人在其他个人那里认出了自己的自我理解。诠释学因狄尔泰的这些新原则而与心理学的推测和直觉形式发生了更密切的关系，亦因此与存在、生命及精神的价值紧密地联系在一起。

狄尔泰的理论的最精彩处是：一个文本，甚至于我们并不完全了解其作者所生活时代及环境的文本，都是能够阅读和被理解的；而且，任何人都不需要完全以作者式的阅读来理解文本；因为，理解的关键因素是生命的主观体验性，它也属于读者而非仅仅属于作者。①

狄尔泰的这种诠释思想，固然成功地抵御了实证主义的进攻，使精神科学的存在合法化，同时也将它进一步地推向了相对主义，虽然他一再强调理解所具有的只是不可避免的相对性，然而，在他为这种相对性寻找一种普遍的基础时，更多的人毫不犹豫地将其归入了相对主义。此外，体验诠释学的最大问题，是因袭了施莱尔马赫把理解看作人理解他者、历史乃至自己的工具，忽视了理解对于人的生命自身的意义。海德格尔紧紧抓住这一点，在他的此在诠释学中，理解被当作人的生命的本质和表现，完成了理解理论的本体论变革。海德格尔在其开创性的著作《存在与时间》一书中从现象学哲学上使诠释学的哲学思考获得了突破性进展。海德格尔思想体系的形成显然受到了胡塞尔现象学和狄尔泰诠释学的双重影响，现象学和诠释学在他那里有机地结合在一起，也正是由于这种结合，使它们各自获得了新的特征，这一结合的枢纽点便是"此在"。在"此在"的推动下，胡塞尔的先验现象学发展为"此在现象学"，诠释学因具有此在的特征而成为"此在诠释学"。

海德格尔指出，现象学所说的现象不是指亦已形象化或形式化地显现出来的具体事物，它"显然是这样一种东西：它首先并恰恰不显现，同首先和通常显现着的东西相对，它隐藏不露；但同时它又从本质上包含在首先和通常显现着的东西中，其情况是：它造就着它的意义与根据"②。它所直接指向的是意识的意向性，它乃是最终意义上的"本体"。正由于它"隐藏不露"、或曾被揭示复又"沦入遮蔽状态"，使人们往往只看到这种或那种存在者，却不去追寻存在者的根据和意义，即存在者的存在。我们说以往的传统哲学遗忘了本体论，这并不是指它们没有本体论的思想，而只是说，被它们视为本体的存在纯粹是对象性的存在，这样，真正的本体论之存在——存在者的存在被忘却了。事实

① Irena, R. Makaryk. Encyclopedia of Contemporary Literary Theory. Toronto University of Toronto Press, 1993, p. 298.

② 海德格尔：《存在与时间》，生活·读书·新知三联书店 1987 年版，第 44 页。

上，纯粹的外部世界的实在性问题是没有根据和意义的，它只是作为此在生活在其中的"周围世界"而被赋予意义，构成此在的"在世之在"之环节。因此，存在的意义通过此时此地的存在、亦即此在对自身的领悟而被理解，这一理解过程正是意义的展现过程；存在置身于被观察的世界和历史之中，就存在的关系而言，存在即世界，就其展现于历史而言，存在即时间。在海德格尔看来，这才是一切存在者最本初的本体论存在，并以此构建了他所说的"基础本体论"，完成了他意义深远的"本体论变革"。

伽达默尔发展了哲学诠释学的传统，他的诠释理论一方面继承了海德格尔对存在问题的关注，并深入到了理解和语言、此在和语言的关系之中；另一方面又吸收了施莱尔马赫及狄尔泰的诠释循环理论，而且在两个方面都有着自己独到的扬弃。他继承了海德格尔富有创见性的见解，即文本阐释的目标不是著述者的意图，而是作为此在存在方式的对历史文本的理解过程。他把"语言"确定为诠释学的核心，创立了"语言诠释学"。在伽达默尔看来，人首先不是使用语言去描述世界的，而是世界体现在语言中；并不是因为我们在世界中存在而具有语言性，而是语言使我们获得了在世界中存在的共同性，唯有在语言中，"我"与世界相互联结，构成了世界整体，语言代表了一种"世界性"。因此，就终极意义而言，语言就是人类的本质和寓所，是科学、历史、文明之母，它是一切理解的基础，理解只是意味着对语言的理解，语言是理解本身得以实现的普遍媒介。如果排除语言为上帝所创的假设，我们在世界中存在的"语言性最终是表达全部经验范围"①。

伽达默尔对语言的理解表明了当代诠释学家所追求的理想，在狄尔泰机械地割裂精神科学和自然科学以后，他们试图重新建立一种"统一科学"，这种"统一"却不是向实证主义的回溯，而是以精神科学为"统一"的基础。在伽达默尔看来，诠释学的问题不仅从起源的意义超越了现代科学方法论的范围；并且，理解与解释显然组成了人类的整个世界经验。理解现象不仅渗透到人类世界的一切方面，而且在科学领域也有其独特的意义。他的代表作《真理与方法》一书的根本宗旨就是："在经验所及的一切地方和经验寻求其自身证明的一切地方，去探寻超越科学方法论作用范围的对真理的经验。"②"真理的经验"乃是指"哲学经验、艺术经验和历史经验"。

效果历史意识的理论标志着伽达默尔对"精神科学"基础进行思考的最高

① 伽达默尔：解释学，《哲学译丛》1986 年第 3 期。

② 伽达默尔：《真理与方法》，洪汉鼎译，上海译文出版社 1999 年版，导言。

成就。在这种意识中，历史不再是可供我们研究的客观化对象，不是那种所谓不依赖于认识主体而自在的存在着的“自在之物”，而是一种“效果历史”，它是过去与当代相互作用的历史，这就是说，历史不能仅仅理解为过去已发生事件，把历史研究的任务规定为客观的再现历史事件，并从中勾画出历史发展行程的长链。相反的，“真正的历史对象不是客体，而是自身和他者的统一物，是一种关系，在此关系中同时存在着历史的真实和历史理解的真实。一种正当的诠释学必须在理解本身中显示历史的真实。因此，我把所需要的这样一种历史叫做‘效果历史’。从根本上说，理解乃是一种效果历史的关联”①。从而，历史的真实性应在这个意义上来理解：它是历史的演变着的存在，历史作为传统，表明了我们形成于历史之中，亦即当代植根于历史；但在另一方面，正因为历史参与了当代的形成，便在当代中找到了它存在的根据，由此而进入了当代；然而对我们发生影响的、构成着我们的历史乃是我们所理解到的历史，在理解中，历史被重新塑造了，它是基于我们的视界、基于我们自己的经验而被理解的历史，这样，我们通过对历史的理解融入了历史，成为历史的构成要素。

由此可见，在效果历史的意识中包含了对不同的视界所展现的不同意义的意识，当然也包含了对这两个视界本身的意识，从而把作为理解主体的我们与被我们意识到的他者，即历史区别开来；当然这不是效果历史意识的全部，它还包括对两个视界相互作用的意识，即着眼于它们所产生的效果，这就是说，从我们自己的视界出发而并不取消历史的视界，反之，尊重历史也不是意味着将主体的主观性化为虚无，这就是伽达默尔不同于其他的历史理解理论，不同于施莱尔马赫和狄尔泰的心理移情说的原则区别之一。

三、哲学诠释学的理论特征

哲学诠释学作为一个哲学流派正式登上历史舞台是在海德格尔后期思想的直接启发下。其标志便是1960年伽达默尔出版的《真理与方法》，其后，哲学诠释学作为一个正式的哲学理论，在当时和现在的哲学舞台上扮演着一个重要的角色。哲学诠释学的第一个首要的特点是理解的本质，这是一种真正的哲学的兴趣，“它不再教导我们如何解释，而是告诉我们在理解中有什么东西发生”②。正如伽达默尔本人所言：“我本人的真正的主张过去是、现在仍然

① 伽达默尔：《真理与方法》，洪汉鼎译，上海译文出版社1999年版，第283页。

② 洪汉鼎：《诠释学——它的历史与当代发展》，人民出版社2001年版，第1页。

是一种哲学的主张，问题不是我们做什么，也不是我们应当做什么，而是什么东西超越我们的愿望和行动而与我们一起发生。”[①]从这个层面来讲，哲学诠释学将传统诠释学从方法论和认识论性质的研究转变为本体论性质的研究，将单纯作为方法和认识的理解和解释上升为一种存在方式，从而“试图通过研究和分析一切理解现象的基本条件找出人的世界经验，在人类的有限性的历史存在中发现人类与世界的根本关系”[②]。因此，这是一种哲学：“这里哲学诠释学已经成为一门诠释学哲学。”[③]

哲学诠释学的第二个特点是对当代科学理性统治一切的批判，从而和一切科学思潮区分开来。哲学诠释学认为，当代的科学理性严格遵循着认识论的主客二分的方法，由此形成了一系列知识的基础。而这种主客二分的本质在于一种“主观主义”，即其知识的基点在于对认识主体的某种先验的设定，这种设定从笛卡尔开始，就已经表现在他的知识基础之中，笛卡尔将认识主体和认识客体区分开来，并用一个怀疑的主体去接近一个认识的客体，主客二分的世界及主体的怀疑能力就是他的先验设定，康德禀赋着这种怀疑精神，更是直接将主体的先验能力设定为认识的基础，从而使得基于主体的认识论占据了整个的知识领域。这样，主体及其对他的先验能力的设定就成了整个西方形而上学的基础。主体是先验设定的还是生成的？这是一个有关人类历史性和时间性存在的问题。这构成了哲学诠释学的整个度向，正是从这个角度，黑格尔的客观精神在某种程度上又构成了哲学诠释学的出发点。哲学诠释学正是在由海德格尔所开创的存在主义的基础上，将主体又放回到存在的本体之中，使得人类的历史性、时间性和有限性得到了全面的回归。同时，由于自然科学的方法理性在全部人文学科的统治地位，造成了人文精神的全面丧失，由此，哲学诠释学开始了对方法的批判，认为正是自然科学的方法，才使得真理问题失去了和人和存在的活生生的关联性，简化为一种命题真理，成了主体和客体的符合，丧失了对人生的积极意义，当然，这种批判，是限于对自然科学方法对所有精神学科的统治而言的，并不是不要方法，这种对《真理与方法》的误解是相当流行的，对此，伽达默尔在晚年的一个对话中特别予以强调，他说：“方法

① 洪汉鼎：《诠释学——它的历史与当代发展》，人民出版社 2001 年版，第 1 页。

② 伽达默尔：《真理与方法》，洪汉鼎译，上海译文出版社 1999 年版，第 3 页。

③ 同上。

概念只是相对化而不是取消方法。"[①]哲学诠释学反对的是一种从方法出发的知识,它充分评价了这种知识的能动作用,但哲学诠释学认为,方法并不是最基本的,其本身也是基于人的某种世界定向,因而也是处于语言之中的。这可以表现在伽达默尔对逻辑的批判之中,逻辑集中地表现了科学方法本质,但是,伽达默尔在《古典和哲学诠释学》一文中,明确地写道:"逻辑是基于一定的世界定向之中的,也是基于一定的语言使用的。"[②]正是在此基础上,哲学诠释学将人和世界的关系推进到主客二分之前,将方法指向存在,在反对主客二分的哲学思潮中占据着重要的作用。

哲学诠释学的第三个特点是和古典诠释学重视理解的方法有关,哲学诠释学更为重视理解的应用。伽达默尔不只一次地强调:"理解和解释的问题与应用的问题密不可分地联系在一起。"[③]在古典诠释学那里,由于理解只是作为一种方法,理解的目的是为了正确理解,其最终要回溯到某个天才的概念上,正是这一天才为理解制订了标准,理解便是回到天才的思想本身,因而,古典诠释学的理解中丧失了应用的因素,这种丧失不仅使得古典诠释学的理解形成了一种没有应用到理解者自身的可能性,也使得诠释学的理解的主体丧失了其境域性和时间性的存在,这不但是因为他被要求回到创造者那里,从而丧失了自身的存在,也是因为他要克服自己的历史性,毫无偏见地接近理解的对象,从而丧失了其现实性。这是一种认识论的误解,根源仍在于主客二分。相反,哲学诠释学重视理解的应用因素,从而使得理解者的个人存在得到了理论上的证明。在这种应用因素中,理解的此在和被理解的另一个此在在各自的问题视阈中进行对话,从而形成问答逻辑和视阈融合,从而永远地"面向事物本身",所以,从这个角度,"现象学也只有作为诠释学才能实现"[④]。

正是重视理解的应用因素,哲学诠释学在哲学理论之外,有着强烈的实践品格。哲学诠释学在寻求普遍性的同时,重视其理论对人类生活的干预性,这具体表现在两个方面:其一是语言观。哲学诠释学在存在论的基础上讲语言的存在,将人类设定为语言的存在物,这和西方整个"语言论转向"的大背景相

---

① Hans-Georg, Gadamer. Gadamer in Conversation: Reflections and Commentary. Edited and translated by Richard E. Palmer. Yale University Press, 2001, p.41.

② Hans-Georg, Gadamer. Classical and Philosophical Hermeneutics. Theory, Culture & Society, 2006(1): pp.92-117.

③ 洪汉鼎:《理解与解释——诠释学经典文选》,东方出版社 2001 年版,第 487 页。

④ 利科尔:《解释学和人文社会科学》,陶远华等译,河北人民出版社 1987 年版,第 129 页。

谐调,是一种语言本体论,在哲学诠释学的语言本体论中,语言就是存在或传统的具体体现,如存在包容了此在、决定了此在一样,语言也涵盖了人类的存在,人类是进入语言之中,而不是如认识论所认为的语言是人类的工具,所以,是语言将此在卷入。同时,哲学诠释学将语言的本质限定于"对话",在语言所形成的对话中,当语言在被说的过程中就已经在意向着被听,从而语言的说和听都是语言作为一个对话过程本身所设定的,所以在语言的说和听中包含并卷入了这个说和听的双方,从这一角度看,语言不仅是决定了人类此在的本体论背景,同时也是使人类此在相互交往相互联系的本体论背景,"语言不是人类个体所设计的某物。语言是一个我们,其中我们在和别人的关系中安排我们的位置,并使得个体之间没有一个固定的边界。然而,这也同时意味着,我们所有的个体都必须跨越我们自己个人的理解界限或理解限制以便于去理解,这就是在活生生的对话中所发生的事情。所有的在共同体之中的共同生存就是在语言中共同生存,并且,语言只存在于对话之中"①。这使得哲学诠释学的语言观和科学主义的语言观有了根本性的不同,也和古典诠释学语言的工具论有了本质上的区别。古典诠释学将语言设定为工具,重视说话的语境和"谁在说",因而在方法上设定一定的逻辑来保证其理解的正确性;而哲学诠释学则更为重视的是"说什么",从而语言成为面向事物本身的说,或者说是事物本身在言说,语言成了言说存在意义的根本方式。科学主义的语言本体论也认为是语言在言说,语言也生成为本体,但科学主义语言观更为重视语言中的语法现象,重视"怎么说",强调用逻辑分析使得语言本身的言说更为科学,哲学诠释学则在强调语言"说什么"的基础上更为强调语言在人类中的使用本身,认为语言是一种媒介和世界定向,"人类对世界的一切认识都是靠语言媒介的。第一次的世界定向是在学习讲话中完成的"②,"分析哲学的目标是通过掌握语言的逻辑结构,来控制说话的方式,而哲学诠释学的目的则是沿着历史经验所携带的全部财富,重新追问由语言所中介的说话的内容"③。即:诠释学的问题并不是正确地掌握语言的问题,而是对于在语言中所发生的事情正当地加以相互理解的问题。只有当后期维特根斯坦抛弃了对人工语言

① Hans-Georg, Gadamer. Gadamer in Conversation: Reflections and Commentary. Edited and translated by Richard E. Palmer. Yale University Press, 2001, p.56.

② 洪汉鼎:《理解与解释——诠释学经典文选》,东方出版社 2001 年版,第 491 页。

③ 孙丽君:哲学诠释学的理论特征及其他,《山东社会科学》2005 年第 4 期,第 62—63页。

的追求，将语言重新拉回到现实的说话之中，伽达默尔才认为两者达到了共同的语言本质观。

其二是诠释学经验。哲学诠释学这种实践品格也表现在对人类经验的重视上。"解释学的处理对象是一种理论态度，它涉及解释实践以及本文的解释，并且与那些对于本文，对于我们在世界上相互传达着的非隐蔽的倾向的解释学经验有关"①。哲学诠释学强调理论必须来自于人类经验本身并必须回到人类经验的建构，重视人类个体和世界的交往过程，即："凡是成功地把一切科学认知都综合为个别事物的知识的地方，诠释学的努力就取得了成功。"②这就使得哲学诠释学和一切纯理论的学术分开，具有强烈的干预现实的能力。在哲学诠释学看来，人类以往所有的经验都不能从经验始至经验终，从而在某个特定环节离开了经验本身，相反，伽达默尔的哲学诠释学所努力建构的，则是一种人类存在的真正经验，即诠释学经验。这种经验基于存在的本体，从人类自我理解的自我开放开始，走向经验的另一个开放，从而完全地占领经验。总之，哲学诠释学所提倡的是一种新的理性精神，这种新的理性反对一切未经证明的预设，特别是认识论中对主体先验能力的预设，反对对主体能力做任何未经证明的夸大，并在存在论的基础上重新认识人类本身，由此推出了人的有限性和历史性，并将自我理解作为向整个存在的接近。

第二节 哲学诠释学的当代发展

随着诠释学逐渐发展为一种国际性的思潮，它自身也开始分化，朝着不同的向度发展了。其中，影响较大的有意大利的贝蒂、法国的利科尔等人的诠释学说，在德国本土，还有哈贝马斯。以伽达默尔为代表的德国诠释传统遇到了他们强有力的挑战，他们的观点虽不尽相同，却有着一个共同的焦点：克服理解中的相对主义。如果我们把这些不同诠释学流派作为一个整体来看，那么，这些不同的意见倒是真正互补的。

一、贝蒂、赫施：方法论诠释学

在德国诠释传统一统天下的诠释学领域里，贝蒂是独树一帜的思想家。他探索了为德国诠释传统所忽视的精神科学的一般方法，并把方法问题当作

---

① 伽达默尔：《科学时代的理性》，薛华等译，国际文化出版公司 1988 年版，第 99 页。

② 同上。

诠释学的基础，在他看来，唯有方法论的前提才能使理解避免陷入似是而非的相对主义。贝蒂认为伽达默尔等人的诠释学缺乏一种理论的彻底性，他们把施莱尔马赫、洪堡、狄尔泰等思想家视为不可逾越的正统权威，从而关闭了诠释学自身发展的道路。德国诠释传统未能解决理解过程及其结论的客观性问题，没有提供一套行之有效的方法，以防止理解中的相对主义。就此而言，贝蒂立足于方法论研究诠释学，既是对德国诠释传统的发展，同时又是对它的矫正。

首先，贝蒂提出了“有意义的形式”的概念。在他看来，解释乃是一种旨在达到理解的活动，解释的过程包含了三个基本的要素：作者的精神、解释者和有意义的形式。在这里，作者的精神和能动的解释者通过有意义的形式的中介作用而相互沟通。何谓“有意义的形式”？按照贝蒂的释义，它指的是作者精神的一种客观化存在，即“精神的客观化物”，从稍纵即逝的讲话到固定的文献和无言留存物、从文字到密码数字和艺术的象征、从发音清晰的语言到形象的或音乐的表象、从说明和解释到主动的行为、从面部表情到举止方式和性格类型，一切人文现象都可囊括其中。解释的任务就是“研究精神的客观化物”，“重新认识这些客观化物里的激动人心的创造性思想，重新思考这些客观化物里所蕴含的概念或重新捕捉这些客观化物启示的直觉”。相应地，理解也就是“对意义的重新认识和重新构造——而且是对那个通过其客观化形式而被认识的精神的重新认识和重新构造”[①]。

贝蒂的诠释学一个重要特征，就是他为自己的诠释理论提供了一套可供操作的方法。他将其概括为诠释的四个原则：第一，诠释的客体之自律性原则。就是说，被理解的“本文”是独立存在的，它的意义既不依赖于理解者，也不取决于作者，只存在于它的内在结构之中。第二，整体原则。它所指向的是意义整体之预见，唯有通过对意义整体的预期性认识，才可能确定单一的意义，从而进一步达到意义整体之确定。第三，理解的现实性原则。这一原则所指向的乃是阐释者的主体性，具体地说，是主体之诠释功能，凭借这种能力，主体通过模仿的和“补充、转化、深化”的双重创造性，重新构建本文的意义。第四，诠释意义之和谐原则。贝蒂区分了“法理的探究”和“事实的探究”，具体的主体性在它们之间起着一种协调作用，旨在使“法理的探究”中表现为主体间的主观因素和“事实的探究”中所表现的客观性相互吻合，和谐一致，使阐释者

① 贝蒂：《作为精神科学一般方法论的诠释学》，见洪汉鼎主编：《理解与解释——诠释学经典文选》，东方出版社 2001 年版，第 129 页。

自己当下的具体性与整个诠释的效果融为一体。贝蒂坚信,只要坚持上述原则,就能达到对本文的客观理解。

当代诠释学发展中方法论诠释学路向的另一个代表人物是美国学者赫施,其代表作是1967年出版的《解释的有效性》(*Validity in Interpretation*)。赫施认为,伽达默尔的哲学诠释学带有危险的相对主义倾向,因为它否认文本自身存在着独立于读者的客观意义,从而使得理解的正确性失去了客观标准。为了捍卫理解的客观性,赫施不仅强调理解的真正目的就是重建作者的意图(intention),而且在含义(meaning)和意义(significance)之间作了明确的区分,以此来对抗和瓦解伽达默尔的"意义创生"理论。他认为,文本不仅有"含义",而且有"意义"。所谓"含义",乃是以文本这样一种客观化形式呈现出来的作者意图,它本身是固定不变的,理解的客观性就奠基于此;而所谓的"意义",则是读者所把握到的文本"含义"在与现实的交接中衍生出来的价值关系,它是随着读者的意识和现实的变化而变动不居的。赫施在批评客观性问题上的怀疑主义时指出:"一部作品的重要性可以随时间和前后解释关系的变化而变化,但该作品隐含的意思却是不变的。"[①]在赫施看来,解释者对"含义"的构成就叫做"理解",而对于那种理解的解释便是释义。但释义常常又不期然地变成了评价,而用外在考虑的方式去判断文本,然后对这种"判断"行为进行解释和讨论,这后一种活动就是"批评"。理解和释义的对象是"含义",而判断和批评的对象是"意义"[②]。

总的来说,贝蒂和赫施在与伽达默尔的争论中,力图接续狄尔泰等人的客观主义方法论诠释学传统,恢复被伽达默尔所消解的对理解客观性的追求,重新在方法论上推进诠释学的发展,这在一定程度上弥补了哲学诠释学忽视方法论建构的不足。

二、哈贝马斯:批判诠释学

在德国哲学家哈贝马斯和伽达默尔之间,展开了当代诠释学发展史上历时最长、影响最大的一次争论。1967年,哈贝马斯发表了《社会科学的逻辑》一书,在赞同伽达默尔在社会科学中对实证主义思潮所作批判的同时,怀疑伽达默尔哲学中存在相对主义倾向,并指出伽达默尔对海德格尔的本体论基础

---

① 转引自霍埃《批评的循环——文史哲诠释学》,兰金仁译,辽宁人民出版社1987年版,第17页。

② 同上,第17—18页。

缺乏批判反省，从而拉开了这场争论的序幕。

在哈贝马斯看来，伽达默尔的哲学诠释学缺乏批判精神，而他则把批判精神当作诠释学的基本要求。哈贝马斯的诠释学被称作“批判诠释学”，很重要的一点，就在于批判精神贯穿于其中。他认为，伽达默尔对“传统”的影响力和“先入之见”的合法性的过度张扬，固然有利于抵御抱有绝对客观主义态度的实证主义思潮向人文社会科学领域的渗透，但同时也表明他对“传统”缺乏一种基本的批判和反思。哈贝马斯则在承认理解与语言的关联性之同时，把人的社会交往作为理解之最终的也是最根本的基础，交往理论也因此构成了哈贝马斯批判诠释学的核心。

在《交往行为理论》(1981 年)中，哈贝马斯区分了四种人类行为：目的行为，这是一种旨在实现某种目的的行为，它仅仅与“客观世界”相关联，因此涉及“真实性”要求；规范调节行为，这是一个社会共同体成员以共同价值为取向的行为，它与社会群体或“社会世界”相关联，因此涉及“正当性”要求；戏剧行为，这是一种行为者在公众面前进行表演的行为，它与“主观世界”相关联，因此有“真诚性”要求；交往行为，这是一种主体之间通过符号、语言和对话达到人与人之间互相理解的行为，它与“客观世界”、“社会世界”和“主观世界”都有关联，因此同时具有“真实性”、“正当性”和“真诚性”三种有效性要求。与人类其他行为不同的是，交往行为把语言作为直接理解的媒体，同时也克服了其他行为的片面性。

哈贝马斯认为，诠释学的潜在力量乃是人类学的基本特征，它是一种人的能力，人们可借此理解语言和非语言的象征系统中蕴含的意义。由于非语言的象征系统须通过语言性的转换，并通过语言表达出来，因此，从整体上说，诠释的能力是不能超越语言性的。人的诠释能力与语言相关，但这并不是说，这种能力是为语言所决定的。

与伽达默尔不同，哈贝马斯在对语言进行考察时首先注意的是语言的社会功能。立足于社会功能考察语言，就会发现理解的解释模式总是与特殊的实践领域之交往结构密切相关的，而能够表达这种相关性的就是日常语言的解释模式。哈贝马斯认为，一种诠释的理论性是充满了实践性的，它包含了社会的“行为间”以及由此而产生的多样性判断，语言的社会功能便在于它事实上推动着意志的形成过程，并影响着这个过程的走向，最终使人们在社会的行为规范上达到某种一致性。日常语言的解释模式正是把实践的关系纳入了自己的理论性结构中的解释模式，它不仅依赖于“行为间”，而且也同样规定着“行为间”，日常语言的解释模式之实践意义便在于此。正是这一点，使它得以

与严格的修辞学、语言学区别开来。

三、利科尔:本文诠释学

本文概念是利科尔诠释学的核心与基础,他正是通过对这一概念系统阐述,才完成了从语义学到诠释学的转变。利科尔将"本文"定义为"任何由书写所固定下来的任何话语"。话语一经固定,便使本文远离了言谈话语的实际情境和所指的对象,在这个意义上,固定就意味着"间距化"。间距化表明了意义超越事件以及所表达的意义与言谈主体的分离,这意味着本文的"客观意义"不再是由作者的主观意向所规定的。

本文因脱离了作者而获得了自主性,我们要理解的不是深藏在本文背后的东西,而是本文向着我们所展示出来的一切,也不是早已凝固于本文之中的建构,而是这个建构所开启的可能世界。就本文而言,这个世界是本文的世界,就读者而言,它又是读者的世界,从根本上说,本文的世界即读者的世界,本文的世界是通过读者的世界而表现出来的。在这个过程中,本文的意义重又转向它的指谓,过渡到言谈所说明的事件,当然不在言谈所发生的语境中,而是在读者的视界里,这一过程之所以可能,乃是因为本文业已解除了一种特殊的语境关联,形成了自己的准语境,这使得它能够在一种新的情况下进入其他语境,重建语境关联,阅读行为就是这种新的语境关联之重建。"阅读就是一个新的话语和本文的话语结合在一起。话语的这种结合,在本文的构成上揭示出了一种本来的更新(这是它的开放特征)能力。解释就是这种联结和更新的具体结果。"[①]在阅读过程中,本文符号的内部关系和结构获得了意义,这个意义是通过阅读主体的话语实现的。对于利科尔来说,理解到这一点是至关重要的,他的诠释学定义就是从中引申出来的,"我采用诠释学的如下暂行定义:诠释学是关于与本文相关连的理解过程的理论。其主导思想是作为本文的话语的实现问题"[②]。它在本质上是反思的,并且由于它的反思性,本文意义的构成同时就是理解主体的自我构成。

自施莱尔马赫奠定当代诠释学,经过了近两个世纪的发展,已成为一股令人瞩目的世界性哲学思潮。如今,这股思潮再次突破了语言的界限,向着具有悠久历史传统的中国哲学领域蔓延开来,诠释学的中国化研究就成为摆在我们面前的重要课题。诠释学的中国化研究不仅可以丰富我们的哲学思想,更

① 利科尔:《解释学与人文科学》,河北人民出版社1987年版,第162页。

② 同上,第41页。

重要的是，诠释学作为一种新的理解理论，能够有助于我们对中国的哲学传统作出适合于我们这个时代精神的新解释，使古老的中国文化与思维传统重放异彩。

第三节 诠释学理论在中国

20 世纪 80 年代中期，国内学术界开始系统引进和介绍西方诠释学。1984 年张隆溪在《读书》杂志第 2、3 期上连续发表“神·上帝·作者——评传统的阐释学”、“仁者见仁，智者见智——关于阐释学与接受美学”和张汝伦同年发表在《复旦大学学报》上的“哲学释义学”等论文，是国内最早对西方诠释学进行介绍和评述的文章。1988 年分别由三联书店和辽宁人民出版社出版的殷鼎的《理解的命运》和张汝伦的《意义的探究——当代西方释义学》，则对西方从施莱尔马赫、狄尔泰一直到海德格尔、伽达默尔、利科尔的诠释学理论作了全面详尽的分析和阐述。而 1994 年洪汉鼎翻译的伽达默尔《真理与方法》全译本和夏镇平、宋建平合译的伽达默尔《哲学解释学》由上海文艺出版社出版则可以视为这一时期对西方阐释学进行引进和介绍的一个阶段性的总结。1991 年，金惠敏等人在翻译完伊瑟尔的《阅读行为》后，在译序中曾预言“把这部晦涩的德国现象学著作译介给中国读书界，我们不敢奢望它会引起一场震动，颠覆根深蒂固的解读习俗，但相信它会给中国古典阐释学以一个冲击，至少会洞开一扇窗户，透进些新鲜空气”[①]。

一、会通群书：钱锺书与诠释学

诠释学是与钱锺书关系十分密切的现代西学之一。钱锺书的著作不仅屡屡征引与直接评说西方诠释学的有关论说，而且他关于文本阐释的大量见解与诠释学理论若相符，甚至他的全部著作也构成了一个有趣的阐释的循环。此外，钱锺书对阐释过程中语言的作用也给予了高度的重视，语言问题同样成为钱锺书诠释学意识的基础。钱锺书与传统、历史、中西文化的对话，也首先表现为对基本话语的辨析与阐释。钱锺书没有拘泥于西方诠释学理论关于语言即存在、语言即本体之类的玄言思辨，而是深具卓识地将中国传统语言训诂与诠释学理论相糅合，从而别开一种中国式的诠释学理论。这是钱锺书诠释学意识的一个突出特点，也是他对诠释学理论的突出贡献。

① 沃·伊瑟尔：《阅读行为》，金惠敏等译，湖南文艺出版社 1991 年版，第 3 页。

1. 钱锺书的"阐释循环"论

钱氏重视理解，明确提出理解文本的"阐释之循环"说：

> 乾嘉"朴学"教人，必知字之诂，而后识句之意，识句之意，而后通全篇之义，进而窥全书之指。虽然，是特一边耳，亦只初桄耳。复须解全篇之义乃至全书之指（"志"），庶得以定某句之意（"词"），解全句之意，庶得以定某字之诂（"文"）；或并须晓会作者立言之宗尚，当时流行之文风，以及修词异宜之著述体裁，方概知全篇或全书之指归。积小以明大，而又举大以贯小；推末以至本，而又探本以穷末；交互往复，庶几乎义解圆足而免于偏枯，所谓"阐释之循环"者是矣。①

钱氏吸取了西方"阐释循环"的观点，主张对文本的理解要做到：由词至句至篇章及至全书以及由全书至篇章至句至词的双向循环。亦即既要做到"积小以明大"、"推末以穷本"，又要"举大以贯小"、"探本以求末"。只有使两者反复往返，才能全面地理解文本，"义解圆足"，避免陷于片面、偏枯的境地。

钱氏这一论说也是对我国传统学说的发展。我国古代有关理解的研究中也曾出现过或"举大以贯小"、由小于大、由整体到部分，或"积小以明大"、由小到大、由部分到整体的观点。持前一观点的如南宋吕祖谦《古文关键》提出"总论看文字法"。他主张先看"大概主张"、"文势规模"、"纲目关键"，再看"警策句法"。这就是由篇章至句字的理解法。持后一观点的如钱氏所举的清代乾嘉朴学。他们均各执一端，陷于片面。因此钱氏批评乾嘉朴学说："是特一边耳，亦只初桄耳。"从而在此基础上提出超越他们的"阐释循环"法。

钱锺书的"阐释循环"法有如下三个要点。

其一，钱锺书"阐释循环"的提法，固然是借鉴了西方阐释学，但就其实质内容却是同时融合了中西阐释思想的相关说法。更准确地说，钱锺书的"阐释循环"论首先是对孟子、王安石、苏轼、薛惠等人相关说法的继承与发挥，然后才是与西方诠释学的沟通与融合。在钱锺书心目中，乾嘉朴学的阐释思想并非中国传统阐释思想的主流，倒是自孔孟以来直到宋明的许多言论真正代表了中国传统阐释思想的精髓。清代朴学家注重文字考证的方法虽在20世纪仍极流行，并被胡适、梁启超等人推许为"科学方法"，但也为不少有识者所严厉批评，熊十力、陈寅恪、钱穆、徐复观等人就是如此，钱锺书也是如此。他们

---

① 钱锺书：《管锥编》，中华书局1979年版，第171页。

批评清代朴学的观念都不是为了反对整个中国传统学术观念，恰是为了重新回归并弘扬中国传统学术的真精神。

其二，理解与阐释要做到“义解圆足而免于偏枯”，就必须是一个在“小”与“大”、“末”与“本”之间亦即局部与整体之间进行“交互往复”的循环阐释过程，譬如“鸟之两翼，剪之双刃，缺一孤行，未见其可”，又如文武之道“兼途而用，未许偏废”。且在钱锺书看来，局部与整体不仅是相对的、多层的，并且是层层推进的；不仅指字与句、句与篇、篇与书，更指作者与其所属之时代风尚、民族文化传统乃至全人类文化传统，故谓“并须晓会作者立言之宗尚、当时流行之文风”、“自省可以忖人，而观人亦资自知；鉴古足佐明今，而察今亦裨识古；鸟之两翼，剪之双刃，缺一孤行，未见其可”[①]。也就是说，钱锺书所说的“阐释循环”，就其范围而言，不只是指某一特定文本内部的循环，更包括不断推进的多层循环，简示之即：特定文本局部（字句）——文本整体（篇）——作者的全部文本——时代风尚（包括各个学科）与历史传统——全人类文化传统。此意钱锺书在上述引文中虽未明言，但综观其全部著述实甚显然。譬如他在《诗可以怨》一文结尾说：“我开头说，‘诗可以怨’是中国古代的一种文学主张。在信口开河的过程里，我牵上了西洋近代。这是很自然的事。我们讲西洋，讲近代，也不知不觉中会远及中国，上溯古代。人文科学的各个对象彼此系连，交互映发，不但跨越国界，衔接时代，而且贯串着不同的学科。”[②]这是明确主张对于特定文本应在古今之间、多学科之间以及不同文化之间进行阐释循环。在上述多层的阐释循环中，钱锺书最重视也最具创意的，正是强调围绕特定文本进行纵贯古今、打通多个学科、会通中外文化的阐释循环。

其三，上述多层次的循环都还只是指“阐释循环”的范围，对“事理”、“心理”及“文理”的把握才是其目的。阐释的目的当然是要全面准确而深入地把握特定文本的总体旨意，但依钱锺书之见，文本旨意总是要表述世界的某种“事理”、体现作者的某种“心理”并以某种形式的“文理”被表现出来，只有通过多层次的“阐释循环”才能把握“事理”、“心理”及“文理”进而把握特定文本的旨意。所谓“通文理”或说“晓词令”，除了指全面把握文本整体的内在脉络之外，还包括对“修词”以及“修词异宜之著述体裁”的了解，否则也不能“钩深致远”。因此，“义解圆足”的理解与阐释要求对“文理”、“事理”与“心理”都有“通解”。钱锺书强调对“事理”、“心理”及“文理”的通解，意味着他也像西方古典

① 钱锺书：《管锥编》，中华书局 1979 年版，第 171 页。

② 张隆溪：《道与逻各斯》，冯川译，四川人民出版社 1998 年版，第 29 页。

阐释学家一样，将阐释学与辩证法、心理学及修辞学紧密联系起来，更意味着他的阐释思想有着坚实的学理依据。

2."阐释循环"的学理依据

钱锺书"阐释循环"论的基本精神就在于强调打破界限而能"通观一体"。从学理上看，其中包含两个应当说明的问题：一是何以能够打破界限？二是何以必须打破界限？

在钱锺书看来，界限之所以能够打破，就文本内部的"阐释循环"而言乃是因为字、句、篇等本属一体，而就不同作者、不同学科、不同时代、不同文化之间的"阐释循环"而言，则是因为人类一切文化学术都有"心同理同"的一面。强调"心同理同"本是中国传统学术的一贯主张。钱锺书自谓在大学读书期间，由于一面广泛阅读"西方语文"，一面深入参稽传统文学作品及名家笺释，遂"渐悟宗派判分，体裁别异，甚且言语悬殊，封疆阻绝，而诗眼文心，往往莫逆暗契"[①]。这实际上是从"诗眼文心"的角度领悟到了中外古今"心同理同"的古训。从海外留学归来，他对于古今中外一切学术文化都有"心同理同"的一面这一点信之益坚，因此在《谈艺录》中明确提出，"东海西海，心理攸同；南学北学，道术未裂"[②]。后来他在《管锥编》中又对此作出了进一步的解释："心同理同，正缘物同理同……思辨之当然(laws of thought)，出于事物之必然(laws of things)，物格知至，斯所以百虑一致、殊途同归耳。斯宾诺莎论思想之伦次、系连与事物之伦次、系连相符，维果言思想之伦次当依随事物之伦次，皆言心之同然，本乎理之当然，而理之当然，本乎物之必然，亦即合乎物之本然也。"[③]由此可见，"心同理同"不仅是钱锺书始终力持的一个基本主张，而且是他将中国传统观念与西方哲人智慧熔为一炉的结果。显然，正是"心同理同"这一观念，使得在不同文本、不同作者、不同学科、不同时代以及不同文化之间的"阐释循环"从根本上成为可能。

二、交相引发：中国本土化的诠释学理论雏形

20世纪80年代中期，开始出现了中国本土化的诠释学理论。80年代以来，对西方诠释学著作的翻译、评价与运用逐渐成系统，美籍华裔学者成中英先生最先提出要建立"本体论诠释学"。时在美国哈佛的张隆溪由于有了钱锺

① 张隆溪：《道与逻各斯》，冯川译，四川人民出版社1998年版，第18页。

② 同上，第24页。

③ 钱锺书：《管锥编》，中华书局1979年版，第50页。

书的鼓励和支持,80 年代初连续在《读书》上介绍 20 世纪包含诠释学和接受美学的西方文论,1983 年《文艺研究》的第 4 期发表了"诗无达诂",此文第一次从比较诗学的角度,运用丰富的中国传统文论知识,较详细地对中西诠释学和接受美学思想进行互证、互释。1984 年 3 月《读书》又刊登了他的"仁者见仁,智者见智——关于阐释学与接受美学"。此外,他的"经典在阐释学上的意义",看到经典的超越历史性,认为经典之所以是经典,就在于它不仅属于某一特定的时间和空间,而且能克服历史距离,对不同时代甚至不同地点的人说话。张隆溪从互证互补的角度,充分调用中国古代文论的理论资源,比较中西诠释理论的异同,以中补西,粗线条勾勒了西方诠释学、接受美学及读者反应理论的主要观点和流派。

1984 年,旅居美国的华裔学者叶维廉为了讨论作者传意、读者释意这种既合且分、既分且合的整体活动,在台湾发表了"秘响旁通——文意的派生与交相引发"(《中外文学》十三卷二期,1984 年),其后又分别于 1985、1986 年在《联合文学》上发表了"中国古典诗中的传释活动"、"与作品对话——传释学初探"。在中西诗学比较的实践中,叶维廉积极地设想着建立中国阐释学理论,融西于中。不仅从理论上发掘了中国古代阐释学的内在精神、思维形式、阐释路径,还进行了具体的批评实践,开辟了古代文论现代转型的道路。

1986 年 12 月至 1988 年 6 月,著名词学家叶嘉莹在《光明日报》分别撰写"从现象学到境界说"、"'比兴'之说与诗可以兴"、"三种境界与接受美学"等系列论文,后由岳麓书社在 1992 年结集为《中国词学的现代观》。叶嘉莹强调为我所用,借鉴西方理论发现中国特色的读者理论,借助西方的理论解释中国。

20 世纪 80 年代中期以来,西方的接受美学、阐释学理论纷纷译介到中国,中国文学批评的研究空间也变得开阔起来。90 年代中期,著名哲学史家汤一介先生,明确提出"创建中国的解释学"的理论口号和基本的研究思路。他于 2000 年前后陆续在《中国社会科学》、《学术月刊》和《社会科学战线》等多家重要学术刊物撰文呼吁:"真正的'中国解释学理论'应是在充分了解西方解释学,并运用西方解释学理论与方法对中国历史上注释经典的问题做系统的研究,又对中国注释经典的历史(丰富的注释经典的资源)进行系统的研究之后,发现与西方解释学理论与方法有重大的甚至是根本性的不同,并自觉地把中国解释学问题作为研究对象,这样也许才有可能成为一门有中国特点的解释学理论(即与西方解释学有相当大的不同的以研究中国对经典问题解释的

理论体系)。"[①]汤一介通过对先秦时期经典解释材料的深入研究，归纳出了"历史事件的解释"、"整体性的哲学解释"和"社会政治运作型的解释"中国古代早期经典解释的三种方式。此外，美籍华裔学者傅伟勋教授、成中英教授和台湾大学历史系黄俊杰教授等人，将解释学与中国传统思想文化的研究结合起来，并明确提出要建立有中国特色的解释学体系和方法。

其次，对中国解释学进行系统深入的研究和总结有三部最具代表性的理论著作。

第一部由周光庆著述的，于2002年由中华书局出版的《中国古典解释学导论》。此书从中华文化经典的历史存在出发，以西方诠释学理论为参照，对中国古典诠释学发生、发展的历史过程进行系统的梳理，对中国古典解释学提出的"语言解释方法论"、"历史解释方法论"和"心理解释方法论"作了深入的发掘和总结，并对中国古典解释学如何完成现代转型这一重大问题提出了建设性的意见。

第二部是由湖南师范大学出版社2001年10月出版的李清良的《中国阐释学》，该书从中国文化的基本观念出发，运用"双重还原法"即"本质还原法"和"存在还原法"，清理了中国的诠释学理论，初步建立起一个自主的且独立于西方的中国诠释学的基本理论框架。

第三部是知名学者周裕锴于2003年由上海人民出版社出版的《中国古代阐释学研究》，揭示出了中国古代诠释学理论发展的内在逻辑以及迥异于西方诠释学的独特价值。

三、西方文论的中国化：中国诠释学理论体系的建构

张思齐的《中国接受美学导论》(巴蜀书社1989年)、龙协涛的《文学读解与美的创造》(时报文化出版有限公司1992年)、董洪利的《古籍的阐释》(辽宁教育出版社1993年)、樊宝英与辛刚国合著的《中国古代文学的创作与接受》(石油大学出版社1997年)、徐应佩的《中国古典文学鉴赏学》(江苏教育出版社1997年)、金元浦的《文学解释学》(东北师范大学出版社1997年)等，这些著作，从各个不同的角度论述了中国古代文论中阐释学理论的特色，为后来古代文学接受史的撰写和中国接受诗学、中国文学诠释学理论体系建构奠定了基础。

除此之外，洪汉鼎先生主编分别由潘德荣和刘耘华撰著的《文字诠释传

---

① 汤一介：《三论创建中国解释学问题》，载《中国文化研究》，2000年夏之卷，第20页。

统》和《诠释学与先秦儒家之意义生成》(上海译文出版社 2003 年),也属于对中国诠释学理论传统进行反思与探索的理论成果。还有的邓新华著的《中国古代接受诗学》(武汉出版社 2000 年),从历时和共时两个角度,首次系统地对中国古代接受诗学史进行清理、挖掘和阐发,并尝试建立起具有鲜明的民族文化特色的中国接受诗学体系。他的"论'诗无达诂'的文学释义方式"(宁夏大学学报 2000 年第 4 期),通过讨论"诗无达诂"的释义特点和规律,指出它不仅高扬解释者在文学释义活动中的主体地位和能动作用,赋予解释者参与作品意义重建的权利,而且还能正确认识和处理释义活动中解释者与对象之间的辩证关系,从而较好地解决了西方现代释义学无法解决的文学释义的客观性和有效性问题。对中国的文学解释学进行尝试性的探究和总结有张隆溪的《道与逻各斯》和金元浦的《文学解释学》。邹其昌的《朱熹〈诗经〉诠释学美学研究》对朱熹的解释学美学思想进行了比较深入的探讨,对于进一步拓展和深化中国文学解释学研究具有很好的借鉴意义。近年来李咏吟连续出版了与解释学有关的系列著作,如《诗学解释学》(上海人民出版社 2003 年)、《创作解释学》(广西师范大学出版社 2003 年)、《解释与真理》(上海译文出版社 2004 年)。至此,中国诠释学理论体系完成建构。

通过以上对比分析,我们发现中、西方诠释学理论都对诠释学的基本问题——理解和解释十分重视。通过中西的对比,我们就会发现中西诠释学的"同中之异"和"异中之同":在西方,对基本问题的重视主要体现为一种抽象的理论探讨和形而上学的分析,他们把理解、解释和运用划分为三个相对独立的研究领域。而在中国,对理解和解释的重视主要以实践的方式表现出来。先秦时期盛行的"观《诗》"、"说《诗》"和"用《诗》"就是中国古代文学解释学对于文学诠释活动中理解、解释和运用这三种方式的探讨与实践。在这里,中西方解释理论的"异中之同"就是都对解释学的基本问题理解、解释和运用十分重视;但各自重视的方式又不一样,这又是"同中之异"。诠释学认为,真正的文本解读和文学批评,是活的,有生命力和创造力的。它同样也是一种创造,诠释者不仅需要透过语言表象,还需要深入到文本的内部,运用独特的审美想象力、理解力和创造力,作出准确和独到的艺术阐释,这样才能体会和领悟文本所建构的艺术世界。因此,我们如果从中国文化与西方文化的不同角度,去看诠释学基本理论,势必可以更全面也更准确地认识其本来面目。

第四节　哲学诠释学与文学诠释学

以上我们对诠释学的来龙去脉进行了全面的梳理，尽管也涉及了文学的理解问题，但并没有充分阐明哲学诠释学与文学理解之间的内在逻辑关联。因此，根据前面的论述概括性地阐述它们之间的内在逻辑关联是非常必要的，更为重要的是，我们可以在这些内在逻辑关联的论述中清楚地看到哲学诠释学为文学的理解问题带来的几个实质性的根本转变。

哲学诠释学对人文科学方法论和认识论的质疑为我们思考文学的意义和真理问题提供了一种新的理论视界，它表明了文学作为一种人文科学的对象有其特有的存在方式和理解方式，极大地突破了长期以来的自然科学方法论和认识论局限，拓展了文学审美经验的意义空间。

其次，对于作为人类审美经验方式的文学来说，我们究竟是从哪里出发去开始我们的理解：我们能超越我们作为理解者的自身存在去对文学作品进行理解吗？我们是否可以撇开我们置身于其中的时间和历史规定性去进行理解呢？这个显而易见的问题却被以往的诠释忽视了。例如在对文学作品的理解中，我们总是以为，我们所理解、所揭示的意义世界就是作品本身的意义世界，而与我们此在的历史性存在没有关联。事实上，在我们对文学作品的理解活动中，我们不仅不可能排除我们生存于其中的历史传统和文化语境的限制，他们是我们的理解得以发生的前提条件。

对一部传统的文学作品的每一次领会和理解都是历史的相异的领会，这样说并不意味着领会是对歪曲的把握，而是意味着所有的领会都是对事物本身某一方面的经验。审美经验对文学作品文本意义世界的把握和领会，就是在对文学作品文本的不断阅读和理解中领会作品所具有的意义，通过这种理解，我们才使文学作品的意义变得丰富，也使我们的审美经验变得丰富。把理解视为一种此在存在的基本方式，强调理解的有限性和历史性，把文学的理解和意义的建构纳入了具有历史性的事件过程中，从而使阅读和理解具有本体论的地位。

再次，哲学诠释学的语言的人类经验的绝对性思想，把语言问题上升为诠释学的本体论问题，不仅突出了语言性和理解的语言性在整个人类经验的重要地位，而且批判了以往把语言视为一种工具的彻底的实用主义语言观。如果说，“能够被理解的存在是语言”这一哲学诠释学的本体论规定，存在着哈贝马斯所说的排除了非语言领域的理解经验的话，那么，这一断言却无疑是最适合于文学的审美经验。因为,无论从文学艺术的创造角度看,还是从文学作品的阅读、批评角度说,文学都是一种以语言的方式来表现意义的活动,都是一种在语言中进行的意义交往和诠释活动。这一内容我们将在后面的章节中进行论述。

本章参考文献

[1]贝蒂.作为精神科学一般方法论的诠释学.载洪汉鼎主编.理解与解释——诠释学经典文选.北京:东方出版社,2001.

[2]邓新华.中国古代接受诗学.武汉:武汉出版社,2000.

[3]邓新华.论"诗无达诂"的文学释义方式.宁夏大学学报,2000(4).

[4]冯芝祥.钱锺书研究.第2辑.北京:生活·读书·新知三联书店,1992.

[5]哈贝马斯.评伽达默尔的《真理与方法》一书.哲学译丛,1983(3).

[6]洪汉鼎.诠释学——它的历史与当代发展.北京:人民出版社,2001.

[7]洪汉鼎.理解与解释——诠释学经典文选.北京:东方出版社,2001.

[8]海德格尔.存在与时间.北京:生活·读书·新知三联书店,1987.

[9]霍埃.批评的循环——文史哲诠释学.兰金仁译.沈阳:辽宁人民出版社,1987.

[10]伽达默尔.解释学.哲学译丛,1986(3).

[11]伽达默尔.科学时代的理性.薛华等译.北京:国际文化出版公司,1988.

[12]伽达默尔.哲学阐释学.编者导言.上海:上海译文出版社,1994.

[13]伽达默尔.真理与方法.洪汉鼎译.上海:译文出版社,1999.

[14]金元浦.文学解释学.长春:东北师范大学出版社,1997.

[15]李咏吟.诗学解释学.上海:上海人民出版社,2003.

[16]李咏吟.创作解释学.桂林:广西师范大学出版社,2003.

[17]李咏吟.解释与真理.上海:上海译文出版社,2004.

[18]利科尔.解释学和人文社会科学.陶远华等译.石家庄:河北人民出版社,1987.

[19]刘耘华.诠释学与先秦儒家之意义生成.上海:上海译文出版社,2003.

[20]潘德荣.齐学栋.诠释学的源与流.学习与探索,1995(1).

[21]潘德荣.文字诠释传统.上海:上海译文出版社,2003.

[22]彭启福.理解之思——诠释学初论.合肥:安徽人民出版社,2005.

[23]钱锺书.管锥编.北京:中华书局,1979.

[24]R. E.帕尔默.伽达默尔哲学的七个关键术语.外国哲学,2003(1).

[25]孙丽君.哲学诠释学的理论特征及其他.山东社会科学,2005(4).
[26]汤一介.三论创建中国解释学问题.中国文化研究,2000.
[27]沃·伊瑟尔.阅读行为.金惠敏等译.长沙:湖南文艺出版社,1991.
[28]叶嘉莹.中国词学的现代观.长沙:岳麓书社,1992.
[29]叶维廉.秘响旁通——文意的派生与交相引发.中外文学,1984(2).
[30]叶维廉.中国诗学.北京:人民文学出版社,2006.
[31]殷鼎.理解的命运.北京:生活·读书·新知三联书店,1988.
[32]张隆溪.诗无达诂.文艺研究,1983(4).
[33]张隆溪.道与逻各斯.冯川译.成都:四川人民出版社,1998.
[34]张隆溪.神·上帝·作者——评传统的阐释学.读书,1984(2).
[35]张隆溪.仁者见仁,智者见智——关于阐释学与接受美学.读书,1984(3).
[36]张汝伦.意义的探究——当代西方释义学.沈阳:辽宁人民出版社,1986.
[37]宗廷虎.钱锺书的理解修辞理论.平顶山师专学报,2000(1).
[38]宗廷虎,李金苓.汉语修辞学史纲.长春:吉林教育出版社,1989.
[39]邹其昌.朱熹诗经诠释学美学研究.北京:商务印书馆,2004.
[40] Hans-Georg Gadamer. Truth and Method, "Foreword to the Second Edition". London: Sheed and Ward Ltd., 1975.
[41] Hans-Georg Gadamer. Gadamer in Conversation: Reflections and Commentary. Edited and Translated by Richard E. Palmer. New Haven: Yale University Press, 2001.
[42] Hans-Georg Gadamer. Classical and Philosophical Hermeneutics. Theory, Culture & Society, 2006(1).
[43] Irena, R. Makaryk. Encyclopedia of Contemporary Literary Theory. Toronto: University of Toronto Press, 1993.

第二章 诠释学理论与翻译的关系
——从理解到诠释

诠释学理论的研究出发点并不是专门针对翻译，而是针对艺术作品的理解和解释。对艺术作品的分析和阐释在许多层面上与译者在翻译过程中对原作的解读和传达之间存在许多相近之处。因此，从诠释学角度研究翻译具有独特的意义。

从诠释学入手研究翻译自古有之。从罗马帝国时期的西塞罗（著有《论演说家》）到苏格兰著名翻译理论家泰特勒（著有《论翻译的原则》），诠释学的观点贯穿整个西方传统的翻译理论。与其说翻译是语言的操作，还不如说是诠释翻译的过程。郭建中先生在《当代美国翻译理论》(2000)一书中也认为西方传统翻译理论的本质就是阐释。翻译无论如何离不开译者对原文本的理解和解释，如原文意义的确定/不确定性问题、译者的主体性问题、跨文化误读和文化过滤等等。对于解释的可能性以及解释的手段不单单是翻译的问题，更是诠释学要解决的首要问题，因此用诠释学研究翻译现象有其合理性和科学性。

第一节 诠释学的理解

诠释学与翻译有着极其相似的方面，“一切翻译就已经是解释，我们甚而可以说，翻译始终是解释的过程，是翻译者对先给予他的语词所进行的解释过程”[1]。任何翻译都是从对原文的理解开始的，而诠释学的本质就是理解。文本是一个向译者开放的意义结构，而译者则从其特有的视阈出发，对文本的意义加以理解和阐释。当代译者为了使自己的翻译能经受住时间和读者的考

① 伽达默尔：《真理与方法（下卷）》，洪汉鼎译，上海译文出版社 1999 年版，第 490 页。

验，并在译文的发展史上占据一席之地，总是力图从原文的文化视野出发，在译文的语言和文化环境中寻求思想资源和理论支持。这种探寻并不等同于机械地复制原文，而是要在与原文展开对话与交流的同时，根据译语环境批判性地消化吸收原文的文化传统，从而最终确定自己译文的存在表现。这样一来，诠释哲学便为译者找到了历时性与共时性解释的契合点。诠释学指出理解的基本条件主要有以下几个方面。

一、理解的历史性

古典诠释学忽视和否认理解活动和理解者的历史真实。对于传统与理解者之间的时间距离因素，施莱尔马赫都力图在理解中获得内容上的一致性，克服因时间距离而造成的偏见。狄尔泰则提出理解要达到作者所处的环境，以重获作者写作时的心态。总之，古典诠释学及后来的现代诠释学都将理解者和理解对象之间因历史延续而造成的时间距离视为人们对理解对象发生误解的原因，他们相信，理解首先就要做社会史和文化史的还原和复制，跨越传统与现实之间的时间距离，进入当时历史的那个时代的客观世界，同时进入作者的内心世界，以达到真实、客观的理解历史。所以伽达默尔说："他们（古典释义学者）由此把释义学和自然科学的客观性理想调和了起来，但是这种调和只是靠着全然不顾释义学理论中历史意识的凝结才做到的。"[①]这种基于以往基础主义、本质主义思维模式之上的理解学说，始终有一个坚定的哲学基点或哲学共设，认为存在着或必须存在着某种我们在确定理性、知识、真理、实在、善和正义的性质时能够诉诸的永恒的、非历史的基础或框架。在这一逻各斯的统摄下，为自己设定的理想当然是一种永恒不变的一般性和客观确定性。它以客体为中心，树立了对象在理解中的绝对地位，但却抹杀了从事理解活动的主体。

事实上，无论是理解对象还是理解者，都是作为历史文化传统中具体的因素而存在的，任何古典文献、文物遗迹都嵌入传统中作为历史文化的流传物而延续下来，是历史的见证。同样的，理解者也都是作为内在于历史传统中的创造者并在新的历史条件下保存和弘扬这些传统的，是历史的产物和创造者。理解对象和理解者都是存在于无限历史传统之中的一个连续点，这个点凝结着以往历史传统，并且借此以发展和更新传统，这就是理解的历史性。在传统的延续过程中，生活于其中的每一个人，无论他愿意与否，承认与否，也无论他

① 伽达默尔：《时间距离的解释学意蕴》，甘阳译，《北京译丛》1986 年第 3 期。

是正统还是异端，实际上他总是当时传统的一个影子，或多或少地在他的言行中注解着传统、传播着传统。

伽达默尔从海德格尔的诠释学思想出发，把海德格尔理解的概念扩展到存在性，把诠释学作为哲学本体论对待，视诠释学现象为人类的世界经验，通过强调理解的普遍性，确立了诠释学以理解为核心的哲学的独立地位。伽达默尔认为理解是历史的，理解的历史性构成了理解的偏见，进而决定了理解的创造性和生成性。在理解传统中有着对立的两极，一方面，在与传统的联系中获得了某种熟悉性，因为我们与传统共享基本偏见；另一方面，作为理解者的人毕竟只是传统之流中的一个点而非它本身，凝结点中有扬弃，所以与传统又有了一极的陌生性。它们之间的张力，是由理解者与理解对象之间的时间差距造成的。伽达默尔说："诊释学的真正家园即在这中间地带(时间差距)。"[①]

首先，任何翻译都是从对原文的理解开始的。理解是历史的，伽达默尔认为历史性是人类生存的基本事实。人是历史的存在，有其无法摆脱的历史特殊性和历史局限性。无论是认识主体或客体，都内嵌于历史性之中。真正的理解不是去克服历史的局限，而是去正确地评价和适应它。从这个意义上讲，对文本的理解无疑也是历史性的。这一论述为我们重新审视翻译中的历史性误读现象提供了新的理论视角和评价方法。翻译正如勒费维尔所言，不是在真空里进行的。无论哪一位译者，都会受到各种主观或客观历史条件的限制，绝对"信"的译文不可能存在。历史性误读是时代认可的理解，是理解之前业已存在的社会历史因素、价值观等影响的产物。例如晚清时期，面对列强入侵、外族统治，当时的文人志士充分发挥小说的政治教化功能，不少本来政治色彩较淡或甚至毫无政治色彩的外国小说，在译介到中国时，都被加以一种"政治性阅读"[②]，肩负起了政治任务。理解的历史性揭示了参与理解的主、客体都是历史的存在，理解就是主体对文本所作的一种特殊的历史性"逗留"。要完全消除误读现象，进行纯客观的理解是根本不可能的。

理解的历史性因素主要有以下几个方面：第一，在理解开始之前已经存在的历史因素，这些历史因素无可选择地影响着理解者，侵入到理解者的思想中；第二，理解对象的构成也是历史性的；第三，由理解主体的实践所决定的社会价值观，也可归结为一个传统的一部分的概览。在伽达默尔看来，传统不是保守的、应该加以抛弃的东西，传统一方面保留于文本之中；另一方面，我们也

① 伽达默尔：《哲学解释学》，夏镇平等译，上海译文出版社 2004 年版，第 54 页。

② 王宏志：《翻译与创作——中国近代小说论》，北京大学出版社 2000 年版，第 7 页。

始终处于传统之中，而且，我们始终是传统的一个部分，传统也是人们的一部分。

其次，理解的对象——文本也是历史性的存在。文学作品只有通过读者的阅读活动，才能转为现实性的存在，只有在阅读的时间性展开过程中，作品才能成为读者意识中的文学作品。正如萨特所说："文学对象是一只奇怪的陀螺，它只存在于运动之中。"[①]作品的意义是读者（译者）与文本的相互交流的结果，因而是开放的。另外，文本本身充满了不确定点和空白点，它们需要读者（译者）的阅读加以具体化，因此原文文本是一个开放的动态的历史过程。

再次，译文的读者也具有历史性，读者并不是一个被动的接受者，而是一个具有能动性和创造性的参与者，总是以自己的前理解和先见进入作品，并从自我理解出发，在不同文化背景下，根据不同的思维方式、生活风俗和知识结构，形成他们不同的"期待视阈"。这种期待视阈决定了读者对作品的内容和形式的取舍标准，以及阅读中的选择与重点。因此每一种阅读都是开放性和差异性的，此时的译者作为两种文化的中介人，利用他们的专长，对作品进行增加、删节或者改编以适应读者的需求，这不但是他们的权利，也是他们的义务，因为读者的需求就是译者努力的方向。很明显的一个例子就是斯威夫特的《格列佛游记》，不同时期的读者需求使之由政治讽刺小说变成了儿童读物。

此外，译本接受环境也具有历史性。从接受语境看，原作跨越不同时代、不同民族和不同语言世界进入一个与它原来社会文化境况完全相异的语境，它必然会受到译入语语言文化规范的制约，在不同程度上异化为译入语文化形态特征，从而融入译入语文学大系中。译作的成功与否与译者在翻译过程中体现的文字功底优劣并无绝对对等的关系，而受诸多因素的影响，比如译入语文学系统变革的需求。寒山诗的译介就是一个明显的例子。中国古代诗人里不入流的寒山在20世纪60年代却成了美国"垮掉一代"的偶像代言人，这就是因为其译作体现出的对世俗采取冷眼旁观及其批判的态度，符合了当时美国青年在信仰与精神危机双重压力下所产生的内在审美与文化诉求。

二、前理解、前见、阐释学循环、视阈融合

"前理解"，也叫"先见"、"前见"或"偏见"等，指的是理解主体的存在状态，是相对于主体某一理解行为前的作为主体存在状态的理解。对此，海德格尔作了详细的阐述，并指出，任何理解的先决条件都由三个方面的存在状态构

① 施康强：《萨特文论选》，人民文学出版社1991年版，第116页。

成:一是先有(vorhabe)。每个人都要降生并存在于某一文化中,历史与文化在我们意识到它们之前,已经先占有了我们,而不是我们去占有历史文化传统。正是这种存在上的先有作为我们任何理解发生的先决条件,才使我们有可能理解历史文化传统和我们自己,我们的理解"一向奠基在一种先行具有(vorhabe)之中"[①]。二是先见(vorsicht)。它是指我们在思考与理解时所借助的语言、观念以及运用语言的方式。语言、观念以及运用语言的方式自身会给我们带入先入的理解,同时,我们又会把语言带给我们的先入的理解,参与到我们对任何事物的理解中去。在任何情况下,我们都不会在没有语言、观念的状态下去理解与思考问题,我们的理解"向来奠基在先行视见(vorsicht)之中"[②]。三是先知(vorgriff)。它是指我们在理解前已具有的观念、前提和假定等。我们在开始理解与解释之前,必须要具有某种已知的知识储备,以此作为推向未来的起点或参照系。正如我们不可能在没有语言的情况下去思考和讨论问题一样,理解也不可能从精神的空白状态开始,它必须要有某些已知的东西作为基础,即使这些已知的东西与将来理解到的东西相抵触,也只能在理解的过程中不断地得到修正,却不能离开这些已知的东西开始进行理解,理解"奠基于一种先行掌握(vorgriff)之中"[③]。

"前理解"、"先见"不是由我们个人选择的,而是历史使我们无选择地接受,是历史对我们个人的占有,它构成人在历史中的存在。无论我们是否愿意承认:先见介入理解、使理解成为可能,先见已经是我们理解主体的历史存在形式,并时刻为理解的发生过程作着起点。前理解规定了理解的视野,正如我们看东西需要一定的视界一样,理解一部作品也一样。没有前理解,就构不成理解的视阈,就像盲人看不到任何东西一样,理解者也"看"不到文本,而前理解越丰富,视界就越宽阔,就越能理解。

理解总是连接着过去和未来,总是植根于历史传统之中,是历史在未来中的展开。"理解甚至根本不能被认为是一种主体性的行为,而要被认为是一种置身于传统过程中的行动(einrucken),在这个过程中,过去和现在经常地被中介。"[④]所以,前理解是理解的基本条件。同时,海德格尔还预设了著名的

① 海德格尔:《存在与时间》,陈嘉映译,生活·读书·新知三联书店 1999 年版,第 175 页。

② 同上。

③ 同上,第 176 页。

④ 伽达默尔:《真理与方法(上卷)》,洪汉鼎译,上海译文出版社 1992 年版,第 372 页。

“诠释学循环”,指的是我们在理解过程中必须根据部分来理解整体,同时又必须根据整体来理解部分。正如单独的词语归属于语句的整个上下文一样,单独的文本也归属于一个作者的全部作品中,而这个作者的全部作品又归属于特定的文学流派的整体或文学的整体中。同时,这一文本作为某一创作要素的体现,又归属于其作者的内心生活的整体。因此,正因为有这样一种循环的存在,我们才需要预设一种我们能够理解的“前结构”,这种“前结构”是我们得以理解事物本身的先决条件。

伽达默尔继承了海德格尔的观点,认为理解就是筹划,理解所筹划的东西就是先行于文本的期待。在诠释学循环中解释者在他达到全体之前关于全体就筹划了一种期待,这种期待必须开始于我们所熟悉的东西。这种“熟悉的东西”就是海德格尔的“前理解”,伽达默尔把它发展为“前见”。

伽达默尔把“前见”区分为两类[①]:一类是“合法的前见”,即历史赋予的、对理解有正价值的、人永远无法摆脱的前见。它来自人对历史文化的继承,是每个人与历史联结的纽带。每个人来到这个世界上,都要被动地受特定的社会历史文化的影响,也正是社会历史文化对人自身的渗透影响,才使人成为真正的理解者、成为真正意义上的人。“狼孩”、“熊孩”们不是真正意义上的人,因为他们不具有人所特有的思维理解能力,产生这个后裂的根本原因就在于:他们脱离了社会,没有被社会历史文化占有,不具有理解的存在基础。这充分说明,社会历史文化对人的占有形成的“前见”、“前理解”,是人可能理解的存在条件。所谓人类发展史,无外乎就是社会历史文化不断占有人的历史,当然,这种占有并不意味着人对历史文化的顺从,这种占有不是从一到一的封闭式循环,从更高的层次上和更广泛的意义上来讲,这种占有是面向未来的,是开放的,是不断在现实中发展的,是螺旋式上升的。正是这种不间断的螺旋式上升,我们的社会才有了它的发展史,在这个链条上,历史成了历史的纽带。

另一类“前见”,伽达默尔称之为“盲目的前见”。它指个人在现实生活中不断接触吸收的、可以消除的见解和观念等,这种见解和观念主要来自于人们对各种各样权威的盲目顺从。这种“前见”往往会妨碍正确理解的实现,往往会封闭理解多样性和开放性的大门,从而使理解走向单一、死板、僵化。

由此,伽达默尔指出:解释者不只是依靠可以立刻获得的前见而直接接近文本,而是要考察呈现在内心的前见的合法性,考察它的起源和有效性。只有

---

① 伽达默尔:《真理与方法(上卷)》,洪汉鼎译,上海译文出版社 1992 年版,第 342—365 页。

合理的前见才能达到正确的理解。理解不只是对作者意图的把握，而且是对一种存在者共同真理的分享，因为尽管每个时代都必须按照自己的方式来理解流传下来的文本，但是文本的真实意义并不完全取决于作者和译者所特有的那些偶然因素，而是部分地由真理本身决定的。

翻译时译者把收到的原作信息与自己信息库中沉积的"相似"信息加以比较处理，新旧两种信息构成的"相似块"互相反馈。译者调动脑中一切与新信息有关的种种信息，对之变换、纠正、补充、丰富，直到新旧信息相融达到极致，译者才用译语将这种相融产物加以外化，变为译文，这样一个过程也就是哲学上视阈融合的过程。原作的视阈是信息源，而译者的视阈是信息库。译者的视阈像其他一切信息一样，在翻译思维调用之前是以概念的形式储存在译者的思维中的，一旦翻译开始，原作的视阈刺激了译者动用自己的视阈来对其进入与融合。由于不同的语言都是对"存在者"的体现，所以原文视阈和译者视阈中有着众多相似的内容，这也就是两者的公共视阈。译者运用视阈中一切与原文视阈有关的内容，包括对目的语视阈和目的语读者的考虑，在自身与原文视阈的融合中对原文意义的"存在"进行考察分析、修正比较，在将其向"存在者"自身的还原中达到视阈的融合，此时，译者的视阈扩大并包容了原文的视阈。

正是视阈融合构成了前理解（原文和译者各自视阈）—理解（视阈融合）—自我理解（指向存在者本身）—新的理解（表现出新的存在形式，投入他人新一轮理解过程）的循环框架，并在时间延续中通过对文本的不同理解出现了不同译本。

三、效果历史

理解者和理解对象都是历史的存在，文本的意义是和理解者一起处于不断形成过程中，伽达默尔将这种过程历史称为"效果历史"。理解本质上是一种效果历史的关系，理解意味着对自己不熟悉之物的理解，通过解释活动去消除理解者与理解对象之间的陌生性和疏远性，克服由于时间间距和历史情景造成的差距。这一过程是可能性与现实性、过去与现在统一的创新过程。在效果历史中理解作品，这是伽达默尔诠释学的一个基本原则。他认为，"艺术作品是包含其效果历史的作品"[1]。在理解过程中，应当显现出这样一种效果历史。他指出，文本是开放性的，其意义永远不可穷尽。因此，它是超越生成

① 伽达默尔：《真理与方法（上卷）》，洪汉鼎译，上海译文出版社1999年版，第264页。

它的那个时代的。这就为不同时代的人们对于它的理解提供了可能性。艺术作品如果不打算被历史地理解，而只是作为一种绝对存在时，那它也就不可能被任何理解方式所接受。他的这种看法鲜明地提出了文本的历史性和理解的历史性问题，而这正是效果历史原则的主旨所在。效果历史原则则强调从艺术作品的效果历史中理解作品，这就把历史与现在密切相连，充分肯定了古代文本对于当代社会的意义。伽达默尔关于效果历史的论述，有助于我们认识重译的必要性和重要性。在20世纪中期的西方文艺批评领域里，曾经产生过热衷于"理想范本"的追求。这一种"客观批评派"的理论，要求批评家在文本面前忘记自己，排除主观感受，把回归到作者的原始意图看作追求的终极目标。然而由于理解的历史性，文本的意义也永远不会在某一点上被固置、被规范，而永远处于向未来生成的无限可能性之中。一部译作只能是对原作生命在时间和空间上的延伸和扩展，其本身却又不可能是超越时空的"不朽"。对每个人而言，文本都是一种开放性结构，对一文本或艺术品真正意义的发现是没有止境的，这实际上是一个无限的过程。文本意义的可能性是无限的，文本的真正意义是和理解者一起处于不断生成之中。

四、语言

语言是理解的另一个基本条件。语言一方面构成理解者的存在，另一方面构成了文本的存在，并规定着理解的过程。没有语言，就没有理解的主体，没有理解的客体，也就没有理解。

任何理解者都是在前理解的状态下进行理解的，前理解是历史文化传统对个人的占有，但是，历史文化传统是怎样占有个人的呢？那就是通过语言。语言是传统的蓄水池，任何历史文化传统都是在语言中实现了对人的占有，"我们现在所能看到的传统是在我们完全的语言依赖中具体给定的东西"①。语言是我们的存在方式，而不是一种可任意选择的工具，"语言根本不是一种器械或一种工具"。语言不是相对于我们而独立存在的一个对立面，将语言"对象化"是不可能的，也是错误的，语言就是我们自身，"语言在本质上是人类的，而人类在本质上也是语言的……"②。每个人从出生起就被抛在语言中，被抛在语言承载的历史文化传统中，从母教子的第一句话开始，我们开始在语言中接受这个世界和我们自己，对于我们的存在和生活来说，语言，是被抛的，

① 伽达默尔：《哲学解释学》，夏镇平等译，上海译文出版社1994年版，第21页。
② 同上，第60页。

是被迫接受的，是不能选择的。“我们总是居住在语言之中。正如我们作为‘世界之内的存在’那样，也是‘语言之内的存在’。”[①]正是因为我们是语言的存在，因为我们对语言的拥有，或者更妥当地说，我们被语言拥有，被语言所承载的历史文化传统所拥有，才形成了我们理解的视野，才使我们有了理解的能力，语言构成了理解者的存在。

语言构成了文本的存在。文本就是“任何由书写所固定下来的任何话语”[②]。任何文本一方面表现为语言符号，另一方面表现为意义。语言符号是感性的物质要素，它是意义的物质载体。文本是语言符号和意义的统一体，即文本是语言的存在。任何语言都是语词（词素与音素）与意义的矛盾统一体、社会性（语言意义的社会赋予性）与私人性（语言使用的私人性）的矛盾统一体。理解就是把握人们通过特定序列的语词所表达的意义，意义是根本，语词是途径、桥梁或手段。因此，文本正是因为有语言的存在，才成了我们理解的对象。对于一个研究人员来说，书是语言的存在，那么，他看书是为了把握作者在书中表达的思想，把握书的意义，书是他理解的对象。而对于一个废品收购人员来说，“书”根本就不是语言的存在，也不可能成为他理解的对象，他根本不想把握“书”的意义。如果他关注的话，也至多只会关注“书”的大小、重量和纸的质量。从哲学层次上讲，“书”只是他认识的对象，而不是理解的对象。脱离语言，只剩下物质形式的“文本”，也就不再是我们理解的对象。语言使文本成为文本，使文本成为我们理解的对象，语言规定了文本的存在。

语言规定着理解的过程。语言是理解的中心和媒介，理解就是以一种语言去理解另一种语言的过程，即用读者的语言去理解文本（作者）的语言的过程。伽达默尔通过对翻译的分析深刻地揭示了这一点，“在两个操不同语言的人之间只有通过翻译和转换才能进行谈话的这样一种语言过程特别具有启发性”[③]。在需要翻译的谈话中，翻译者必须把他所要理解的意义置入另一个谈话者所生活的语境中。由于这种意义必须在一种新的语言世界中被人理解，所以这种意义必须在新的语言世界中以新的方式发生作用。翻译的过程就是不断解释的过程，解释总是以语言为媒介。翻译与理解一般的文本之间只存在着量的差别而不存在质的差别。同样，理解一般文本时，我们必须把他的意

① 丸山高司：《伽达默尔——视野融合》，刘文柱等译，河北教育出版社 2002 年版，第 119 页。

② 利科尔：《解释学与人文科学》，陶运华等译，河北人民出版社 1987 年版，第 148 页。

③ 伽达默尔：《真理与方法（下卷）》，洪汉鼎译，上海译文出版社 1999 年版，第 490 页。

义翻译进我们自己的视阈内才能把握。理解的过程就是寻找共同语言、语言融合的过程，这个语言“既要把对象表述出来，同时又是解释者自己的语言”。[①] 因此，“语言就是理解本身得以进行的普遍媒介。理解进行的方式就是解释。……一切理解都是解释，而一切解释都是通过语言的媒介而进行的”[②]。

语言规定着理解者的存在，使人成为理解者。语言规定着文本的存在，使文本成为文本、成为理解的客体。语言规定着理解的过程，是理解的媒介。因此，“整个理解过程乃是一种语言过程”，“能被理解的存在就是语言(Sein，das verstanden werden rann，ist sprache)”[③]，语言是理解的条件。

五、间距

“间距”亦称“疏异化”、“远化”，指的是理解者与理解对象之间的一种距离、一种不同。从诠释学的立场看，如果我们把作者的思想作为最终所要达到的目的，那么，从作者的思想达到理解者的理解，就会有种种间距：作者的思想和作者使用的语言(这里指的是语言符号)之间的距离，作品的语词与语义的距离，作品的语言与理解者语言的距离，理解者的思想与理解者的语言的距离，等等。单就理解主体与理解客体之间而言，存在着主体和客体的视野、语言、时间和空间的不同(距离)。理解就是穿过这些距离把握作者的思想，达到理解者与作者思想的“同一”。

哲学诠释学认为，在任何情况下总存在间距，间距是客观存在的，从根本上说，间距是不可克服的。不仅如此，哲学诠释学还认为，间距是理解的条件，没有间距就没有理解。理解过程就是克服间距的过程，我们进行理解的过程就是穿过一系列间距达到与作者思想相“同一”的过程。比如，翻译是为了缩小语言的距离，考察作者的时代背景是为了缩小和作者的时空距离，研究语言的演化是为了缩小和作者的语境距离等。所以，“间距”从根本上说，是不能克服的，人们对于间距的克服永远只是相对的。没有间距就没有理解，间距是理解存在的条件。

---

① 伽达默尔：《真理与方法(下卷)》，洪汉鼎译，上海译文出版社 1999 年版，第 496 页。

② 同上。

③ 同上，第 606 页。

第二节　两类翻译定义和两类翻译理论

无论在中国还是在西方，"翻译"这类名称的存在都由来以久。同样，无论在中国还是在西方，对"翻译"概念的语用区别也大体相近；它都被区分为狭义的和广义的。广义"翻译"概念虽然可以被视为是对狭义"翻译"概念的引申，但在哲学视野中，尤其在西方的解释学哲学视野中，它却一直占据着相当重要的地位。这样，要从哲学的立场来处理"翻译"问题，我们首先要对"翻译"一词的不同定义及其由此衍生出的语用差别进行澄清。

一、狭义翻译概念和广义翻译概念

日常语言中的"翻译"通常指跨越不同自然语言的言语或文本转换活动，中国古代关于"翻译"的理解就是如此。《礼记·王制》中说："五方之民，言语不通，嗜欲不同，达其志，通其欲，东方日寄，南方日象，西方日狄鞮，北方日译。"这里的"寄"、"象"、"狄鞮"和"译"皆指"翻译"，这反映了在多民族多语言共存的情况下，我国在先秦甚至远古时期就有了翻译活动。秦汉之际，北方匈奴崛起。秦汉与匈奴外事频繁，于是，周之"象胥"遂为"译"所代替。东汉许慎在《说文解字》中对"译"的训诂为"传译四夷之言者"。南朝梁代慧皎《高僧传》三《佛陀什》："先沙门法显于狮子国得《弥沙塞律》梵本，未被翻译而法显迁化。"[①]"译"字前加上"翻"字，此为最早的文字记载，以此统指口译和笔译。

梁启超在20世纪20年代初指出：

> 翻译有二：一，以今翻古；二以内翻外。以今翻古者，在言文一致时代，最感其必要。盖语言易世而必变，既变，则古书非翻不能读也。求诸先籍，则有《史记》之译《尚书》。……以内翻外者，即狭义之翻译也。语古之译本者，吾欲以《山海经》当之。此经埭我族在中亚西亚时相传之神话。至战国秦汉间始写以华言。[②]

从梁启超关于"以今翻古"和"以内翻外"的区分表明，"翻译"也可以在某一自然语言共同体的内部加以使用。其理由是，"语言易世而必变"，唯有凭借

① 引自毛革贵：《新世纪大学英汉翻译教程》，上海交通大学出版社2004年版，第1页。

② 梁启超：《中国佛教研究史》，生活·读书·新知三联书店1988年版，第81页。

翻译才能达到“今人所以识古”的目的。

大约40年后，著名俄裔语言学家罗曼·雅柯布森在其经典论文“翻译的语言学含义”中对“翻译”的语义给出了类似的说明。

语词符号解释的三种方式是：同一语言中的其他符号；另一种语言中的不同符号；或者另一种非语词的象征符号系统中的符号。对这三种翻译可以作如下界定：

A. 语内翻译(intralingual translation)或语词重组(rewording)是使用同一语言中的其他符号来解释某种语词符号。

B. 语际翻译(interlingual translation)或狭义翻译(translation proper)是使用其他语言中的符号来解释某种语词符号。

C. 符际翻译(intersemiotic translation)或变形转换(transmutation)是使用非语词符号系统中的某些符号来解释某些语词符号。[①]

雅柯布森所说的第一种翻译指同一种语言内的语言置换，或称作解释。如《诗经·采薇》第六首的前四行是：“昔我往矣，杨柳依依；今我来思，雨雪霏霏。”程俊英将这四行译成：“回想当初出征时，杨柳依依随风吹；如今回来路途中，大雪纷纷满天飞。”[②]将古文译成现代文字，将一种文体如格律诗译成另外一种文体如白话诗，都属于语内翻译，我们平时能见到诸如《老子今译》、《文心雕龙今译》的书，都是语内翻译的作品；第二种翻译是在不同语言间的转换活动，我们一直以翻译而称之，如《老子》的英译本可称为《老子英译》；第三种翻译指将艺术符号转换为文字符号，反之亦然。艺术与创作甚至翻译都是相通的。美国现代诗人威廉·威廉姆斯(William Carlos Williams)的《舞会》一诗，临摹的是16世纪画家彼得·勃鲁盖尔的画作《婚礼晚会》，画面上无声的热闹场面在诗中接踵而至的爆破声、摩擦声中得到了有声的再现。这里，视觉艺术的缺失在诗歌的听觉描述中得到了弥补。我们可以将 William Carlos Williams 的《舞会》诗理解为雅柯布森的第三种翻译。上述三种翻译无不围绕符号的意义而进行，几乎涵盖了人类思维的各个方面。因此，在西方学术界，雅柯布森的定义具有相当高的引用率。奈达的《走向翻译科学》、乔治·斯坦纳的《通天塔之后》、德里达的《巴别塔》等著作和文章都曾专门对它进行过讨论。这个定义最大限度地兼顾了“翻译”一词的狭义和广义含义，使之成为

① Roman, Jakobson. On Linguistic Aspects of Translation. In: The Translation Studies Reader. Ed. Lawrence Venuti. London:Routledge, 2000, pp.113-118.

② 程俊英、蒋见元：《诗经注析》，中华书局1996年版，第450页。

语言学、符号学和哲学都可以接受的界定。

二、狭义翻译理论和广义翻译理论

一旦区别了"狭义翻译"与"广义翻译",随之而来的问题是"这种区别说明了什么?它对我们有什么意义?"

梁启超分离出"以今翻古"的说法,是为了刻画"语言易世而必变"这一事实,从而使人们从"翻译"的角度来看待"经——传"流传的历史。而雅柯布森把"语内翻译"命名为"广义翻译",则有着更加广泛的知识社会学和交流社会学的背景,其目的是从"翻译"的角度观察社会中的一切交流、理解和解释活动。

显然,在"广义翻译"概念的用法中,"翻译"已经被当作"理解"(understanding)或"解释"(interpretation)的同义语。西方的解释哲学和语言哲学的大量"翻译"讨论都是在这个背景下出现的。由此我们需要说明"狭义翻译概念"转换为"广义翻译概念"的理论根据是什么。让我们依然从雅柯布森提供的线索对此进行说明。

(1)"狭义翻译"仅仅指发生在两个自然语言共同体之间的文本转换,但雅柯布森进一步概括说,所有翻译行为,无论发生在两种语言共同体之间,还是发生在一个语言共同体内部的不同文本之间,其根本特征都是"语词重组"。用"语词重组"来定义"翻译",显然就使其成为解释学中的普遍"解释"概念同构的东西。由此引出的哲学结论就是:一切文字性的、语词重组式解释都是翻译。

(2)把"翻译"解释为"语词重组",这仅仅适用于语词符号(verbal sign)范围内的文本转换活动。雅柯布森在定义C(符际间的翻译)还引入了"符号间的翻译"这一观察维度,由此大大拓展了"文本"(text)一词的外延。我们知道,text原本是语词符号范围内的言语使用单位,中文通常译为"文本",即"语词书写物"。但在诠释学中,这个词的使用早已超出了"语词符号"范围。可见,雅柯布森的广义"翻译"概念中蕴涵着一个普遍哲学结论就是:无论语词符号的文本还是非语词符号的文本转换都是翻译。

基于对"狭义翻译概念"与"广义翻译概念"的区别我们有可能澄清两种翻译理论形态,即"狭义翻译理论"与"广义翻译理论"。

所谓"狭义翻译理论"关注的是从属于不同自然语言共同体的文本之间的差异问题。在语言中,这种共同体的最大单位是语系,如印欧语系、汉藏语系;每个语系又分不同的语族;不同的语族再分为不同语言,如英语、德语或汉语;

这些自然语言再分为各种方言;等等。中国古代的佛教翻译就是这种狭义翻译理论的研究对象。而"广义翻译理论"不拘泥于"语际翻译"领域,也不拘泥于语词构成物的领域。凡一切文本单位——无论语词符号的还是非语词符号的——之间的差异问题,都构成其研究对象。由于这种"差异"在人类交流中普遍存在,所以,广义翻译也是普遍存在的,不过,在哲学诠释学中称为"普遍解释学"。

第三节 20世纪哲学翻译研究

著名理论物理学家爱因斯坦给哲学下了这样的定义:"如果把哲学理解为在最普遍和最广泛的形式中对知识的追求,那么,哲学显然就可以被认为是全部科学之母。"①翻译,尤其是文学翻译,是一种创造活动,因而也可以看做是一种哲学活动。在中国传统的翻译理论研究中,几乎所有的译论命题都有其哲学渊源。其实,考察一下西方传统的翻译理论,我们也不难得出类似的结论:西方多数的翻译理论也是有其哲学渊源的。到了20世纪,西方哲学发生了明显的变化,语言愈来愈明显地成为哲学思考的主题。因此,很多人认为,经过了古希腊的本体论阶段和近代的认识论阶段之后,当今的西方哲学已处于现代的语言学阶段。维特根斯坦曾声称全部哲学问题都是"语言批判",伽达默尔也认为语言问题已经在本世纪的哲学中获得了一种中心地位。因此,翻开任何一部20世纪西方哲学史,都可以找到不少有关翻译问题的论述。作为哲学家们对语言问题论述的不可分割的一部分,这些论述体现了与以往任何有关翻译的论述都有所不同的思考。而且,尽管这些论述的本意并不在于解决什么翻译的理论问题,而在于解决困扰哲学家们的种种美学和哲学问题,但对翻译问题却有着非常直接的意义,而且哲学家们的思考有时甚至比专业的翻译理论家还要深刻得多。

一、20世纪哲学涉及翻译理论概述

当代哲学以语言取代理性作为关注的主要对象,试图以语言作为突破口来解决哲学问题。而翻译作为两种或数种语言直接交汇的场所,集中体现了语言的种种特点和问题,自然也就成了哲学家们理想的关注对象。

最早也最集中地讨论翻译问题的是瓦尔特·本雅明了。本雅明曾当过翻

① 爱因斯坦:《爱因斯坦文集》(第一卷),商务印书馆1977年版,第519页。

译家，他的《译者的任务》也是以翻译作品的导言的形式出现的，对于实际翻译过程中的种种困难应该说是深有体会的。不过，他并没有从这些困难出发，来论证自己的翻译理论，他对翻译的思考完全是哲学式的。在《译者的任务》中，他开篇即宣称："在欣赏一件艺术作品或一种艺术形式时，对接受者的考虑从来都被证明是没有用的。"[①]因此，"糟糕翻译的一个标志"就是要"发挥一种传达的功能"，也即要为读者考虑。在他看来，翻译只是一种形式，是作品生命的延续；翻译要显示语言的亲缘性（kinship），原文和译文都指向一点——纯语言；"从语言的长流中重新获得完满的纯语言，是翻译巨大也是唯一的功能"[②]；"译者的任务就是从自己的语言中释放处于另一种语言的魔力之中的纯语言；在自己对一部作品的再创造中，解放被囚禁在那部作品中的语言"[③]；"和艺术不同，翻译不能声称其产品的永恒性"，"一切翻译都不过是为了与语言的异质性达成和解的权宜之计"；"真正的翻译是透明的，它不掩盖原作"[④]。

德里达有关翻译的论述则比较集中，在《他者的耳朵》和《通向巴别塔》中，他对翻译问题作了精彩而又相当抽象的论述。他认为翻译不应该被定义为复制、重现或交流原作的意义，而是最好被看做是"一种场合，在这种场合中，语言可以被看做是永远处于一种过程之中，修改原作、推迟并置换任何抓住原作意欲命名之物的可能性"[⑤]。在《通向巴别塔》中，他对专有名词"Babel"（巴别塔）进行了详尽的分析，从这个词中看出了"父亲"（father）——即上帝，认为由于上帝解构了巴别塔，造成了混乱，并把自己的名字强加于人类，因此"他使他们命中注定要进行翻译，使他们服从必需而又不可能的翻译的法则"；他还认为，"没有什么事情比翻译还要严肃"。此外，他还认为，语言是一个充满延异、播撒、增补和踪迹的场域，我们不可能回溯到语言意义的原点。或者说，根本就不存在这样一个原点，语言的源头就是差异。因此，文本不是一个意义整体，而是无数的意义片断。一种语言内部意义的不可传递性程度，完全足以和两种语言之间的情形相比。解释作为"语内的翻译"，和"语际的翻译"一样，展

① Benjamin Walter. The Task of the Translator. In Theories of Translation: An Anthology of Essays from Dryden to Derrida. (ed.) Schulte, Rainer and John Biguenet. Chicago and London: The University of Chicago Press, 1992, p.71.

② 同上，第80页。

③ 同上，第76页。

④ 同上，第96页。

⑤ Gentzler, Edwin. Contemporary Translation Theories. London and New York: Routledge, 1993, p.162.

示的是一个语言意义自行解构的过程。译者是创造的主体,翻译文本是创造的新生语言,译本决定原文文本,没有译文原文就无法存在,原文依赖译文才能生存下去。"在翻译中,可以看到语言并不指向任何外在的事物,而是指向它自身,因此,原文和译文之间存在的符号指意链是一条可以无穷无尽地向后追溯的链子,即译文是更早的译文的译文……"[①]

奎因在1960年出版的《词语与对象》的第二章"翻译和意义"里,他通过对"原始翻译"(radical translation)的阐述,提出了他的"翻译不确定性"理论:"可以用不同的方式编纂一些把一种语言译为另一种语言的翻译手册,所有这些手册都与言语倾向的总体兼容,但它们彼此之间却不兼容。"[②]具体分析,翻译的不确定性又包括两个方面:一是内涵或意义方面的不确定性;一是外延或指称方面的不确定性;"与翻译的正确性相关的自然事实只是语言的自然倾向";翻译正确与否"没有事实问题"。这里,他所谓的"不确定性"也绝对不能看作是可以用来为糟糕翻译开脱的借口。他一方面强调了翻译时确立语义的困难,另一方面又着重强调了译者——在他的论述中是语言学家的主体因素。

二、20世纪诠释学理论涉及翻译问题概述

在词源上,英语中的"hermeneutics"(诠释学)一词可以追溯到古希腊文中,它的拉丁化拼法是hermeneuein,它的词根是hermes。hermes是古希腊神话中的专司,向人传递诸神信息的信使。他不仅向人们宣布神的信息,而且还担任了一个解释者的角色,对神谕进行注解和阐发,使诸神的意旨变得可知而有意义。这表明,"hermeneutics"一词从一开始就包含着"翻译"这重意义在内,正如洪汉鼎所指出的,在古代,诠释学是"一门关于理解、翻译和解释的科学,或者更正确地说,它是一门关于理解、翻译和解释的技艺学"[③]。关于翻译与诠释学在起源上的这种渊源关系,伽达默尔曾有过很好的描述。他说:

> 赫尔默斯是神的信使,他把诸神的旨意传达给凡人——在荷马的描述里,他通常是从字面上转达诸神告诉他的消息。然而,特别是在世俗的使用中,hermeneus(诠释)的任务却恰好在于把一种用陌

---

① Gentzler, Edwin. Contemporary Translation Theories. London and NewYork: Routledge, 1993, p.149.

② Quine. Word and Object. Cambridge, MA: MIT Press, 1960, p.27.

③ 洪汉鼎:《诠释学——它的历史和当代发展》,人民出版社2001年版,第1页。

> 生的或不可理解的表达的东西翻译成可理解的语言。翻译这个职业因而总有某种“自由”。翻译总以完全理解陌生的语言、而且还以对被表达东西本来含义的理解为前提。谁想成为一个翻译者,谁就必须把他人意旨的东西重新用语言表达出来。“诠释学”的工作就总是这样从一个世界到另一个世界的转换,从神的世界转换到人的世界,从一个陌生的语言世界转换到另一个自己的语言世界。[①]

由此可见,诠释学跟翻译学一样,也是研究“转换”问题的,只不过翻译学主要是研究语言之间的互相转换,而诠释学所研究的对象不仅包括语言之间的转换,而且还包括两个世界之间的转换(即从神的世界到人的世界的转换)。由于本书的宗旨是从诠释学角度来谈论“翻译”问题,因此文中大量涉及诠释学方面的观点。

1. 诠释学“翻译”研究的特点

从总体上说,诠释学的“翻译”研究具有以下几个基本特点:

其一,我们前面在对翻译定义的讨论中已经提到,所谓诠释学是一种“广义翻译之学”。狭义的翻译是不同语言之间的意义转换行为,狭义的解释是同一语言内部的意义转换行为。但是,伽达默尔也使用一种广义的解释概念,即将狭义的翻译和狭义的解释都包含在内。在这种意义上,所有的翻译都是解释。翻译变成了一种“语际的解释”,而解释专用来指“语内的解释”。这种定义方式反映了他的如下观念:翻译是解释的特殊情形,翻译从属于解释。但伽达默尔并不否认“语际的解释”比“语内的解释”有更优越的地位,因为前者比后者更好地揭示了解释的“对话”性质。“对话”是伽达默尔解释学最核心的关键词,概括了它作为哲学解释学和实践哲学的最一般特征。

其二,翻译是一种哲学诠释学对话:它是译者与文本的对话,而不是译者与作者的对话。文本的意义由文本而不是由作者提供,当译者面对文本的时候,他不过是文本的一个读者,与其他读者相比并没有任何诠释学上的优先性。当译者对文本进行翻译的时候,便进入了一个和文本之间的无限的对话过程。一个文本无论获得了多少、多么权威的诠释,它的意义都不会枯竭,都仍然存在诠释的空间。对母语文本的阅读、理解、解释同样也是对话,但唯有对外语文本的阅读、理解、解释(它们都是翻译)才更好地体现了对话的性质,因为这是一个更为艰难地取得相互了解的过程。

---

① 洪汉鼎:《理解与解释——诠释学经典文选》,东方出版社 2001 年版,编者引言。

其三,诠释学的原初问题源于对人文经典的"翻译"。这就注定它的"文本观"具有自身的独特性,是从存在论的层面引领文本。文本具有相当重要的位置,因为在诠释学中,文本不仅和理解密切相关,而且是互动的、开放的。伽达默尔否定了将文本对象化、独立化的思维,他提出"从解释学的立场亦即每位读者的立场出发,文本只能是一个半成品,是理解过程的一个阶段"①。

在《真理与方法》第三部分中,伽达默尔对翻译作了诸多的论述。他注意到,翻译作为一种特殊的诠释学对话,与一般意义上"你"与"我"的对话不同。"一切谈话都有一个不言而喻的前提,即谈话者都操同一种语言……对翻译者的翻译的依赖乃是一种特殊情况,它使诠释学过程即谈话双重化了。谈话一方面是翻译者同对方的谈话,另一方面是自己同翻译者的谈话。"②在这里,伽达默尔没有指出的是,这种双重化的对话过程并不是相互分离的,而是彼此之间相互影响的。在这场诠释学对话中,译者扮演了非常重要的角色。他不是在进行两场互不相干的对话,而是在进行一场双重化的对话。译者与任何一方的对话都必须考虑到第三方,即我们所说的"他者"。比如在操持英语和汉语两种不同语言的对话者之间进行翻译的话,译者在与操持英语的一方展开诠释学对话时必须始终考虑到操持汉语的一方,而与操持汉语一方展开诠释学对话时则又要顾及到操持英语的一方。在"你"、"我"之外的"他者"始终参与到"你"、"我"的诠释学对话中,并在一定意义上影响着对话的进程。在翻译文本的时候,译者始终是要考虑预期"读者"(他者)的。无视预期读者的翻译,不可能是好的翻译。翻译当然涉及语言的问题,但它绝不仅仅是语言的问题,它还是语言之外的问题。正像伽达默尔所指出的:"诠释学问题并不是正确地掌握语言的问题,而是对于语言媒介中所发生的事情正当地了解的问题。"③而要让读者"正当地了解""语言媒介中所发生的事情",译者在翻译文本的过程中就必须既立足语言之中又超出语言之外,不仅要了解作者和原始读者及其相关语境,还要了解译著的预期读者及其语境。哲学诠释学倡导的不是一种回溯性的理解和诠释,而是前拓性的理解和诠释,这种理解和诠释并不企求把握作者的原始意图,而是努力追求一种文本的创生性意义。依此而论,让"他者"参与到译者与文本的"对话"当中,完全符合哲学诠释学的精神。

当然,与原有文本的作者参与"诠释学对话"的方式一样,预期读者的参与

---

① 伽达默尔:《伽达默尔集》,上海远东出版社 2003 年版,第 60 页。

② 伽达默尔:《真理与方法(下卷)》,洪汉鼎译,上海译文出版社 1999 年版,第 491 页。

③ 同上。

也是借助于译者或理解者和诠释者在创作新文本的过程中展开的心理活动来实现的。实际上，都属于“缺席参与”。只是时间向度上两者有一定的差别，一个是从“过去”走入现在，一个是从“未来”走入现在。

2. 斯坦纳的诠释学翻译理论

斯坦纳在其《通天塔》一书中开宗明义提出了理解即翻译的命题。在传统的翻译理论当中，理解是翻译过程的一部分，而在斯坦纳这里，理解本身就是翻译。他的这个命题的理论基础是诠释学和交际理论。他说，“我们应该这样理解，翻译是一个特定语言之内任何一次成功的言语行为所包含的交际过程”(...translation, properly understood, is a special case of the act of communication which every successful speech-act closes within a given language.)。“从根本的意义上说，一个人只要是在从任何一个人那里接受到言语信息，他就是在进行一次翻译行为(A human being performs an act of translation, in the full sense of the word, when receiving a speech-message from any other human being.)。”他认为任何理解过程都有着与翻译相同的模式。他说，“在本体论意义上‘从讲话人到受话人’的模式，代表了所有符号学和语义学过程，它与翻译理论所使用的‘从源出语到接受语’的模式完全相同(The model “sender to receiver” which represents any semiological and semantic process is ontologically equivalent to the model of “source-language to receptor-language” used in the theory of translation)”①。理解即翻译的命题就是如此类推出来的结论。斯坦纳认为，语言的产生和理解的过程实际上是翻译的过程，翻译是语言的基本因素。循此逻辑，理解过去也就是将过去“翻译”成现在；理解另一个他者的文化也就是要跨越语言、文化的疆界，进入一个纯然陌生的世界，携带着要获得的东西并放置在自我之中。正因为我们翻译了，并能够翻译过去的东西，我们才能保存人类文明得以延续下去，也正是因为我们翻译自身和他者的文化，我们才能够生存下去。

语际翻译涉及原文和译文，原文是编码，译文则是有形的解码，是以第三者为接受对象的有形表达；语内理解也有说话人的编码，听话人的理解是无形的解码，听话人对于这种理解也有所表达，但他的表达是以自我为交际对象的无形的表达。这种过程模式的相似性就是斯坦纳的推理依据。这种推论的依据不是符号学，而是诠释学和交际理论。跟雅柯布森的翻译三分法一样，这个

① Steiner, George. After Babel—Aspects of Language and Translation. Shanghai: Shanghai Foreign Language Education Press, 2001, pp.48-49.

命题也同样把翻译活动纳入了人类生活的语言理解和表达之中，实际上，如果把理解也归为翻译的话。也就等于说，人与人语言交流的心理活动、人心里的语言解码过程本身就是翻译的过程。如此一来，翻译就是人类社会构成的连接点，人类的文化和语言得以维系的基础。没有翻译，人就难以成为通过语言交流的社会人，人类的生活就会无法想象。

可以说，斯坦纳的理论实质是把雅柯布森的符号说理论进一步推进。从语言的外在有形的表达推进到人类大脑中的内在无形的理解——或者说解码上去，这样，翻译不仅是一个外在的语言活动，而且更是一个内在的心理过程；翻译不仅是一个语言（理解和表达活动的）现象，而且也变成了一种人的存在方式和人之为人的本质所在。人是社会的人，没有语言交流就难以形成社会，难以发展出文化。换句话说，社会、文化等的基础就是人与人要联系起来，如何联系呢，按照斯坦纳的说法，就是通过翻译。这里“理解即翻译”与我们通常所理解的所谓“翻译就是理解”有天壤之别。因为我们通常所谓的“翻译就是理解”仅仅是在强调理解对于翻译至关重要，只要真正理解也就可以翻译出来了。所以，把理解说成是翻译，就是把人阐释为独立的、个体的存在，因此语言、文化甚至人的社会性就必然要归功于翻译的作用。从这个意义上说，翻译学就必然是一种人学，这不是一般意义上的人学，而是本质意义上的人学。

上面我们论述了20世纪哲学家对“翻译”问题的不同考察，但有一点是一致的，在他们的理论中，原作已不再具有往日在翻译过程中所具有的中心地位，译文读者的地位也被大大降低了，通常意义上的忠实也不再被视为值得追求的目标，而译文和翻译过程本身的地位却被提高了。

第四节　诠释学翻译研究在中国的状况

与文学的诠释研究相比，翻译的诠释研究显得有些滞后，诠释学进入我国翻译研究的视野均始于20世纪80年代后期。第一篇有关该课题的论文是杨武能1987年发表的“阐释、接受与再创造的循环——文学翻译断想”。该文首次综合运用阐释学和接受美学原理论述了“文学翻译家既是阐释者又是接受者”这一命题，并明确指出，“文学翻译活动的全过程包括译者——作者和读者——译者——作者的阐释、接受和再创造的循环”。

其后，我国译界陆续发表过一些相关论文，分别从不同途径、不同角度、不同层面来论证这一课题。主要为如下话题的研究。

1. 翻译实践经验的总结

把阐释学的某些相关原理运用到翻译研究中，说明翻译就是诠释(阐释)。邵宏(1987)认为，对某些“不可译”的文化现象只能进行文化阐释，否则只能招致译语读者对外来文化的误解，因为“人们在接受外来文化时，总是用自身文化作为外来者的参照系，有时在没有完全理解对方时，又习惯将对方削足适履地纳入自身的框架里”。

陆乃圣(1988)认为，解释性翻译既能保全原文的形式和内容，又能传达原文的思想感情，于中国读者也更易于理解和接受。杨武能时隔十年，1997 年他仍坚持认为，翻译是“一种阐释，一种更全面、更直观、也更繁难的特殊意义的阐释”。

2. 哲学的语言论转向

如吕俊在“哲学的语言论转向对翻译研究的启示”一文中指出必须改变翻译研究的传统观念，把翻译过程视作是一个译者与作者通过文本进行对话的过程，翻译批评应成为批评家积极参与对话的对话。

3. 解释学理论与翻译研究

从哲学视角强调了译者在翻译过程中作为信息接受者的主体性地位；强调了译文读者的参照地位，认为译文应该顾及译文读者的反应效果；提出了翻译的主体间性概念，指出翻译过程是主体间进行多方对话、交流与协商。主体间的对话不仅包括作者、译者、读者、赞助人的对话与协商，更是两种文化的交流与合作。翻译主体间性有助于建立平等交流、相互尊重、相互理解、相互沟通的良好翻译模式。

谢天振在“作者本意与本文本意——解释学理论与翻译研究”中认为，解释学理论与翻译研究有着“极其密切的关系”，“现代解释学理论家围绕作者‘本意’的争论为我国提供了一个审视传统翻译观念的崭新‘视阈’”。他根据当代解释学中两个流派的代表人物伽达默尔和赫施(E. D. Hirsch)关于作者“本意”、文本的确定性和可复制性等问题的论述对翻译研究中某些具有争议性的问题进行了有益的探讨。文章指出，伽达默尔的观点对翻译研究具有多方面的借鉴意义，并通过对实例的分析论证了视阈融合理论和理解的历史性观点对翻译研究的借鉴作用。

蔡新乐和郁东占合著的《文学翻译的释义学原理》以海德格尔本体论阐释学原理为理论框架，着重从中国文化、汉英互译出发，将阐释学同中国哲学某些观念结合起来，讨论了文学翻译中三个方面的问题：空白、对立和多元并存。作者的主要观点是：文本留有多种空白，需要译者的想象去填补；应努力寻找

对应的配合由于意蕴的复杂导致翻译者从原文的意蕴指向入手，构筑出原文对应的译语文本。

本章参考文献

[1]爱因斯坦.爱因斯坦文集(第一卷).北京:商务印书馆,1977.

[2]蔡新乐,郁东占.文学翻译的释义学原理.开封:河南大学出版社,1997.

[3]程俊英,蒋见元.诗经注析.北京:中华书局,1996.

[4]方向红.德里达:他者的耳朵.江苏社会科学,2004(3).

[5]耿强.阐释学翻译研究反思.四川外语学院学报,2006(2).

[6]郭建中.当代美国翻译理论.武汉:湖北教育出版社,2002.

[7]海德格尔.存在与时间.陈嘉映译.北京:生活·读书·新知三联书店 1999.

[8]韩子满.当代美学思潮与翻译理论研究.解放军外国语学院学报,2004(2).

[9]洪汉鼎.理解与解释——诠释学经典文选.北京:东方出版社,2001.

[10]黄德先.阐释与复译.社科纵横,2005(2).

[11]伽达默尔.时间距离的解释学意蕴.甘阳译.北京译丛,1986(3).

[12]伽达默尔.哲学解释学.夏镇平等译.上海:上海译文出版社,1994.

[13]伽达默尔.真理与方法(上、下卷).洪汉鼎译.上海:上海译文出版社,1999.

[14]伽达默尔.伽达默尔集.上海:上海远东出版社,2003.

[15]李河.巴比塔的重建与解构:解释学视野中的翻译问题.昆明:云南大学出版社,2005.

[16]李建盛.理解事件与文本意义:文学诠释学.上海:上海译文出版社,2002.

[17]利科尔.解释学与人文社会科学.陶运华等译.石家庄:河北人民出版社,1987.

[18]梁启超.中国佛教研究史.北京:生活·读书·新知三联书店,1988.

[19]陆乃圣.解释性翻译初探.中国翻译,1988(2).

[20]吕俊.哲学的语言论转向对翻译研究的启示.外国语,2000(5).

[21]彭启福.对话中的“他者”——伽达默尔“诠释学对话”的理论批判.哲学动态,2007(3).

[22]单继刚.翻译话题与 20 世纪几种哲学传统.哲学研究,2007(2).

[23]施康强.萨特文论选,北京:人民文学出版社,1991.

[24]邵宏.翻译——对外来文化的阐释.中国翻译,1987(6).

[25]屠国元,朱献珑.译者主体性:阐释学的阐释.中国翻译,2003(6).
[26]涂纪亮.现代西方语言哲学比较研究.北京:中国社会科学出版社,1996.
[27]王宏志.翻译与创作——中国近代小说论.北京:北京大学出版社,2000.
[28]丸山高司.伽达默尔——视野融合.刘文柱等译.石家庄:河北教育出版社,2002.
[29]谢天振.翻译研究新视野.青岛:青岛出版社,2002.
[30]谢天振.作者未意和文本本意.外国语,2000(3).
[31]杨武能.翻译·解释·阐释,外语与翻译,1997(2).
[32]朱健平.翻译的跨文化阐释——哲学阐释学和接受美学模式.上海:华东师大出版社,2003.
[33]Benjamin, Walter. The Task of the Translator [A]. Theories of Translation: An Anthology of Essays from Dryden to Derrida [C]. Chicago and London: The University of Chicago Press, 1992.
[34] Gadamer, H. G. Truth and Method. (Tr.) Garrett Barden and John Cumming. London: Sheed and Ward Ltd., 1975.
[35]Gentzler, Edwin. Contemporary Translation Theories. London and New York: Routledge, 1993.
[36] Quinc. Word and Object. Cambridge, Massachusetts: MIT Press, 1960.
[37] Roman, Jakobson. On Linguistic Aspects of Translation. In: The Translation Studies Reader. (Ed.) Lawrence Venuti. London: Routledge, 2000.
[38] Steiner, George. After Babel—Aspects of Language and Translation. Shanghai: Shanghai Foreign Language Education Press, 2001.

第三章　文本与互文

——从独白到对话

在整个文学活动中，文本居于世界、作者、文本和读者诸要素和关系中的中心位置。

在《镜与灯》中，艾布拉姆斯将文学分为世界、作家、文本和读者四个要素，包括体验、创作和接受三个过程，具体如下图所示：

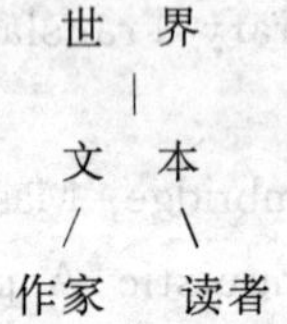

该示意图直观反映了文本与世界、文本与作家、文本与读者之间的关系，而在这些关系中文本处于中心位置。诠释学的研究属于文本 — 读者的研究模式。如果没有对文本的深入认识，就不能对文本一读者之间的关系有深入的认识。随着人们对文学活动中诸要素认识的加深，对每一要素的理解都不能是片面的，都应该从每一要素所处的整体关系网络中去把握。诠释学研究对文本的解读也是从多个维度进行的。

第一节　诠释学视角下的文本

文本通常被传统的语言学家理解成为一个静态的成品，具有固定而封闭的意义，可以被考察、分析。在哲学诠释学中，文本或本文(text)具有相当重要的位置，因为在诠释学中，文本不仅和理解密切相关，而且是互动的，开放的。

一、文本

伽达默尔认为,"文本"一词是从两个领域进入现代语言。一方面是圣经的文本,它的解释是在布道文与教会教义中进行。文本的另一正常的使用与音乐有关,它是歌曲以及词的音乐的解释的文本。这样的一个文本与其说是事先给定的,不如说是演唱歌曲的残余物。后来,古罗马的法官们根据贾斯尼安一世法典,把"文本"一词的范围扩大,"它包括经验中一切无法成为整体的东西,代表回到能为理解提供一个更好的方面的所谓给定之物"[①]。从"文本"原初的历史来看,我们至少知道两点:①在古典解释学时代,文本是为解释服务的,没有了解释,文本就没有存在的必要。②文本中隐藏了真理的信息,解释的任务就是把文本中的真理显示出来。基于这两点,它构成了古典诠释学的理论支柱,构筑了诠释学的初始景观。施莱尔马赫的客观主义的诠释学大体反映了如上基本思想;后来,狄尔泰把诠释学引入到认识论和方法论层面,但是却走到了诠释学的另一个极端,滑向了主观主义诠释学沼泽地,文本的地位从神的位置栽倒,真正成了"演唱歌曲的残余物了"。

很显然,作为深受海德格尔思想影响的伽达默尔,一开始就要批判如上观念。因为,无论是施莱尔马赫,还是狄尔泰,他们的思想都是建立在主客分离的形而上学思想之上。对于伽达默尔来说,要从本体论的层面上建立哲学诠释学,他不得不拨开陈旧"文本"的面纱,并建立自己的与哲学诠释学相应的文本观。

伽达默尔认为,我们有必要将"文本"作为诠释学的概念来理解。从文本和理解的关系入手,他把文本定义为"被理解的真正给定之物"[②]。如果仅就这个定义本身而言,或许并无多少创新之处,但伽达默尔的超越之处在于——他不是从语法或语言学的角度看待文本,而是从存在论的层面引领文本。这一点,可以从他关于文本的阐释中看得很清楚。"从解释学的立场亦即每位读者的立场出发,文本只能是一个半成品,是理解过程的一个阶段。"[③]这表明,伽达默尔否定了将文本对象化、独立化的思维。把文本对象化是语言学家历来的习惯,这是建立在主客二元认识论基础之上的传统思维定式。事实上,语言学家们常常并不关心文本说了些什么,而只是意欲揭示语言的作用机制。

① 伽达默尔:《伽达默尔集》,上海远东出版社 2003 年版,第 59 页。
② 同上。
③ 同上,第 60 页。

这种分析模式有可能最终导致认识对象被分置的僵化、孤立后果以及由此而来的认识上的简单化和片面性。

第一,“文本必须可读”[①],这是就诠释学的阐释对象而言的。既然“理解所言之物是唯一要关心的问题”,那么,可以被理解就成了真实文本的基本前提。亦即说,任何人在打开文本——如果它真是文本的话——之前,总是期待着对其中所言之物有所理解,这显然与可读性有关。

第二,与可读性相对应的是不可读性。所谓不可读性指的是阅读过程中理解链条的中断,或理解过程中,不成功的语言之物。这时,就需要语言学的技巧(如措辞等)来消除理解的障碍,这又可能使文本落入方法论的牢笼中。这是伽达默尔一向关注的。正是从严格文本的特性出发,伽达默尔排除了将个人笔记、科学文件和私人信件等作为文本的可能性。在他看来,笔记只是对本人而言的,“它作为纯粹记忆的痕迹,重新融入在记录中,被意指的东西”,因此它只是一种帮助记忆的符号而已,一旦记忆丧失,笔记就显得异常和不可理解。

科学交流的主体是专家,科学文件“对熟悉该水平研究和语言的人来说是可理解的”。如果只有阐释才能理解,那阐释者就不是设想的读者,阐释者的话也不是文本,因而科学文件也不能构成文本。至于个人信件,伽达默尔认为,“当一个人收到个人信件,一般不把它当作文本”,因为可以直接进入书面交谈的情景,不必回到确切的文本,所以也算不上是文本。

伽达默尔通过对法典的分析,进一步探讨了文本的诠释学语境和文本最初的真实性问题。在他看来,文本有被“埋入”的可能。阅读活动中,我们每一次回到文本,无论该文本与一个印刷的文本有关或仅仅与对话中所表达事物的重复有关,指向的都是最初宣布或讲出之物,它应该保留下来,以构成一个有意义的本体。在此范围内,阅读和理解都意味着宣布的东西要回到最初的真实性。他认为,只要像日常对话那样,一旦语境确定,听话者一般是能正确理解说话者原初的正确意图的。从这个意义上说,“文本又不仅仅是一个特定的客体,而是在交流活动执行中的一个阶段”。但是,任何阅读和理解(即交流活动)都有读者自身的特定语境。通常,说话人不在场情况下,书面形式的文本保留了某种隐匿或模糊特征,“这意味着一个有意义的具体化自由空间,这一具体化要为实际应用的目的执行阐释”[②]。读者的先见、先有和先行融合在理解中,或者说文本的视界和读者的视界相汇合,决定了理解中意义生成的无

① 伽达默尔:《伽达默尔集》,上海远东出版社 2003 年版,第 60 页。

② 同上,第 67 页。

限可能性，当然也可能包括说话者的原初意图，即最初的真实性。由此看来，伽达默尔试图在理解的主观性和客观性中达到某种和谐。但是，这种调和并不是骑墙的折中，而是来自对文本的理解。因为从存在论上说，我们进入的是一个有文本引领的意义世界。

二、文本的对立形式

为了说明一个文本完成自己真正内在规定的含义以及对文本的形式进行阐述，伽达默尔进而认真区分了与文本对立的三种形式：

(1)反文本。反文本指“反对或抵制文本化的话语形式”，如各类玩笑或反语。一般说来，我们对它们的使用有一个共同的前理解。而问题在于，这里相互理解的先决条件往往却并不十分清楚，结果导致阐释反语和笑话成了极为困难的诠释学任务。

(2)假文本。假文本指“说话中，同时也是写作中对某些成分的语言使用，这些成分并不实际地传达意义，而是提供类似语流中修辞联系的填入物”[①]，即语言中缺乏意义的成分或部分。“这完全不适用于任何有真正意义的文学性质的文本。”[②]它说明了文学文本可翻译的局限性。

(3)前文本。前文本是指“人们了解了其中的意图意义时对它们的理解并没有完成的交流表达或文本形式”[③]。前文本的表面意义仅是一种托词、一种借口，隐藏其后的是特定的“意义”，因而颇有些“言在此而意在彼”的意味。

三、文本的最高形式——文学文本

伽达默尔说：“文学文本是最专门的文本，是最高程度上的文本。”他把文学文本和以上“诸文本”作了区分。在诸文本中，“理解一个文本的过程就会使读者专注于文本所说的东西，在这一融合中，文本渐渐离去”。而文学文本“在我们理解他们的行动中并不消失，而是在那儿用标准的要求面对我们的理解，它们不断地面对我们的理解”。也就是说，文学文本能靠自身回到自身实现文本真正的意义。“这些文本在回到自身时才真正地在那儿，这时它们是最初的与真正的意义上的文本。”伽达默尔用了“倾听”这一虔诚、神秘、神性的方式描述我们文学文本的出现姿态，“文学文本是这样的文本，在大声阅读它们的时

① 伽达默尔：《伽达默尔集》，上海远东出版社 2003 年版，第 67 页。

② 同上，第 68 页。

③ 同上，第 71 页。

候也必须倾听它们，哪怕是用内在的耳朵。朗诵这样的文本时，不仅要倾听它们而且要在心中和它们一起说话。只有当人们'熟记'文本，文本才得以真正的存在"①。

四、文本的开放性

文本和理解共存互参，使得文本获得了无限的开放性。

通常文本由作者写出后，具有一种话语形态，这种话语形态不再是作者的等同物，它既有代表作者的一面，又具有独立的脱离作者创作情境的语言形式。它自身就具有一种参与交流的自主的准主体性质。同时，文本只有通过交流才能进入社会，只有在社会交流中经过感知者的审美接受才能生成意义，成为我们所理解的作品。然而读者(译者)与文本的交流又不同于社会交流的一般形式，而具有不对称交流的形态。在一般的社会交流或对话中，主体间的谈论具有特定论题的指向性，双方共处于一个共同的语境。参与对话和交流的双方可以通过互相探问、求证、排除歧义达成调节，直达本义。在这种交流中，言语的使用由于特定语境而具有确定的含义。这是一种双向对称交流。译者与文本建立起的这种"我—你"的对话交流关系却是一种不对称交流。在这种交流中，由于文本的既成文字形态，双方失去了直接交流的现实语境，文本无法像通常的社会交流那样去肯定、否定、证实或修正对方对自己意图的理解，而读者(译者)无法检验自己对文本的解释是否恰当、正确，只能依靠自身去体味、揣摩文本的意味。这就需要建立一个使双向交流或对话不断推进的调节机制，而文本的空白与未定性便作为这种调节的中介在历史发展中成长起来、丰富起来。同时，也正是这种不对称交流方式，使文本向一切时代的理解开放，向一切不同的审美感受开放。因此，文本空白与未定性便为读者(译者)展开了广阔的天地。文本的意义就在这种不对称交流中不断生成，它具有理解和体验的无限可能性。

第二节 互文(本)性

一、文本与互文

有文本就有互文本，因为在人类的交际和思想的沟通中，文本从来就不是

① 伽达默尔：《伽达默尔集》，上海远东出版社 2003 年版，第 71 页。

孤立地存在的，它总是同其他文本（如过去或同时代的文本）发生关系。由于参照点不同，被参照的文本又被称为前文本。所谓前文本指的是互文符号的出处，互文指涉以此作为参照，并因此而产生引申含义。前文本是互文性的一种类型，它与后来的文本产生关联使得文本得以激发，从而产生新的意义和意象。

一个文学典故或一种文本的体裁，如《圣经》，都可以是互文指涉的前文本。

如英文中的句子：It (Intention) is the ability to 'do things with words', the capacity to develop one utterance for a purpose. [1]

在该例中，"do things with words" 就是前文本，它出自英国哲学家、语言学家奥斯汀 (J. L. Austin)的名著《如何以言行事》(*How to Do Things with Words*)，乃言语行为理论的开山之作。该短语的引用还能让具有相关背景的读者联想起奥氏提出的言语的三种效力，即：言内力(Locutionary Force)即言语本身的意义、言外力(Illocutionary Force)即言语表达的功能和言后力(Perlocutionary Force)即言语交流后听者的反应。

此类现象在汉语中亦比比皆是。

> 长亭外，古道边，芳草碧连天。晚风拂柳笛声残，夕阳山外山。天之涯，地之角，知交半零落。一斛浊酒尽余欢，今宵别梦寒。[2]

这首歌词出自弘一大师李叔同之笔，歌词典雅，曲调凄楚，情真意切，婉约动人。第一句"长亭外"的前文本来自柳永的词《雨霖铃》："寒蝉凄切，对长亭晚，骤雨初歇……多情自古伤离别，更那堪，冷落清秋节。今宵酒醒何处？杨柳岸，晓风残月。此去经年，应是良辰好景虚设。便纵有千种风情，更与何人说？"[3]可见，长亭送别，能勾起无限的离愁别绪。李叔同的歌词以长亭点题，道出了自己送别好友的无限惆怅。在柳词中，只有后阕用了"别"字，全词别意甚厚。李叔同的歌词亦同，"别"字虽出现在词尾，却尽得"别"愁，读者听罢荡气回肠。何故？互文之效力也。当然，可作为李词前文本的还有"晓风"、

① 引自 Basil Hatim and Ian Mason. Discourse and the Translator. London: Longman Group UK Limited, 1990, p.32.

② 中国佛教协会：《弘一法师》，文物出版社 1984 年版，第 52 页。

③ 陈匪石：《宋词举》，金陵书画社 1988 年版，第 114 页。

"杨柳"、"残月"等。长亭一词后被用来指送行的分手之处，指一程路的起始。当代著名画家吴冠中在谈到自己的作品时，写下这样一段话："风格，那是作者的背影。我从未考虑过自己的风格，即便别人认为我有了风格，我也绝不保守自己的风格，只是赶路，长亭接短亭。"①吴冠中在此处借用了前人颇具文化意蕴的"长亭"一词，说明自己在艺术的追求中从未停下探索的脚步。柳永和李叔同的文本就是吴冠中的前文本，它们之间存在互文的关系。

翻译中，互文的前文本——互文的参照标记——不仅要在目的语中得到保留，而且要与译文的前文本发生关联，这不是容易的事情。然而，这样做能让译文意境深远，耐人寻味。翻译对象不是一个个孤立的词，互文的前文本——互文的参照标记——不仅要在目的语中得到保留，而且要与译文的前文本发生关联。这不是容易的事情。然而，这样做能让译文意境深远，耐人寻味。翻译对象不是一个个孤立的词；这些词的背后有深厚的文化意蕴。互文参照可以帮助译者在不同语言对比中发现显露出来的不同于两种语言表象的那些新鲜、异质成分，这种种成分构成翻译中富于魅力的部分，如果它们不能在目的语中表现出来，译文就不是好的译文。

二、互文与互文(本)性

互文(本)性也有人译作"文本间性"，是法国后结构主义批评家克莉思蒂娃提出的，意在强调任何一个单独的文本都是不自足的，其意义是在与其他文本交互参照、交互指涉的过程中产生的，由此，任何文本都是一种互文，在一个文本中，不同程度地以各种能够辨认的形式存在着其他的文本，诸如先前的文本和周围文化的文本。在极端的意义上，甚至可以说，任何文本都是过去的引文的重新组织。作为一个重要批评概念，互文性出现于 20 世纪 60 年代，随即成为后现代、后结构批评的标识性术语。互文性通常被用来指示两个或两个以上文本间发生的互文关系。它包括：①两个具体或特殊文本之间的关系(一般称为 transtexuality)；②某一文本通过记忆、重复、修正，向其他文本产生的扩散性影响(一般称为 intertexuality)。所谓互文性批评，就是放弃那种只关注作者与作品关系的传统批评方法，转向一种宽泛语境下的跨文本文化研究。这种研究强调多学科话语分析，偏重以符号系统的共时结构去取代文学史的进化模式，从而把文学文本从心理、社会或历史决定论中解放出来，投入到一

① 摘自 2003 年 12 月 8 日"清华新闻网"，写在吴冠中四卷本画集《生命的风景》即将出版之际。

种与各类文本自由对话的批评语境中。对互文性的界定分狭义和广义两种。狭义的定义以热奈为代表，这种定义认为：互文性指一个文本与可以论证存在于此文本中的其他文本之间的关系。广义的定义以巴尔特和克里斯蒂娃为代表，此种定义认为：互文性指任何文本与赋予该文本意义的知识、代码和表意实践之总和的关系，而这些知识、代码和表意实践形成了一个潜力无限的网络。

萨莫瓦约在谈到互文与互文性时，引用了里法特尔的观点，将互文性看成"指导我们阅读的一种现象，同时它也可以指导我们的理解，所以它与线形阅读正相反"①。他补充说，"互文在这里属于解释判断的范畴，也就是指读者能抓住的、有助于他明确文本组织风格的所有迹象，诸如含蓄的引用、若隐若现的暗示，或是暂时流淌的记忆"②。不过，此处的互文定义实在是模棱两可，我们难以凭着它们将互文同互文性进行区分。我们认为，出现这种情况主要因为萨莫瓦约此处并没有很好领会里法特尔的思想。实际上，里法特尔 1984 年在《批评探索》(*Critical Inquiry*)上刊发了一篇文章，其中专门讲到了互文。在他看来，互文是文本的语料、文本的断片，或共享词根并类似社会方言的文本片断，或者在一个更小的层面上，是以同义形式为我们（直接或间接）阅读的文本句法。它们有时甚至以反义的形式出现。此外，这些语料中的每一个成员都是该文本结构的同一体。需要指出的是，互文本的前文本不能作为"来源"看待，或者进而把它看成是有目的地影响或模仿的对象。

克里斯蒂娃认为，互文性指每个文本是用引文构成的，其外形有如用马赛克拼嵌起来的图案，每个文本都是对全体文本的吸收和转化。里法特尔对互文性的解释是："互文性是一种概念网络，其构成并调节文本与互文本之间的关系。"③不过，概念的网络不是封闭的；相反，它永远是开放的。在克里斯蒂娃看来，任何将文本意义封闭化的企图都是错误的，因为作为对话的文本往往指向其自身之外，指向其他文本，指向其他语境。文本不是简单地等同于其主体，即它不等同于写作者的意图。所以，克里斯蒂娃对一些人误解互文性一词极为不满。"互文性一词指的是一个（或多个）信号系统被移至另一系统中。但是由于此术语常常被通俗地理解为对某一文本的'考据'，故此我们更倾向

① 萨莫瓦约：《互文性研究》，邵炜译，天津人民出版社 2003 年版，第 14 页。

② 同上。

③ Michae, Riffaterre. Intertextual Representation: On Mimesis as Interpretative Discourse. Critical Inquiry, 1984(11).

于取‘易位’(transposition)一词来替代互文,因为用易位的好处在于它明确指出了一个能指体系向另一能指体系的过渡……”[①]她进一步指出,“我们将易位称作能指操作的能力,它从一个符号系统超越到另外一个符号系统,它们从中得到了交换和交融;我们将表述性(representability)称作一个符号的特殊表现和一个符号系统的约定俗成;易位非常重要,因为它意味着摒弃前一个符号系统,从而通向两个符号系统都熟悉的属于第二性但却是自然的中介,是一个能体现自己表述性的新系统”[②]。另外一位西方学者菲利普·索莱尔斯又对互文性进行了重新定义。他认为,“每一篇文本都联系着若干文本,并且对这些文本起着复读、强调、浓缩、转移和深化的作用”。如福克纳的《我弥留之际》中引用了大量的圣经教义和典故,这显示了它与《圣经》之间的互文性关系,就像克里斯蒂娃说的那样:“如果读福克纳,不回到《圣经》那里,不回到《旧约》那里,不回到《福音》那里,不回到那个时期的美国社会,不回到福克纳自己的幻觉经验中,我相信是不能重构文本本身的复杂性的。”[③]小说标题“出处是一九二五年出版的威廉·马礼斯的英译本《奥德修纪》”[④],这就有意暗示了小说与荷马史诗《奥德修纪》的互文性关系,小说情节上“历险”的特点也与史诗相似并形成平行对照。此外,《我弥留之际》与美国19世纪作家霍桑的《红字》在人物形象和具体细节上表现出了明显的相似性,以至于美国有学者认为霍桑“直接影响”了福克纳,用互文性理论对此加以解释,既避免了牵强之嫌,又能够在更宽广的视野上理解福克纳的创作。互文性理论认为一个语篇是无法自我满足的,这正如功能无法成为一个封闭的系统一样。原因有三:首先,从作者的角度来看,作者在进行创作以前已经是文本的读者,因此,他创作的文本就不可避免会打上以往的文本的烙印,他的作品中不可避免会出现引用、转述、参照等要素;其次,就文本本身而言,文本通过互涉而产生了新的文本,新的文本可以说是前文本后起的生命,文学的世代传承、文学创作的不断衍变是文学创作的渊泉;最后,从意义角度来分析,作品意义的衍生,不是独立发生的,它还会与读者的生活体验、时代风格等产生影响,它是一个意义开放的网

---

① Julia, Kristeva. Revolution in Poetic Language. Margaret Waller (trans.) Leon S. Roudiez (intro.). New York: Columbia University Press, 1984, p.120.

② 同上。

③ 胡全生:《英美后现代主义小说叙述结构研究》,复旦大学出版社2002年版,第125页。

④ 李文俊:《福克纳评传》,浙江文艺出版社1999年版,第130页。

络结构，而不是线形的环环相扣的意义链条。

根据互文性的观点，任何文本都永远不可能被彻底地完成，因为每个新的读者都会把自己独特的“能力模式”带入阅读过程，都会因自己的时代、社会、文化或家庭背景的不同而用不同的方法去填补文本的空缺。确切地说，任何读者只能相对地完成文本，而每一次文本的“相对完成”都是朝“绝对完成”这一目标的一次接近。不过，“相对完成”并不意味着读者可以漫无边际地凭想象来填补文本的空缺。一部精心构建的文本固然可以产生无数“相对完成”后的文本，但是它不允许读者异想天开地去随意完成；相反，它引导读者朝一定的方向去完成文本。需要指出的是，互文性具有对话、互动和大众化的特点。

三、文本的空白

翻译活动中从独白到对话，一个重要的条件就是作者在构造文本时，必须预设营造对话的艺术机制，提供某种对话的可能性，使译者能够积极参与文本，与文本和作者展开对话。而文本最重要的艺术机制就是空白。文本意义的未定性和文本结构的开放性叫做空白。它们召唤译者以各种不同的方式来填补文本的空白，以自己独特的方式来应答作者和文本的提问，对文本空白的重新把握给了译者自主解读的空间。英伽登认为，文学作品，特别是文学的艺术作品，是一个图式化构成，至少它的某些层次包含了一系列的“未定点”。未定点的出现不是偶然的、创作失误的结果。相反，在每一部文学的艺术作品中它都是必须的。不可能用有限的语词和句子在作品描绘的各个对象中明确而详尽无遗地建立无限多的确定点。

伊瑟尔在《文本的召唤结构》一书中指出，文学文本包含着许多意义空白，它成为沟通作者意识和读者意识的桥梁和枢纽，是前者向后者转换的必要条件，促使读者去寻求文本未定的意义，召唤读者的参与和投入，空白就是文本的“召唤结构”。伊瑟尔同时指出，文本作为一种透视结构，需要其透视角度不断相互联结和转换。但这些透视角度并没有遵循严格的序列，而是相互交织错位，加上这些角度在文本内并不是一次被揭示出来的，而是贯穿于文本的始终，使读者的联结更加困难，这就要求读者对他们进行综合。综合不仅要在不同的透视角度之间进行，而且要求在相同的透视角度的各个部分建立，这样才能形成对文本的认识。而且这种联结并不局限于文本之内，而且发生在文本之间以及读者的想象活动中。如被人们广为传诵的中国著名诗人卞之琳的《断章》：

你站在桥上看风景，
看风景的人在楼上看你。
明月装饰了你的窗子，
你装饰了别人的梦。

从字面意义来看，不过表达了现实生活中的一种情景。诗人通过简单的几个对象：人、明月、窗子、梦，表达了世间万物相互关联、平衡相对、彼此依存的哲理。“你站在桥上看风景”，这里的“你”，无疑是在从确定的主体视角观看“风景”，有着一定的“确定性”或“主体性”；而在“明月装饰了你的窗子”这一诗句中，“明月”在“向你”或“为你”而存在，这里的“你”，无疑亦有着明确的“确定性”或“主体性”。很显然，该诗两节中的首句，都显示出某种确定性的“喜悦”。而每节中的第二句，却又是对“确定性”的消解。“看风景的人在楼上看你”、“你装饰了别人的梦”，“你”在首句所获得的“确定性”与“主体性”，却又被这两个诗句所“相对化”与“客体化”，“确定性”的“喜悦”演变为“相对性”的“悲哀”。如此种种，却又落入了“诗人”的“观看”之中，诗作以“你”这样的第二人称写成，又使前面的一切落入了另一重的“相对”。从这首诗中，我们无疑能够领略到悲哀、感伤、飘忽、空寂与凄清的复杂情绪。但另一方面，如果我们能从这首诗中领悟到宇宙万物包括现实人生息息相关、互为依存的哲理性思考，却又能够获得某种人生的欣慰。

“对此诗的理解至少有三种，第一，表达了男女青年的恋情，当这个美丽的女性在观赏风景的时候。不知不觉成了某一位男青年眼中的风景。晚上明月装饰了她的窗子，最能引起人的相思之情，她就进入了那个青年男子的梦中。第二，阐释了现实生活中人和人的关系，每个人既是演员，又是观众，既是看的主体又是被看的客体，说明了人是主体和客体的统一。第三，阐释了人在世界的位置，这首诗是一种链式结构：风景—你—看风景的人，明月—你—别人。两段都表明人是链条转换中的一个环节。说明人不过是构成大千世界各种关系的一环，总是处于各种关系的牵制之中，不能获得自由。”①

文本构成的另一个空白是句法空白。文本通过语法成分的缺失（如主语、谓语、宾语等的缺失），形成一种未定的状态或模糊效应，造成意义空白，让读者从多个角度去理解。此外，从更深的层位上来说，文学文本作为一种语言形

① 刘月新：《解释学视野中的文学活动研究》，华中师范大学出版社 2007 年版，第 145 页。

式，本身便存在着语言本体上的空白与未定性。我们说文本尚不是作品，是说文本在被阅读被理解之前，意义始终处于形成途中。作品的意义始终是未定的，它具有向一切时代一切接受者开放的性质。在时间距离中，语言必然会产生不同的意义的变化，而处于历史中的一代代读者则须用这种处在不断变化中的语言来解读作品。

第三节　文本的对话性

一、文本与作者的对话属性

文学文本是由作者写作的，从操作层次上看，文学文本就是作者意向的表达，甚至在某种意义上就是作者的言说，与作者具有同一性，在中国俗语中有“文若其人”的说法。法国学者布封也曾说过一句名言“风格即人”，这都是说明了文本同作者之间的紧密联系。如果文本同作者就是性质等同的话，那么这种对话也就不存在了。问题在于，文本虽是由作者写的，但这种“写”并不完全是作者的“想”，对于作者来说，他的更真实的自我是他的“所思”而非“所写”。可以说，文学文本的这一意义上的对话性就在于所思与所写之间存在的微妙关系。

法国诗人兰波曾写过一个古怪的句子：“话在说我。”当写下这句话时，兰波实际上处在“我在说话”的位置，并且他也确实用笔来记录了他所说的话。应该说他是说话的主体，他可以决定写或不写以及要写什么、如何去写等。但问题的另一面又在于，兰波总得用某种语言某种文体来表达他的言说，当他言说时就不能不受到听用表达媒介的限制，他的言说是在限制下的言说，是在语言对他写作的规定下的言说。当他以言说来表达自己的所思时，其所思已被言说规则所模铸了，因此换一个角度来看又确实是“话在说我”。在这个关系下，诗人所写的文本那就既是又不是诗人的产品，两者间有着对话的关系。中国南朝文论家刘勰也说过：“方其溺翰，气倍辞前；既乎篇成，半折心始，何则？意翻空而易奇，言征实而难巧也。”[①]这就是说，在构思时自己觉得想得不错的，到形诸笔端后自己却又并不满意，由此可以看出语言表达方式对人思维的影响。

---

① 郭绍虞.《中国历代文论选》，载刘勰《文心雕龙·神思》，上海：上海古籍出版社2001年版。

罗兰·巴特在对写作活动的思考中指出，写作是一种可作两种解释的现实：一方面，写作无可辩驳地从作家和他所处社会的对抗中产生；另一方面，从这种社会的定局出发，它通过悲剧性的移情作用，把作家遣回他的创作的手段的本源之中。历史不能为作家提供自由使用的语言，而只能向他提出一种对自由创作的语言的迫切需求，巴特的思想常常是充满矛盾的，而且他也有过多次思想上的转变。同时他的表达也常显得隐晦艰深，但从这一引文中我们可以看出他的大意，那就是，写作行为是表达作家的所思的，其中寄寓了写作者对这个世界的感受和批评，他以写作来完成对世界的反应，这样，写作是一种个人的行为；但同时他的写作是在诸种写作物的参照中，也包括他过去写的各种相近或完全不同的文体的参照中来进行的，所以写作物就不单是表达他自己，也是加入并且也多少改变写作秩序的行为，写作者并不能完全以文本来表达他的所思，而是通过写作使他所思的冲动得以释放。

文学文本是由作者写的，但它却受到一定的写作规范的支配，并不能代表作者自我的接近本真的状态，当作者以一个读者、一个社会中公众成员的身份来看待自己的作品时，其感受与写作时是可以有不同的，也与他写创作谈、他在现实生活中的定位可以有所不同。文学文本表达了作者部分的所思，同时它也是一面镜子反射出作者的部分面貌。无论是作者本人还是其他人，都可以从中窥见文本与作者之间的那种对话的张力，只是其他人并不直接知晓作者的所思，他们是从"采菊东篱下，悠然见南山"的恬淡中，又再看出诗人有"刑天舞干戚，猛志固常在"的豪迈，那么诗人在恬淡平适和豪迈激越的表达中，都同时还有另一种情感在潜存着，暗示了诗人的另一面。

二、文本与读者(译者)的对话属性

伊瑟尔认为："读者的介入是完成文本的基础，因为事实上，这种文本的完成只是作为一种潜在的现实存在——它要求'主体'(读者)将潜在的东西现实化。"[①]巴特在他转向后结构主义之后也充分肯定了读者在阅读中的创造性作用，他在"作者之死"和"从作品到文本"中都认为，作者是一个近代的概念。语言自身说话，而不是作者在说话，我们应该超越作者而代之以对书写的兴趣。作者的死亡导致了读者的诞生，作者对文本的阅读和意义的理解不再拥有任何特权，读者对文本的阅读和理解始终是开放性和创造性的。

文学作品的世界就是其在语言中实现的世界，是艺术作品本身的自我呈

---

① 伊瑟尔：《阅读行为》，金惠敏等译，湖南文艺出版社 1991 年版，第 86 页。

现,这意味着文学作品的理解首先是对文本自身存在的理解,以作品文本的自身存在而不是以任何外在于文本的东西出发才能揭示文学的本体论存在。伽达默尔明确指出:“文学作品就在自身中。”[①]哲学诠释学把文学作品视为一种以自身的存在向解释者陈述或说话的“他者”,这种存在的自律性并不因为不同的历史时代的理解者的不同而发生变化,它始终保持着自身存在的独立性,它始终以自身独特的语言向理解者陈述自身表现的东西。

一件文本一般只有一个作者,即使是多人合作的文本,那么在具体的某段描写、某句表达中仍是由一个作者来写的;反过来,一件文本的读者(译者)在理论上是无限增多的,因此文本与读者(译者)的对话有着更重要的意义。

关于文学文本同读者的对话,这就主要涉及读者在阅读时,既要按照人们共同遵守的阅读惯例来理解文本字面上传达的意思,同时读者还会揣摸作者在字里行间里有什么隐伏的意图,并且还会对他从字面上所见的和他对作者意图所揣摸到的内容进行思考。在读者阅读的过程中,包含了一种“接受”即读者处在受众地位的性质,同时读者也是一个在进行感受、体验和思考的主体。美国批评家乔治·普莱曾就读者阅读的奇特地位作过一番描述,他说在阅读中,“我是某个人,这个人正巧有他的思想,这些思想是他自己思考的对象,而这些思想又是我正在阅读的书的一部分,由此是另一个人的思想,它们是另一个人的思想,然而我是这些思想的主体……”[②]普莱这一表述看起来是有些绕口令,一会儿是自己的思想,一会儿又是别人的思想,其实都是说的同一件事,这恰恰正是对文学阅读中的对话性的状况的生动描述。

文本与读者的对话不同于它和作者的对话。作者是写作文本的人,文本虽以各种语言的、文体的等规范来要求作者,但作者毕竟可以在构思时、写作时发挥他自己的主体性,而文本在读者面前是一个成形的存在,它不会考虑到读者的愿望而在那里述说,并且它也似乎无视读者的个人存在,对于任何读者,它都以同样的口吻来言说。文本同读者的对话又迥异于日常生活中的对话,文本作为一个对话者,它不回答也不理会读者的任何提问和质疑,它只是在叙说,读者对文本的理解只是在读者自圆其说的意义上才得到相对的证实,而这一证实是无法最终确定的。这就造成了对话中读者一方处于缺乏对话语境,也缺乏应答的处境中,而文本至少在写作时有一个作者针对何事而说的叙

① 严平选编:《伽达默尔集》,邓安庆等译,上海远东出版社 1997 年版,第 22 页。

② 乔治·普莱:《阅读的现象学》,载《最新西方文论选》,王逢振等编,龚见明译,漓江出版社 1991 年版,第 5 页。

说语说，文本的地位与读者的地位，有一种按伊瑟尔的见解来说的“不对称性”。但是，文本的特性就是等待、召唤读者来阅读，而读者也正是在阅读中才同文本建立了一种联系，这种结构关系就必然促使读者使文本在阅读的语境下发出它的声音，就像使用回声探测仪一样，被探测物自己没有发出声音，但用探测仪的发声可以检测到被探测物的回声，这样就相对地打破了文本在回答上的沉默状态。文本虽不能直接回答读者，但人们可以从这种设问的结构中看出文本的可能意义，而这种对话是没有止境的。

三、文本与文本的对话属性

每一文学文本都应有自己的特性，即使同一作者所写的不同文本，或同一题材的同类创作，也可以各有自己的特色，但这不是说各个文学文本之间就是相互封闭的、缺乏交流的，而是一种相互之间有着对话张力的。对话张力可以体现为微观的内容相关性上，也可以体现在宏观的结构上。

从内容相关性上来说一件文学文本表达的某一具体问题，该问题的显现却可以结合到另外的文本上，或者从另外的文本上才可以更好地显示出它的内涵。对此我们从古诗上来看或许更为稳妥，因为那些当代的创作可能已受到了新的理论的“污染”，因而对它所适用的并不一定能有文学对象上的广涵性，而从古诗那种创作时与当代理论无涉的对象来看，则对它所适用的特性，多半是可以表明它有广泛的适应性，这里以李白的两首诗作为例析对象：

《朝发白帝城》

朝辞白帝彩云间，千里江陵一日还。
两岸猿声啼不住，轻舟已过万重山。

《上三峡》

巴山夹青天，巴水流若兹。
巴水忽可尽，青天无到时。
三朝上黄牛，三暮行太迟。
三朝又三暮，不觉鬓成丝。

单独来看，这两首诗中的任一首都是山水游记诗。但其实李白写这两首诗时的心境是完全不同的。前者是欣快，后者是滞重，原因在于，它们是分别写于李白因“李磷之乱”获罪后，流放贵州途中经三峡的两个时段。《上三峡》是流放中逆水而上的诗作。在这里，因三峡水急船行滞缓而有的，“三朝上黄牛，三暮行太迟"，可以说是地理态势的写照。郦道元在《水经注·三峡》中就记录过一段民谣："朝发黄牛，暮宿黄牛；三朝三暮，黄牛如故。"即三峡有一段名为"黄牛"的山峦，由于水流曲折加上逆水船行速缓慢，因此有三天航程是早上就从那山脚附近启程，到了晚上却看到该山峦仍在视线以内，一连三天都如此！但李白由这船行的滞缓中也有心情滞重、百感交集的感受，所谓"青天无到时"既是写两岸连山望不到头的地形，也以难见"青天"暗喻政治晦暗。所以"不觉鬓成丝"的哀愁正是借写山水来写了他自己的遭遇。而《朝发白帝城》写于稍后李白到达白帝城（今四川巫山境内）时正值朝廷大赦，李白有幸赦还，其时心情是何等欣喜！因此"千里江陵一日还"在字面上只是写下水船船行之速，但它在内蕴上也是写出了李白内心的欢快，在这时他看见周围景色也呈现另一番样貌了，"彩云间"的亮色同"青天无到时"的阴晦有着鲜明的对比，在这里，要较好读出《上三峡》的意韵就应结合到《朝发白帝城》，而要较好地读出《朝发白帝城》的韵味又应结合到《上三峡》，两者间有着相互注释、阐发的对话效果。

四、文本内部的对话属性

一件文学文本是一个相对独立的整体，但它可以同其他文本产生对话关系，同时，这种对话关系也可以在它内部的各部分中产生出来。

文本内部的对话性，在对偶式表达中就很鲜明地体现出来，对偶或称对联是一种形式化了的两两对称的表达类型，在对偶式表达中，一个表达的特色、意趣等应结合到另一个与之相应的表达中才能够很好地体现出来。文本内部的对话性除了在结构、形态上的表现外，还可以体现为一种思想上的对话。就是说，读者可以从文本中读出作者的自相矛盾的思想（表达上的矛盾或思想混乱不在此列），或者是文本中体现出都有合理性，但又呈现出矛盾的思想意识。黑格尔对古希腊悲剧《安提戈涅》的分析，其实也就算是这一方面的典型事例。安提戈涅违令收葬亡兄，体现了亲情的合理性，国王克瑞翁下令处罚安提戈涅，则体现了国家法律应保持尊严的合理性，而这两种举动在此是相互矛盾的，结果是代表了永恒正义的命运将两者都给予了处罚，同时又使两者都有令人同情的方面。

第四节　诠释学的对话理论

所谓对话，就是不同观点的人可以在共同的话语空间中交流各自的意见，

并不一定要求对方折服，而是求得一种沟通和相互理解。诠释学理论倡导了文本的作者和文本的读者之间的“平等对话”精神。这种“对话”理论消解了文本作者在对文本的理解和诠释中优先地位。在传统诠释学理论中，文本作者的优先地位主要体现在两个不同的层面：其一，是作为“作者”的文本作者具有独白权，理解和诠释文本就是倾听文本作者的独白，读者（作为理解者和诠释者）追求的目标就是原封不动地把作者的“独白”接受过来并传达出去。其二，是作为“读者”的文本作者在诠释自己的文本时具有最高的权威。这里，文本的作者而不是文本本身更能够决定文本的含义之所是。而“对话”理论强调了文本相对于文本作者的独立性，把文本的作者下降为普通的读者，同时赋予了读者在理解和诠释过程中的发言权，将“独白”转变为“对话”，消解了文本作者“先天的”优先地位。此外，“对话”理论也反对读者凌驾于文本和作者之上，肆意将自己的主观性强加于文本，它强调了文本理解和诠释中“倾听”的重要性。而“倾听”恰恰体现的是对文本的尊重和对文本作者的尊重。文本作者的“说”和文本之“所说”，无疑是一种独立于读者之外的客观事实。尽管读者的理解和诠释可以有所不同，而且也必定有所不同，但这种不同应该建立在尊重文本作者的“说”和文本之“所说”的基础上的。在诠释学理论中，对话具有相当重要的地位。伽达默尔是这样分析对话的：

> 一切谈话都是以一种共同的语言为前提，或者说都在创造一种共同的语言。正如希腊人所说，中间放着某件事物，这时进行对话是双方所共有的，他们可以就此交换意见。因此，谈话所取得的目的，即关于这件事达成一致意见，必须意味着谈话中首先要构造一种共同的语言。这并不是一个单纯让我们的工具去适应的外界问题，甚至说谈话的双方互相适应也不正确。确切地说，在成功对话中双方都处于所谈事物的真实性的影响之下，从而在一种新集体中相互结合起来。①

伽达默尔谈到对话的三个特点：一是语言，这是基础；二是话题，这是前提；三是达成一致意见，这是结果。对话就是以语言为基础，就某一共同关心的问题展开争辩，达成一致意见，建立一种新的关联。

---

① 伽达默尔：真理与方法，载《哲学译丛》，1986年第3期，第160页。

一、语言的对话特性

伽达默尔认为，以往的相关学说都忽视了一个根本点：语言就其广度而言有一个完全深不可测的自身无意识。它们只注重语言的静态符号形式，丝毫意识不到活生生的语言，意识不到语言中显现的存在。语言不是意识协调于世界的手段之一，它不代表与符号和工具并列的第三种手段。因此，不是世界构成了语言的对象，而是语言内含着我们生活于其中的共同世界；不是人使用语言去认识存在、描述世界，而是世界已经体现在语言中；谁拥有语言，谁就拥有世界；存在通过语言而呈现，能被理解的存在就是语言。因此，语言是一个对人类生活必不可少的领域，它和世界的关系是一种本体论关系。语言首先作为人的存在状态和遭际世界的方式，然后才能成为表达存在的手段、描述世界的符号，“人类对世界的一切认识都是靠语言媒介的”①，人永远以语言的方式拥有世界，语言给予人一种对于世界特有的态度或世界观。伽达默尔在这里借用并重新解释德国古典学者洪堡提出的著名命题：语言观就是世界观。具体地说，“语言并非只是一种生活在世界上的人类所拥有的装备，相反，以语言为基础，并在语言中得以表现的乃是：人拥有世界……但世界的这种存在却是通过语言被把握的”②。人的存在的语言性、人类世界经验的语言性、人与世界关系的语言性，正是诠释学在哲学上获得普遍性的根据，“理解的能力是人的一项基本限定，有了它，人才能与他人一起生活。这种限定首先在言语和对话的共同性中得以实现。据此，诠释学的普遍性无可非议”③。

基于上述理由，伽达默尔给予亚里士多德关于人的本性的经典定义，即“人是逻各斯的生物”以完全不同的理解。传统哲学用理性或思想来表达古希腊哲学中的逻各斯，人理所当然地成了有理性的存在物。伽达默尔从语言学的角度指出，逻各斯这个词的本义却是语言，语言处于人类历史和人的历史的开端，人在语言中才有了理性、思想和观念。通过语言才使自己的生活形式同其他动物的族群生活相区别，语言是人类存在的真正媒介。伽达默尔由此将人重新定义为：“人是拥有语言的存在物。”④

语言与世界、思维和事物根本上是统一的，这样的语言不是工具性的独白

① 载《哲学译丛》，1986 年第 3 期，第 9 页。

② 伽达默尔：《真理与方法》，上海译文出版社 1992 年版，译者序言。

③ 载《哲学译丛》，1987 年第 2 期，第 53 页。

④ 伽达默尔：《美的现实性》，上海三联书店 1991 年版，第 161 页。

式的语言，而是事件，语言的事件性质就是概念的构成过程。概念不是演绎而成，因为它解释不了新概念如何产生，概念也不是通过归纳产生，因为人事实上不需要用抽象就可以得到新的语词和概念来表达共同经验的相似性。概念不是逻辑地构成的，而是自然地构成的。人的经验自己扩展，这种经验发觉相似性，而不是普遍性；语言知道如何表达相似性，从而形成新的概念。语词的不受限制的产生，正反应了思想之意义展开的无限性。也就是说，意义总是无限的，物在词中显现总是有限的，而物在向我们不断地言说却是无限的。物在语言中显现是物在自我言说，而说出的总是有限的，有限的内容总是和未说出的无限性联结在一起，因此需要不断地言说。

伽达默尔则从一开始就将对话视为语言的本质和生命。语言真正的生命力，它的衰老和自我更新，它的粗糙与优雅，直到文学艺术高度的风格形式，都靠共同存在的说话人活生生的交流而存在。所以，语言只存在于对话中。

那么，诚如我们所知，语言是“言说”出来的，“言说”就不是一种自我独白，“我”的“言说”是面向听者“你”的。因此，人们通过语言的理解很自然表现为一种对话结构，语言是两个人在所谈对象上取得一致看法，并由此而相互理解的共同拥有的中间区域。在这个区域里，对话双方都向着对方开放着自己。他人向我展示的是他自己的体验，表明了他人的意见是一个无可否认的合法存在，它已经存在着。我从中领悟了它，说明我们在对话的主题上取得了一致，我对它作出自己的判断(或赞同，或反对)，这种判断表达了我对所言及的事物的理解。这种理解虽然是我自己的，却是通过他人才成为清晰可见的。这就是说，我是通过他人才认识了自己，理解了自己，因此，对他人的理解同时就是自我理解。

对话的本质是开放的。在对话中，我所说的是直接指向“你”的，“你”的意见乃是向我提出的问题，我的意见就是这一问题的回答。另一方面，我的回答同时也是向“你”所提出的问题。一切对话就是这样围绕着“提问—回答”结构展开的，对话主题的一致性就首先表现为对所提问题的理解。正因如此，双方都是为对方所引导的，是“你”的言谈引出了我的言谈，反之也一样。对话结果便是这样，“对话越是涉及根本问题，对话的进行就越加不受对话者的意志的支配，所以一次涉及根本问题的对话永远也不是我们想要进行的对话”①，我们无法预见对话的结果，无法预见那个被称为“真理”的东西，它只是在对话的过程展现开来，只要对话还在进行，它就继续展现着，真理由此而表现为一

① 伽达默尔：语言作为解释学经验的媒介，《哲学译丛》1986年第3期，第10页。

个过程，即在对话中显示自身的过程。“所有这些都表明一次对话具有其本身的精神，而且对话所用的语言在对话中就带有其本身的真实性，也就是说它显示某种今后存在的东西。”①

在此分析的对话已预先假设了一个前提，这就是他们都使用着同一种语言。这个“同一语言”不可理解为“同一的语种”，乃至“同一母语”，而是指在同一的此在关系中形成的语言，因此这是一个纯粹的假设。此在关系乃是特定此在的自身的关系，是在特定的情况中形成的关系，这种情境上的区别决定了此在语言理解上的差别、对他人的理解，因此必须是把他人的语言纳入自己的生活语境中加以理解才有可能，就是说，要把他人的语言“翻译”成自己的语言。伽达默尔认为，借助翻译完成的不同语言之对话过程，对我们特别有启发，两种语言之间存在着一条天然鸿沟，这不仅是说它们是用不同的符号系统表达着，而且还意味着对所言及的对象独特理解，这是在特定的生活语境中形成的。翻译的任务，就是尽可能保持原意地把一种语言转换成另一种语言，通过另一种方式重新表达出来，就此而言，翻译就是诠释，把所有理解的东西诠释出来。正因为翻译不仅是“再现”，而且还是“诠释”，是翻译者对语言在理解的基础上的重新塑造，这就使得翻译的东西呈现出一种新的风貌，在某种意义上，翻译就是再创造。

二、理解的对话特性

作为事件的语言是交流的活动，是对话。而具有语言性的理解是一种相互活动，是理解者与被理解对象的交流活动，是一种“你—我”的主体间活动。于是对话与理解是统一的。伽达默尔把对话描述成一种“问—答”模式，或按其表述是一种“问—答”逻辑。我们理解历史或传统，首先是它们向我们提问，而不是我们对之发问，是因为效果历史在起作用。意识是受历史影响的意识。我们把历史或传统看成是理解的对象，事实上已经在期待历史或传统回答问题。在我们发问之前必须先有历史或传统发问，是因为我们的问题必然是与历史或传统相关的问题，否则问题是不切题的。因此，我的问题就不是根源于自身，发问也不是任意的，而是有历史根据的。② 诠释学本身就包含了“问—答”的结构和对话的原始性质。

对话是一种追问方式。伽达默尔把解释者与解释对象的关系描述为一种

① 伽达默尔：语言作为解释学经验的媒介，《哲学译丛》1986 年第 3 期，第 10 页。

② 伽达默尔：《真理与方法》，洪汉鼎译，上海译文出版社 2004 年版，第 480 页。

"问—答"结构,在另一个层面上是要描述理解获得意义的方式。首先,对话揭示理解总是在过程中。理解的有限性说明理解都具有历史性,与解释者对话的历史或传统是在不断地变化,参与对话的解释者也具有时间性。这决定了我们无法达到一个完满的理解。历史或传统首先发问,我们重构该问题而发问,这时已实现视界融合。而得到一个答案又会产生新的问题,再回答又会产生新的视界融合。视界标志了我们的处境,融合表明我们可以打破已有的限制,获得新的处境。因此,对话是一个不断超越的过程。在这过程中历史传统不断更新,新的意义不断被创造。这就引出了第二点,对话揭示理解和解释是一个不断"转换"的过程。以文本理解为例,对话是与文本对谈。这种对谈不是两个纯粹的主体在互相揭示,而是双方在不断视阈融合。理解的实践性表明,理解总已经是应用。对话总是在具体的解释者处境和文本的视阈之间进行。一次视阈融合解释者和本文都发生改变,新的意义生成,这正是对话所追问的内容。

伽达默尔从对话中提炼出来"问—答"的结构,须得在一个更为广泛的意义上来理解,即把一切对"文本"的理解都看做是文本与理解者的对话,这样,这种问答式的结构就表现为整个诠释现象所包含的一种普遍结构,成为一种"问答的逻辑"。在这个结构中,本文向诠释者所提出的问题,正因为它提出了问题,才成为理解的对象,而理解本文也就是理解这个问题。我们的理解乃是对所提问题的回答,在回答问题中,我们敞开了自己的意见,即我们所理解到的东西。因此,"诠释学意识的真正力量是我们看出何者该问的能力"①。

但是,我们所面对的本文并没有向我们直接提出问题,相反地,它的存在首先是作为一种回答,确切地说,是作为以前所提出的问题之回答,因此,我们在此所回答的问题乃是我们自己提出的,但这并不意味着我们可以随心所欲地提出问题,而只是"重建以留传下来的文本为其回答的问题"②,在这个意义上我们与文本回答的是同一个问题,或者说,继续回答文本所回答的问题。然此"重建"是我们自己在重建,这意味着重建的问题已不是处于其原来的视界中,而是在我们的视界中重建的问题,由于视界不同,重建的问题必定与原初的问题有着某种区别,这种区别表明了一切"重建"都变成了我们在自己视界中的提问,不言而喻,我们的回答是针对被重建的问题的,因此,我们对文本意义的理解,作为对重建问题之回答,就打上了理解者的烙印。在这里,"问题与

---

① 伽达默尔:《哲学解释学》,上海译文出版社 1994 年版,第 12 页。

② 同上。

理解之间存在的密切关系就是赋予诠释学经验以真正的方向的东西”[①]，它植根于文本之中，无论是问题的重建还是对重建的问题的理解，都是以文本为基础的，一切理解，归根结底都是对文本的理解，所理解的是文本向我们敞开的意义，就此而言，它不同于单纯的重新创造意义；但理解又不是纯粹的再现文本的意义，它通过问题重建融入了新的意义，也就是在新的视界中所理解的意义，就此而言，理解过程就是意义的创造过程。

伽达默尔认为，对话并不是任意的，由理解者的主观意志所决定的。对话者受到对话的引导，而不可能预料一次对话会引出什么结果来。这首先是因为，在对话中，文本的内涵是无限的。在不同的时代、不同的场合甚至不同的对话中，文本会不断地揭示出自己意义的新的方面。正因为文本的意义是开放性的，所以理解者不可能预先完全掌握文本的意义，这样，对话也就不可能被理解者的意志所左右。其次，合法的偏见的制约也使得理解者不可能任意支配对话。包含在偏见中的内容有的是理解者所明确意识到的，有的则不是这样，而是积淀在心理深层的潜意识因素。这些潜意识因素在对话中会不以理解者的意志为转移，积极地参与文本之间的对话，这也是使得对话无法为理解者所掌握的原因之一。

伽达默尔还认为，对话与语言是相辅相成的。在对话中，语言不仅仅是一种工具，同时也是展示整个社会生活背景的一种中介。在审美理解中，对话与语言的相互依存充分揭示了它本身的语言性。人与人之间真正的相互归属关系必然是：每一个人首先都是一个语言圈，“只要我们想在互相之间说点什么，我们自己的语言世界就仍然在同时增长，其结果就是人与人之间的实际关系。每个人首先是一种语言的圈子，这种语言的圈子同其他的语言圈子发生接触，从而出现越来越多的语言圈子，语言就像以往那样不断地在词汇和语法中出现，而且永远伴随着内部文献的对话，这种对话在每一个讲话者和他的谈话对象之间不断发展。这就是诠释学的基本因素”[②]。这些语言圈相互接触并一再地相互融合，取得共同语言，这种语言永远带有在每一个这样的谈话者与他的伙伴之间进行对话的内在无限性。伽达默尔说：“解释学的谈话正像真正的谈话一样，会发现一种共同的语言。”[③]理解本身就是诠释者和本文双方在对话引导下寻找和创造共同语言的过程。所以，语言是对话得以进行、理解得以

① 伽达默尔：《哲学解释学》，上海译文出版社 1994 年版，第 12 页。

② 同上，第 16－17 页。

③ 载《哲学译文》，1986 年第 3 期，第 60 页。

实现的普遍媒介，这一观点与伽达默尔对理解的语言特性的阐述也是一致的。

这里，伽达默尔还引出了“语言游戏”的概念，正如理查德·伯恩斯坦指出的那样，如果我们真正是对话的存在（这主要是指我们总是处于交谈、处于理解的过程），那么理解游戏的动力学就贯穿在一切人类活动之中。在同他人谈话里所发生的共同一致本身就是一种游戏。两个人只要在一起交谈，他们就会使用语言，然而他们自己往往并不知道，他们说话时在用语言做游戏。在相互交谈中，我们经常逾越到他人的思想世界之中，我们参与了他，他也参与了我们。

由此出发，伽达默尔深入论述了对话与游戏的关系。在他看来，语言在本质上就是对话，而进行对话就像做游戏。意义理解通常就存在于一个起作用的语言游戏框架内。意义的理解总是以参与语言游戏为前提的，因此，任何一种对话的进行方式都可以用游戏概念来描述。对话像游戏一样，呈现出没有主体的、自我呈现的、自我更新的结构，游戏的主体不是游戏者，游戏也不能理解为一种主体所操作的活动。相反，“游戏的魅力，游戏所表现的迷惑力，正在于游戏超越游戏者而成为主宰”①。游戏通过游戏者得以表现，游戏同时也是游戏者通过游戏而获得的自我表现，游戏的真正主体是游戏本身，游戏的存在方式是自我表现。理解的对话模式同游戏具有共同的结构，理解是在解释者和本文之间问与答的对话逻辑中完成的，对话就是语言本身在游戏，语言向我们言说，建议和撤销，发问和自作回答。因此，理解就是一个解释者和本文之间无穷的语言游戏过程。这里，伽达默尔对理解的对话结构和游戏性质的分析，使哲学诠释学从根本上超越了以方法论为标志的近代科学和以主客体对立为前提的认识论哲学，走向以理解为特征的人文科学和以主客体的扬弃为前提、以生活世界为对象的实践哲学。所以，美国哲学家理查·罗蒂说：“解释学正是当我们不再关心认识论以后所获得的东西。”②

三、历史性的对话特性

在伽达默尔看来，理解同时具有历史性。理解者因为和理解对象处于不同的历史环境、历史条件与历史地位，因而会影响和制约他对文本的理解。古典诠释学认为，既然理解者和文本之间存在着历史时间间距的鸿沟，那么在理解时不可避免会有理解者主观的成见和误解。因此，诠释学的任务就是要克服由历史时间间距造成的主观成见和误解，越过“现在”的障碍以达到客观的

① 伽达默尔：《真理与方法》，上海译文出版社 1992 年版，第 137 页。

② 理查·罗蒂：《哲学与自然之境》，生活·读书·新知三联书店 1987 年版，第 185 页。

历史真实，把握作者或文本的原意。那么，在古典诠释学看来，历史性是应予克服的主观偶然的因素。

然而，如果我们按照古典诠释学的说法，承认作者有基于他自己的历史和社会处境的历史结构，总是一定地处于一个世界，总有他自己的不容忽视的历史特殊性的话，那么我们也可以很自然地由此得出结论：读者也是以他自己的方式处于一定的世界的，他的历史特殊性和历史局限性也是无法消除的。我们没有理由只承认作者的历史性却要读者否定他的立场。因此，伽达默尔强调指出，历史性正是人类存在的基本事实，无论是理解者还是文本，都内在地嵌于历史性中。

伽达默尔充分肯定成见、权威、传统和时间间距对于理解的积极的正面意义。理解不是追求作者的原意，而是通过作者或文本与理解者（读者）视界的融合来扩大和丰富意义的范围。伽达默尔认为，理解的一个关键步骤就是视界融合。视界指的是理解的起点、角度和可能的前提。在伽达默尔看来，任何文本都有它自己的历史视界，也就是说，它们是在特定的历史条件下，由特定的历史存在的个人创造出来的。而人们在理解文本时，则又具有自己特定的视界，这种视界也是由历史境遇赋予的。视界融合的结果是形成一种新的视界，这种新的视界又将成为理解新的文本的出发点。那么，在效果历史中理解艺术作品，这是伽达默尔诠释学美学的一个基本原则。他认为，"艺术作品是包含其效果历史的作品"[①]。

伽达默尔指出："真正的历史对象根本就不是对象，而是自己和他者的统一体，或一种关系，在这种关系中同时存在着历史的实在以及历史理解的实在。一种名副其实的诠释学必须在理解本身中显示历史的实在性。因此我就把所需要的这样一种东西称之为'效果历史'。理解按其本性乃是一种效果历史事件。"[②]从而，历史的真实性应该这样来理解：它是历史的演变着的存在，历史作为传统，表明了我们形成于历史之中，亦即当代植根于历史。但另一方面，正因为历史参与了当代的形成，便在当代中找到了它存在的根据，由此进入了当代。然而对我们发生影响的，构成着我们的历史的乃是我们所理解到的历史。在理解中，历史被重新塑造了，它是基于我们的视界、基于我们自己的经验而被理解的历史。这样，我们通过对历史的理解融入了历史，成为历史的构成要素。在确定的意义上，历史就是向着我们打开的本文，是与我们进行

① 伽达默尔：《真理与方法》，上海译文出版社 1994 年版，第 265 页。

② 同上，第 384－385 页。

着对话的另一方，历史的意义就在这对话的过程中展现出来。显然，这种展现不是重复，对话中的“提问—回答”结构表明，一个重建的问题，永远不会处于它原来的视界之中，因此，我们的理解作为回答，就必定会超出此前所理解的历史，历史就是以这种方式发展着。

如是，在伽达默尔看来，实际上存在着两个视界：一个是理解者自身的视界，另一个则是特定的历史视界。历史事件及一切历史流传在这两个视界中所蕴含的意义是不同的，对此伽达默尔有一个很好的说明，“一尊古代神像，当它现在立于我们面前之时，仍然包含着该神像由之而来的宗教经验的世界，这古代神像过去竖立于神庙中并不是作为艺术品而给人以某种审美的冥思享受。今天它又陈列在现代博物馆中，这样的神像同时就具有富有意义的效果，即它的那个世界也属于我们的世界，这就形成了包括那两个世界的诠释学的天地”①。这样被理解的历史就是效果历史，它是在历史视界和我们的视界中所展现的不同意义相互作用的历史。因而，在效果历史的意识中就包含了对不同的视界所展现的不同意义的意识，当然也包含了对两个视界本身的意识，从而把作为理解主体的我们与被我们意识到的它者即历史区别开来。当然这不是效果历史的全部，它包括对两个视界相互作用的意识，即着眼于它们所产生的效果。这就是说，从我们自己的视界出发而不取消历史的视界，反之，尊重历史也不是意味着将主体的主观性化为虚无，这就是伽达默尔不同于其他历史理解理论的原则之一。

因此，伽达默尔把历史理解纳入他所钟爱的对话结构。理解历史就是与历史对话，当然，像其他文本一样，历史不会自己向我们讲话，这里用的仍是对话中的“提问—回答”结构，即通过重建“问题”而使历史对话。正如对话具有开放结构一样，从效果历史原则出发，与文本历史进行对话，文本因而也具有开放性，它的意义永远不可穷尽。传统诠释学认为，文本是封闭的，文本一经作者创造出来，其意义就完完整整地存在于其中了。伽达默尔坚决反对这种看法，他说道：“正如历史事件一般并不表现出与历史上存在过，并且有所作为的人物的主观思想有什么一致之处，文本中的意思一般也远远超出作者的原意。”②可见，文本意义的开放性，决定了它必然超越作者的原意，也超越生成它的那个时代。这就为不同时代的人们对于它的理解提供了可能性。“艺术作品如果不打算被历史地理解，而只是作为一种绝对存在时，那它也就不可能

① 伽达默尔：《真理与方法》，上海译文出版社 1994 年版，序言。

② 同上，第 335 页。

被任何理解方式所接受。”[①]伽达默尔的这种看法鲜明地提出了艺术作品的历史性和审美理解的历史性问题，而这正是效果历史原则的主旨所在。

呼吁对话，摒弃独白，可以说是哲学诠释学对时代的呼声。那么从历史的发展来看，对话得到发展的时代，一般来说都是思想大解放的时代。在那样的时代背景下，人们冲破独语传统的思想牢笼，不同的意识竞相表现自己，展开广泛而自由的对话。

本章参考文献

[1]陈匪石.宋词举.南京:金陵书画社,1988.

[2]程锡麟.互文性理论概述.外国文学,1996(1).

[3]郭绍虞.中国历代文论选.文心雕龙·神思.上海:上海古籍出版社,2001.

[4]海德格尔.存在与时间.北京:生活·读书·新知三联书店,1987.

[5]贺晓武.文学虚构的人类学根据.广西师范大学学报(人文社科版),2007(1).

[6]胡全生.英美后现代主义小说叙述结构研究.上海:复旦大学出版社,2002.

[7]胡艳兰.20世纪西方对话理论初探.扬州大学硕士学位论文,2006.

[8]伽达默尔.真理与方法.哲学译丛,1986(3).

[9]伽达默尔.语言作为解释学经验的媒介.哲学译丛,1986(3).

[10]伽达默尔.美的现实性.北京:生活·读书·新知三联书店,1991.

[11]伽达默尔.真理与方法.上海:上海译文出版社,1992.

[12]伽达默尔.哲学解释学.夏镇平等译.上海:上海译文出版社,1994.

[13]伽达默尔.伽达默尔集.上海:上海远东出版社,2003.

[14]理查·罗蒂.哲学与自然之境.北京:生活·读书·新知三联书店,1987.

[15]李建盛.理解事件和文本意义——文学诠释学.上海:上海译文出版社,2002.

[16]李文俊.福克纳评传.杭州:浙江文艺出版社,1999.

[17]刘月新.解释学视野中的文学活动研究.武汉:华中师范大学出版社,2007.

[18]罗选民.互文性与翻译.香港岭南大学博士学位论文,2006.

[19]乔治·普莱.阅读的现象学.龚见明译.桂林:漓江出版社,1991.

[20]萨莫瓦约.互文性研究.邵炜译.天津:天津人民出版社,2003.

[21]王逢振,盛宁,李自修.最新西方文论选.龚见明译.桂林:漓江出版

① 伽达默尔:《真理与方法》,上海译文出版社1994年版,第96页。

社,1991.

[22]王万引.现象学与解释学文论.济南:山东教育出版社,2001.

[23]沃·伊瑟尔.阅读行为.金惠敏等译.长沙:湖南文艺出版社,1991.

[24]吴冠中.生命的风景——吴冠中艺术专集.北京:三联书店与北京和平艺苑文化发展有限公司,2003.

[25]许渊冲.翻译的艺术.北京:中国对外翻译出版公司,1984.

[26]严平选编.伽达默尔集.邓安庆等译.上海:上海远东出版社,1997.

[27]殷企平.谈互文性.外国文学评论,1994(2).

[28]张荣翼.文学文本的五种对话属性.平顶山师专学报(社会科学版),1996(4).

[29]张汝伦.现代西方哲学十五讲.北京:北京大学出版社,2004.

[30]中国佛教协会编.弘一法师.北京:文物出版社,1984.

[31]Baker, Mona. In Other Words: A Coursebook on Translation. Beijing: Foreign Language Teaching and Research Press, 2000.

[32]Delisle, J. Translation: An Interpretive Approach. Ottawa: University of Ottawa Press, 1988.

[33]Graham, Allen. Intertextuality. London: Routledge, 2000.

[34] Halliday, M.A.K. Language as Social Semiotic: The Social Interpretation of Language and Meaning. Beijing: Foreign Language and Research Press, 2001.

[35]Hatim, Basil and Mason. Ian. Discourse and the Translator. Shanghai: Shanghai Foreign Language Education Press, 2001.

[36]Julia, Kristeva. Revolution in Poetic Language. (Tr.) Margaret Waller. New York: Columbia University Press, 1984.

[37] Michae, Riffaterre. Intertextual Representation: On Mimesis as Interpretative Discourse. Critical Inquiry, 1984(11).

第四章 作者·文本·译者
——翻译活动中的主体间对话

文本与文本的相互指涉关系构成文本间性，即互文性。文本是翻译分析和认知的对象，然而在翻译过程中，仅仅着眼于文本和互文本是不够的，还要考虑驾驭文本和互文本的译者以及译者主体性。

杨武能把反映文学翻译特征的图形画为："作家——原著——翻译家——译本——读者"，他用"——"表示翻译主体间的相互关系。原文作者、译者和译文读者分别是不同性质的主体：创造主体、翻译主体和接受主体。这三者构成平等的主体间关系。翻译不再是主体对于客体的征服，而是主体间平等的对话和交流。

为什么要强调主体间性？哈贝马斯认为主体间性的重要性主要体现在三个方面：①离开主体间性，就无法知道规则是否得到遵守；②离开主体间性，就既不能形成"规则意识"，也不能从"规则意识"中发展出"原则意识"，分化出"价值意识"；③离开主体间性，就无法为规则的正当性提供辩护。[①] 主体间性可以提醒翻译研究者，不管在什么时候，不管运用什么理论都要考虑主体间的关系；否则，翻译可能会过度和走样。

然而，主体间性绝不是对主体性的绝对否定。在交流过程中，译者主体实际上发挥着其主观能动性，主动认识其自身、作者和读者等不同主体，并且根据翻译动机和翻译观来协调其与作者主体和读者主体的亲疏关系，选择翻译文本和翻译策略。另外，由于主体间的交往不仅存在理解和统一，也存在着冲突、误解和差异，译者主体此时应根据一定的规范来对主体间的关系进行协调。

① 童世骏：《没有"主体间性"就没有规则》，《复旦学报》2002 年第 5 期。

第一节　译　者

译者在翻译中扮演着一个独特而重要的角色，对翻译实践起着决定性的作用。他既是原文本的读者，又是译文的作者。然而，译者又不同于一个普通的读者与作者，他的解读带有明确的目的，他的创作受到特定的约束。实际上，他是两种文化的斡旋者，对两种文化有着自身独特的立场、态度和目的。

一、译者的话语角色

任何一个译者都不可能在真空中从事翻译，他总是或多或少会受到自身的、两种语言中各自的诗学、赞助人、意识形态、文化及价值取向等诸多方面的影响和掣肘，因而在一场与文本（作者）、隐含读者的对话中，译者往往无法囿于某个单一的角色，而呈某种复合的话语角色（discourse role）类型。

1. 译者——读者

译者首先是原著的读者，但译者不同于一般读者，他承担着对原作进行传达的责任和义务。他不仅要读透原文，更要读懂、读透视觉背后的蕴意，因此译者的难度大于一般的读者。我国著名翻译家傅雷先生在“给罗新璋的信”中曾这样写道：

> 事先熟读原著，不厌其详，尤为要著。任何作品，不精读四五遍决不动笔。是为译事基本法门。第一要求将原作（连同思想、感情、气氛、情调等等）化为我有，方能谈到迻译。平时除钻研外文外，中文亦不可忽视，旧小说不可不多读，充实词汇，熟读吾国固有句法及行文习惯……总之译事虽近舌人，要以艺术修养为根本：无敏感的心灵，无热烈之同情，无适当之鉴赏能力，无相当之社会经验，无充分的常识（即所谓杂学），势难彻底理解原作，即或理解，亦未必能深切领悟。[1]

因此，译者与一般读者有着不同的素质要求，译者不仅需要精通两种语言、两种文化，对作者、作品所属的时代社会、历史、文化乃至风尚习俗等，都要

① 傅雷：《傅雷文集·书信卷》，当代世界出版社 2006 年版，第 719 页。

尽可能广泛地了解和把握，而且还需要对作者的生活观念、艺术观点、艺术特色和语言风格等，进行尽可能地深入细致的理解和研究。只有这样，翻译出来的作品才能明确地传达原作者所表达的意思。

另外，译者与一般读者阅读时的心理背景不同。读者由于不担负传达的责任，其想象可以不受社会环境的制约，而译者从事的翻译活动是艺术的再创作，其再创作的作品必然要受制于原作内容、作者风格和社会环境以及读者的接受程度等因素，不可妄加自己的想象和评论。具有读者身份的译者，阅读时在保全原作完整性的前提下，会想方设法挖掘和传达作品的潜在意义。这种阅读就其本质而言，是文艺学里所说的"解读"，是比一般阅读要认真得多的"解读"。

作家创造了文学文本，但文本只提供了某种文学性和文学价值得以实现的潜在可能性或结构；这种文学性和价值的实现则有赖于读者的创造性阅读，正是读者的审美活动把文本所包含的文学的潜在可能性转化为现实性，才使文学文本转化为文学作品。马克思也曾经指出："一个存在物如果在自身之外没有自己的自然界，就不是自然存在物，就不能参加自然界的生活。一个存在物如果在自身之外没有对象，就不是对象性的存在物。一个存在物如果本身不是第三者的对象，就没有任何存在物作为自己的对象，也就是说，它没有对象性的关系，它的存在就不是对象性的存在。非对象性的存在物是非存在物。"[①]一个事物的存在是需要以把其作为对象的第三方的存在为前提条件的，不然它就是"一种非现实的、非感性的、只是思想上的即是虚构出来的存在物，是抽象的东西"。马克思的这个观点证明，文学作品的存在，是以读者的存在为前提的，文学作品是在读者对文学文本的阅读过程中实现的。

2. 译者——诠释者、创造者

所有翻译者都是解释者。外语的翻译情况只是表示一种更为严重的诠释学困难，既面对陌生性又要克服这种陌生性。所谓陌生性其实在相同的、明确规定的意义上就是传统诠释学必须处理的"对象"。翻译者的再创造任务同一切文本所提出的一般诠释学任务并不是在质上有什么区别，而只是在程度上有所不同。[②]

① 《马克思恩格斯全集》第42卷，人民出版社1979年版，第168页。

② 伽达默尔：《真理与方法》，上海译文出版社1999年版，第494页。

海德格尔在他的《物》一文中，将“器”译为物(KRUG)[①]。比如水壶可以盛水是因为它是“空”的，我们饮用则必有“空”容纳才行。我们对“壶”的解释就必与我们“饮用”有关。正是因为文本中的空隙才留给读者想象力穿插的空间，而读者想象力本身引出的释义之中同样包含着空隙，这意味着释义需要恒动才可趋向圆满。释义出现的空白实际上意味着释义空间的形成。是这种释义空间的形成创造了读者的自由，唯有读者的“自由”才能引发读者调动自己的思想参与创造。

海德格尔的“喻说”形象地说明了文本的意义是解释者和理解者“筹划”的结果。对此，伽达默尔更明确地认为：“谁想理解某个文本谁总是在完成一种筹划。一旦某个最初的意义在文本中出现了，那么解释者就为整个文本筹划了某种意义。一种这样的最初意义之所以出现，只是因为我们带着对某种特殊意义的期待去读文本。”[②]

余光中先生在谈翻译和创作之间的关系时，不无保留地承认，“严格地说，翻译的心智活动过程之中，无法完全免于创作”[③]。

例如：毛泽东的《念奴娇·昆仑》一词的下阕说：

而今我谓昆仑：
不要这么高，
不要这多雪。
安得倚天抽宝剑，
把汝裁为三截？
一截遗欧，
一截赠美，
一截还东国。
太平世界，
环球同此凉热。

词中的三个“一截”，曾有中美学者分别译成 one piece，或 one part，应该

---

① 蔡新乐，郁东占：《为什么要将释义学引入文学翻译理论——有关〈文学翻译的释义学原理〉的一些问题》，见《外国语》1998 年第 2 期。

② 许钧：简论理解和阐释的空间和限度，见《外国语》2004 年第 1 期。

③ 余光中：《余光中谈翻译》，中国对外翻译出版公司 2002 年版，第 31 页。

说是忠实地保留了原语的形式，许渊冲先生将这三句译为：

I would give to Europe your crest,
And to America your breast,
And leave in the Orient the rest.

这三个押尾韵的英文字，既可指鸡冠(crest)、乳房(breast)、安宁(rest)，更可译为顶部、胸部、余部。这一创造性的发挥，体现了译者对文学翻译“三美”(即意美、音美、形美)的美学诉求，是其“美化之艺术，创优似竞赛”中译者作为创造者原则在实践中的合理诠释，创造者身份的认可却是昭然若揭的。

3. *译者——研究者*

译者的研究者角色是由翻译研究的跨学科性质决定的。跨学科研究在日益全球化和信息化的社会能摧毁各学科之间的障碍，反映知识的快速交流。翻译研究与多种研究相联系，如文化研究(性别研究、后殖民研究等)、语言学(特别是语义学、语用学、应用语言学及比较语言学)、现代语言及语言研究、哲学(有关语言及其意义，包括解构主义)、传媒研究、科学与社会研究等，其中没有哪一个不与翻译研究有着紧密的联系。因此，一个理想的翻译家应该对这些领域有充分的了解；也就是说，为了译出满意的译作，译者必须成为这些领域的研究者。

二、译者主体性

译者主体性是指作为翻译主体的译者在尊重翻译对象的前提下，为实现翻译目的而在翻译活动中表现出的主观能动性。主观能动性又称自觉能动性、意识的能动性，是指认识世界和改造世界中有目的、有计划、积极主动的有意识的活动能力。意识存在于我们的头脑里，人们只能用语言表达它，用文字记录它，不能用它直接作用于客观事物，虽然只靠单纯的意识不会引起客观事物的变化，但是意识却有一种本领。那就是作为一种无形的力量，在不停地告诉人们，应当做什么，以及怎样去做，在实践中，意识总是指挥着人们使用一种物质的东西去作用于另一种物质的东西，从而引起物质具体形态的变化，这种力量就是人的主观能动性。译者主观能动性的具体表现是翻译主体自觉的文化意识、人文品格和文化、审美创造性。

作为读者，译者需要调动自己的情感、意志、审美、想象等文学能力，将作品“召唤结构”中的“未定点”、“空白点”具体化，与文本对话，调整自己的“先结

构”,与作品达到“视阈融合”,从而实现文本意义的完整构建。译者对作品的解读,还只是完成了翻译准备的第一个步骤,他还需要对作品进行阐释,这个阶段,他需要发挥文学鉴赏和批评的能力,发掘作品的思想内涵和美学意蕴,分析作品的文学价值和社会意义。译者所从事的一切活动都需要发挥其主观能动性。那么就有必要对译者的能动性作出界定,说明译者有没有权利依据自己的理解来解释文本。

1. 功能翻译理论对译者的定位

Katharina Reiss 在《翻译批评的可能性与限制》一书中引入功能性概念,她提出翻译应有具体的翻译要求(translation brief)和基于原语和译语功能关系的功能批评模式,有时因特殊需要,要求译文与原文具有不同的功能。理想的翻译应该是:原文本与目标文本在内容、语言形式和交际功能等几个层面与原文建立起对等关系。其理论研究的重心是译者的作用以及译者的功能。赖斯的学生费米尔(Vermeer)则进一步打破了对等理论的局限,摆脱了以原语为中心的等值论的束缚,提出以文本目的为翻译活动的第一准则,创立了功能派的奠基理论——目的论。目的论的核心概念是:翻译方法和翻译策略必须由译文预期目的或功能决定。费米尔认为,翻译是一种有目的的交际行为,译者的任务是要让不同文化群体成员之间的交流得以进行。当两种语言及文化背景出现较大差异时,为了使信息发送者与接受者之间能进行有效沟通,译者根据其自身的翻译目的、文化取向和审美意识,采用一定的翻译策略。由此可见,功能翻译理论不再视原文为翻译活动中唯一不变的中心,而是强调译者的能动介入。译者不再被视为应该居于“隐身”的状态,而是可以理直气壮地根据译作在译语文化中将要发挥的预期功能,来制订翻译策略。

2. 诠释学理论对译者的定位

斯坦纳认为,语言永远处在一个动态的变化之中,而在语言的历时和共时现象中,解释或翻译活动始终如一地贯彻其中,即一切交际或交流都是通过解释和翻译来实现的,并将“解释学的方法”定义为“对文本”的深入研究。他还提出了诠释学分析的四个翻译步骤:信赖(trust)、侵入(aggression)、吸收(import)和补偿(compensation)。信赖就是译者相信原文有意义的,而在理解和表达这种意义时,译者的主观因素不免“侵入”原文,具体地说,就是译者在理解时不可避免地要面对文化及语言表述方面的“他者”因素,而同时又难以摆脱译语文化的影响,总是带着自己的经验和认知模式进入文本框架,而不同的经验和认知模式必然使不同的译者对相同的文本的诠释产生不同,当然就译者而言,这种“侵入”的目的便是“吸收”,即采用归化或异化的翻译策略,但"吸收"过程中难免丧失原语本色,因而就很有必要"补偿",也就是对翻译中遗失的文化信息,采取加注的方法进行补充说明。

从斯坦纳的诠释学理论中不难看出译者的能动性时时影响着翻译及决定其翻译策略,翻译过程中译者始终处在主体的位置上。

3. 关联翻译理论对译者的定位

以格特(Ernst Gutt)为代表的关联翻译理论者认为翻译是一个特殊的、明示推理的交际过程,同样具有认知等不可避免的推理成分。格特解释说:话语的语境(context)是"用以解释该话语的一系列前提"。"语境是个心理结构,是听者关于世界假设(assumption)的一个分集。""因此,在关联论中,语境并不指话语交际双方外部环境的某一个部分,如某话语(discourse)前后的语段(text)、环境情况、文化因素等,而是指交际双方'关于世界的假设的一部分',即'认知环境'。"[①]于是,"欲使交际成功,关键的问题便是听者如何从自己的认知环境中可以利用的全部假设里面设法选出切合实际的,言者试图传达的那些假设"[②]。也就是说,翻译过程中当译者面对诸多可供选择的翻译对等物,如何筛选需要进行一个极其复杂的斟酌与决策的推理过程。

由于翻译涉及两种语言,原文言者与译文听者认知环境有所不同,加之译者的介入,情况更加复杂。最佳关联性是译者力争达到的目标,也是翻译研究的原则标准。译者的责任是努力做到使原文作者的意图(intention)与译文读者的企盼(expectation)相吻合。为了做到这一点,译者负有双重推理的责任。首先,他必须从原文字句中或所谓交际线索(communicative clues)体会出原文言者的意图,亦即言者企图通过这些字句传达给听者哪些假设。这些假设的确定,需要译者进行一番推理,单靠"解码"是不够的。格特指出:"通过语言编码产生的语义体现(semantic representation)是抽象的大脑结构。必须通过推理使之充实才能用来代表任何有意义的东西。"[③]

该理论强调,译者应当解释原文中与译文读者有着足够关联,能产生足够语境效果的那一部分并且寻找恰当的语言形式进行表达。因此译者在理解和表达时应寻求最佳关联,即通过关联推理构成对原著的认知心理图式,并通过译文将自己形成的认知图式与译文读者进行交流,完成翻译交际,在此过程中

---

① Ernst-August, Butt. Translation and Relevance: Cognition and Context. Basil Blackwell Ltd., 1991, p.25.

② 同上,第26页。

③ 同上,第131页。

译者要善于求同存异、求同辨异、求同化异。关联翻译理论认为译者是中间者,具有主动性和创造性。

以上理论都强调译者的能动介入,译者不再被视为应该居于“隐身”的状态,而是可以理直气壮地根据译作在译语文化中将要发挥的预期功能,来制订翻译策略,译者的自由度由此可见一斑。

第二节 从翻译主体性走向主体间性

事实上,译者并不是孤立的主体,译者主体性的发挥也不是无限度的,在文学翻译活动中,作者、译者和读者三个主体都是以对方存在作为前提,是一种共在的自我。

一、主体性

主体性是主体的本质特性,是主体在对象性活动中的特性。具体地说,主体性是主体在对象性活动中本质力量的外化,能动地改造客体、影响客体、控制客体,使客体为主体服务的特性。所以主体性包括使客体为主体服务的价值关系、为我关系。这里的“我”即主体,包括社会主体、群体主体和个体。从主体出发,包括从主体的现实情况出发,从主体客观条件和实际利益出发,也包括从主体已有的观念、认识出发,从自己的价值观出发,甚至包括从主体的情感意志出发、感情用事等情况在内。所以,主体性内在地包含主观性。使客体为主体服务,这是主体活动都有的价值目标。而要实现这一价值目标,不仅要使主体活动符合主体利益、需要,还必须尊重客观规律,从客体实际出发。只有这样,才能实现改造客体,使客体为主体服务的价值目标。

应用到翻译领域,主体性是指“翻译的主体及其体现在译作中的艺术人格自觉,其核心是翻译主体的审美要求和审美创造力”。需要说明的是翻译主体性不等于译者主体性。既然翻译主体是作者、译者和读者,那么翻译主体性应该是指作者、译者和读者的主体性。

1. 翻译活动的各阶段及主体

翻译活动牵涉以下阶段及主体。

前期阶段,包括两个过程:首先是前提过程,即原作的创作过程。此时,原作者为原作的生成主体。其次是准备过程,即原语读者或有原语背景的读者阅读原作的过程和翻译活动的发起。在前一种情况下,读者为原作的随意阅读主体或意向阅读主体。在后一种情况下,发起人为选材主体。

中期阶段,也包括两个过程:首先是准翻译过程或拟翻译过程,即译者立足翻译活动,分析性地阅读原作的过程。此时,译者为原作的目的性阅读主体。继而是操作过程,即译者的翻译过程。此时,译者为翻译策略或技巧的选择实施主体和译作的生成主体。

后期阶段,可称为效应过程,即目的语读者阅读译作的过程。此时,读者为译作的随意阅读主体或意向阅读主体。

2. 主体间:主体与主体

主体间或主体际,指的是两个或两个以上主体的关系。它超出了主体与客体关系的模式,进入了主体与主体关系的模式。就单纯的主体与客体的关系而言,主体所面对的是客体,他人也被视为客体;而在多主体的关系中,他们所面对的既有主体之间的关系,也有主体与客体间的关系。

主体与主体的关系不是孤立存在的一人世界或多人世界,而是以他们共有的客体世界为前提的。海德格尔写道:"……世界向来已经总是我和他人共同享有的世界。此在的世界是共同世界。'在之中'就是与他人共同存在。他人的在世界之内的自在存在就是共同此在。""此在本质上是共在。""此在之独在也是在世界中共在。他人只能在一种共在中而且只能为一种共在而不在。独在是共在的一种残缺的样式,独在的可能性就是共在的证明。"[①]处于主体与主体关系中的人的存在是自我与他人的共同存在,人不能在绝对的意义上独在。正如黑格尔所说的,"不同他人发生关系的个人不是一个现实的人"[②]。

翻译活动中存在多个主体,有作者、译者、读者等,这就牵涉到多个主体间的"不平等权力关系"(Wolf 1997:124)的决策活动,若从跨文化交流的角度看,还构成社会或文化现象,所以,翻译研究必然要关注翻译过程中各主体间的权力关系和权力结构。

有人群的地方,人的活动总是离不开利益的占有与分配,离不开权力关系。所谓权力关系,至少是由以下两方组成:具有强制他人执行己方意志、占有分得较多利益的强势方与被动服从他方意志、占有分得较少利益或不得不牺牲自身部分或全部利益的弱势方。翻译语境中的权力关系,一般被视为"他"与"我"的系列关系变体:原作者与译者、发起人与译者、原作及原作读者与译作及译作读者。假如视"我"为"主体",视"他"为"客体",那么谁是"我"谁是"他"就成了主客体的关系定位问题。随之而来的问题是:既然主体拥有绝

① 海德格尔:《存在与时间》,生活·读书·新知三联书店 1987 年版,第 146—152 页。

② 黑格尔:《法哲学原理》,商务印书馆 1961 年版,第 347 页。

对主动权，那么，被确定为“我”也就是主体的一方就必然是绝对强势方。问题因此就转化为“主客体”问题。所以，一切争论就围绕主体地位的确定而展开。结果是，你以此为主体，我以彼为主体，主体不同而议题相同，言在此而意在彼，越争越乱。

如果换一个角度，借用哲学中“主体间性”的概念，视“我”与“他”为不同主体，那么谁是“我”谁是“他”就成了不同主体间的关系定位问题，更符合翻译活动的实际。

二、主体性到主体间性

主体是相对于客体而言的，因而主体性是在“主体—客体”关系中的主体属性。主体间性是主体间即“主体—主体”关系中内在的性质。

主体间性首先具有哲学本体论的意义，主体间性的根据在于生存本身，生存不是在主客二分的基础上主体构造、征服客体，而是主体间的共在，是自我主体与对象主体间的交往、对话。一方面，在现实存在中，主体与客体间的关系不是直接的，而是间接的，它要以主体间的关系为中介，包括文化、语言、社会关系的中介。因此，主体间性比主体性更根本。由此，人文学科就有了特殊的研究领域，即关注主体与主体的关系，把对象世界，特别是精神现象不是看作客体，而是看作主体，并确认自我主体与对象主体间的共生性、平等性和交流关系。另一方面，哲学范畴的生存，作为自由的存在，不是主体对客体的认识或征服，而是主体间的共在。存在主义思潮兴起的先驱者之一马丁·布伯认为，代表着西方哲学传统的“我—它”，本质上不是一种真正的关系。“我—它”的关系只是一种经验和利用的关系。这是一种对立，而不是一种交融；“我—它”的关系是不平等的，“我”是主动者，“它”是被动决定的，“我”是经验“它”、利用“它”的主体，而“它”不过是对象而已；再者，“我—它”不是一种直接的关系，无论“我”对“它”是认识还是利用，都需要借助中介手段，这就削弱了“我”与“它”之间本可以有的亲密关系。认清“我—它”这种非本质的关系，布伯强调“我—你”才是一种真正的关系，只有在这种关系中，一切才是活生生的、现实的。因为在“我—你”关系中，我你之间的言说是对……说（speak to）；而在“我—它”关系中，这种言说则是“谈及……”（speak about）。“对……说”是以“你”为开端的，表明人是伙伴，是平等的，在你我之间是有相互回应的，而“谈及……”则以“它”为对象，表明我它之间的对象化关系，它在言谈中化为对象，人只有在把“它”作为对象来感知，看、听、触摸之后，才能谈及这一对象“它”，相互之间存在不平等关系。

你我“之间”的最好体现是“对话”(dialogue)。“对话”使你与我既保持各自特点,又使我们联系在一起,却未淹没于整体中而丧失自身。对话能脱离自我中心,它使我们向世界敞开,接受生命中所遇之物,遂形成一无限的关系世界。因此,世界只有不再作为客体而是作为主体,才有可能通过交往、对话消除外在性,被主体把握、与主体和谐相处,从而成为本真的生存。

意义通过主体间的交往而得以建立,主体之间通过分享经验,使得相互间的理解成为可能,并且因此而构成相互间的交流,达到一定的意义的共享。意义具有主体间性,在主体间传递,并以此将众多主体联结起来,形成一个意义的世界。对于主体来说,没有意义的存在是没有理解的存在,这样的存在不是主体的存在。意义不是在主体自身形成的,而是在主体和主体间形成的。

哈贝马斯在《交往行动理论》一书中指出,交往行动就是指参与者能毫无保留地在交往后意见一致的基础上,使个人行动计划合作化的一切内在活动。交往参与者遵循有效性规范并以语言符号为中介而发生相互作用。交往行为强调一种交互主体性即主体间性,而不是独自式的个人行为,也区别于要求在行为目的、行为手段的选择和行为结果之间保持内在一致性的工具行为。哈贝马斯认为,个体必须走入生活世界,即主体间参与共享的生存活动范围,通过主体间性才能成为主体,也就是说,主体性是在主客体的相互作用通过主体间的相互交往构建起来。

根据哈贝马斯的观点,翻译活动本质上是以语言为媒介进行的主体间的交往或对话,而不仅仅是由译者单独进行的语言移植活动。译者的主体性并不是孤立存在的,而是以主体间性为前提条件,体现于与源语文本作者和目的语读者等主体之间的相互关系。虽然作者和读者是隐形的主体,但自始至终都影响着译者主体性的表现。前者主要通过源语文本和相关背景资料,如序言和传记等强调自己的主体性,而后者则顽强地表现于目的语文本的措辞及所采用的翻译策略上。事实上,只有在与源语作者和目的语读者的相互关系中才有译者这一特殊主体。他们之间的关系是一种共存的主体间性关系。这一关系不仅是翻译活动得以进行的基本条件,并且其具体属性的不同会导致具体翻译策略、翻译文本种类和形态等方面的差异。实际上,翻译文本的种类都可以根据翻译活动所涉及的不同主体间性关系加以诠释。凯瑟琳娜·赖斯(Katharina Reiss, 2004)依据文本的功能将翻译文本分为侧重于内容、形式和诉求等类别。这些文本主体之间的具体关系依次可理解为信息或知识的发出者和接受者、故事的叙述者和听众以及说服者和受众之间的关系。因此,要正确理解译者的主体性以及翻译文本的多样性,就必须将译者的主体性置于

与源语作者和目的语读者的相互关系之中，不能片面强调译者对翻译活动的主宰作用，忽视源语作者和译者、译者和译本读者之间的相互关系以及这些关系对翻译活动的制衡作用。

三、语言的主体间性

第三章我们讨论过语言不是工具性的、独白式的，语言是“言说”出来的，“言说”就不是一种自我独白，“我”的“言说”是面向听者“你”的。因此，人们通过语言的理解很自然表现为一种对话结构，语言是两个人在所谈对象上取得一致看法，并由此而相互理解的共同拥有的中间区域。

主体间的对话离不开语言，我们首先来界定语言概念，语言可以看做是语言形式，即语词与语法的总和；也可以看做是语言行为，即语言的运用。我们说语言具有主体间性，就是基于后一种意义上说的，是说语言是自我主体与世界主体之间的交谈。语言是交谈的产物，而交谈是主体间性的活动。语言不是主体独白的产物，独白不需要语言，交谈才需要语言。语言也不是主体与客体之间的产物，即不是人给世界命名。如果没有另一个主体，是不需要语言的。在荒岛上的鲁滨逊不需要语言，多年独处的人往往会失去语言的能力。动物之间也不需要语言，虽然它们之间也有信息的交流。语言是主体与主体间的交谈的产物，正是由于人类在社会生活的交往中，主体与主体之间有了交谈的需要，才产生了语言。谈话是语言的本体，而言谈是主体间性的行为。人们往往把语言看做由语词、语法组成的实体，看做一种思想的工具，而实际上，这并不是语言的真正存在。语言的真正存在是语言的运用，是谈话，谈话的总和构成了语言，这是语言的本体论。至于语词、语法等不过是对交谈的分析，是抽象的产物，而不是语言本体。语言的符号形式在没有进入谈话前并没有语言的功能，只有进入谈话才成为真正的语言。语言所展开的对话或交谈活动本身是主体与主体之间的活动，是主体间性的，也就是说语言是主体间性的。

文学翻译活动是真正的谈话，是作者、译者与文本所展现的世界的谈话，这种谈话是平等的交谈，彼此都承认对方的主体性。这就是海德格尔说的“听—说”关系、伽达默尔说的“问—答”关系、巴赫金说的“对话”关系。文学语言不是主体与客体之间的工具，不是现实经验的表达，而是人与世界的交谈，是自我主体与世界主体之间的对话。文学是特殊的谈话——人与世界的交流方式。正是人与世界对话、交谈的需要才产生了文学与文学语言。在这种对话中，克服了现实语言的局限，恢复了语言的主体间性，实现了语言的本质。

四、翻译过程中多元主体间性关系

根据哈贝马斯的交往理论，翻译是一种主体间性活动，翻译主体与文本进行多方对话并形成文本意义再生产的过程。[①] 翻译的主体间性既不仅仅是作者—文本—译者的关系，也不仅仅是作者—译者—读者的关系，而是一种多元主体关系，是从原作者独白、文本独白以及无限度的译者诠释走向了多元主体之间跨越时空的积极对话。因此，翻译既不是纯粹、客观的语言转换，也不是一种文化对另一种文化的征服，而是两种文化之间的对话、交流与协商的过程。在这种对话、交流与协商的过程中，翻译发起人、赞助商、原文作者、原文、译者、译文、译文读者、出版商、翻译批评者等都会参与到翻译活动中来。他们之间相互依存、相互渗透，处在一种主体间性的关系网络中。

1. 译者和作者的主体间性

无论作者是活着还是去世了，在场还是不在场，翻译的理解与诠释都离不开译者与文本隐含的作者的对话与交流。虽然译者面对的是文本，但文本不仅是作者主体的创造物，而且是作者主体的一部分，体现着作者的创造主体性，对文本的理解不可能离开对作者主体的理解。原作者与译者之间，不应是主次/主仆关系，而是平等的主体间对话关系。既然是对话关系，翻译就不是某一方垄断了话语权的独白，也不是译者对原作者的"如影随形、如响应声"般的机械应和，而是双方都各自发出自己的声音。无论双方是否达成一致性的见解，或持有相同的情感，作品的意义总是在对话的关系中不断地被理解、被商讨、被深化。译本中既有原作者的声音，也有译者的声音；既有译者与原作者的共鸣部分，也有译者不同意作者的地方。这样，译本就隐含了一种"复调结构"。如果译者怀有特定的译入语文化目的来翻译，复调的特征就很明显。

译者与作者的共鸣之声，在译本中是主要的。译者在译作中所欲表现的世界与原作者在原作中所欲表现的世界是一致的，因而他们拥有一个共同的内核，也就是"译作和原作同源而不同一"[②]，其中的"源"是相同的。作者在写作时，正如曾国藩所说："大抵作字及作古文，胸中须有一段奇气盘结于中，而达之于笔墨者，却须揭仰掩蔽，不令过露，乃为深至。"[③]译者在阅读理解原作时，胸中也会产生一股奇气，两股奇气交会之际，也就是译者和原作者遥隔着

① 陈历明：《翻译：作为复调的对话》，四川人民出版社 2006 年版，第 150 页。

② 许钧：《译事探索与译学思考》，外语教学与研究出版社 2002 年版，第 15－21 页。

③ 唐浩明：《曾国藩三部曲(野焚)》，湖南文艺出版社 1994 年版，第 264 页。

世纪和国界携手合作，创造文艺史上罕见的佳话和奇迹之时，共鸣由此而生。

2. 译者与文本的主体间性

从主体间性角度看，文学形象不是客体，而是另一个主体，作家或读者（译者）不是与客体打交道，而是与主体打交道。文本不是客体而是主体，是自我主体与之对话并达到理解的另一个主体。

在翻译的理解阶段，译者首先面对的是文本。在罗兰·巴特看来，文本不是一个静态的自在、自为物，而是置于语言之中从而保持一种生成状态的东西，一种他为物，它没有固定的“所指”或稳定的意义，只“存在于话语的运动之中”。换言之，文本的意义不是静态客观物而是动态生成物，它必须依附于译者的阅读和诠释。一部文本，特别是文学文本，它的语言符号是能指优势符号，具有返回能指性、情感性和伪指性。文学语言能指和所指之间不存在强制性的对应关系，表现为象征性、形象性和隐喻性等特点，文学文本因而存在许多空白和未定性，形成一个具有开放性和召唤性的结构。原文中的这些“空白”和“未定性”正是展现自身主体性的场所，因为它们会激发和诱导既以读者身份、又以译文生产者身份出现的译者进行创造性的填补和想象性的连接。这一过程也正是原文与译者的交流、对话与协商的过程。

作为对话的另一参与者，译者并不满足于被动地接受作品的信息，他总会带着某种期待（认知的、审美的等）参与文本的解读。作为审美主体的译者，自然要受到自己的个人兴趣、知识、经验、文艺修养、欣赏习惯、乃至带有社会性因素的个人信仰等因素的制约，这些因素构成了译者理解与诠释原文的主观性。当译者与具有开放结构的文本进行交流与对话时，这些因素是不可能离他而去的，而是一起参与到与原文本的对话中，译者会充分发挥自己的主观能动性，使产生的译文既继承了原文本的血脉，又在新的文化语境中得到重生。

3. 译者和译文读者的主体间性

对于原作来说，译者首先也是读者，一个特殊的读者，这就拥有了与一般读者对话的基础，他可以也可能站在读者的立场去体会读者的需求，解除读者的困惑，将其从内容到形式在与原作者感同身受的结合中产生的灵感启迪和思想冲击带给读者。

文学作品从根本意义上说，是为读者而创作的，读者是文学活动的能动主体。在翻译实践中，读者也在积极地介入和参与译作，绝不是可有可无、无关痛痒的被动接受者。不同时代的读者因自身阅历、接受水平、审美趣味的不同，对译本有着不同的期待与评判。但由于译者和读者之间的文化差异，译本难免与读者的期待视野存在一定距离。为了充分实现翻译价值，使译作在本土文化语境中得到认同或发挥特定的作用,译者在原文选择和翻译过程时就开始了与心目中预设的读者进行交流和对话,根据读者的"期待视野"选择相应的翻译策略,以达到译者和读者的视界融合,如为了使不懂外语的读者接受的方便,或营造一个近似的感知氛围,表现出乡村风味,张谷若在翻译哈代(Thomas Hardy)的小说《德伯家的苔丝》时,用"俺"或"俺们"这一极具地方特色的字眼来译苔丝等乡下人的自称;傅东华在翻译《飘》时,更是把其中的人名、地名都中国本土化了,把当时的读者可能不习惯的,甚至"厌倦的"冗长的描写和"心理分析"整个删除。

此外,只有通过与读者的交流和沟通,译者才能填补翻译中出现的意义真空(vacuum of sense),因为作者在创造时往往对自己的意向读者与个人的共有知识作了大体推测,把一些他认为与读者共有的而无需赘言的文化信息省略去,所以译者的任务之一就是要填补这种对于原文作者以及原文读者来说心知肚明而对于译者以及译文读者却扑朔迷离的异语文化的缺省,让译文读者也享受到原文读者同样的文学情趣。因此,翻译的价值只有与译文读者互动才能得以实现,译文的成败在于译者对读者的把握程度和读者对译者的认同程度。

4. 译者和翻译赞助人之间的主体间性关系

翻译赞助人以勒菲弗尔(Lefevere)所界定的赞助人概念而论,它包括任何可能有助于文学作品的产生和传播,同时又可能妨碍、禁止、毁灭文学作品的力量。赞助人主要控制作品的意识形态、出版、经济收入和社会地位,它可以是诸如宗教集团、阶级、政府部门、出版商、大众传媒机构,也可以是个人势力。

赞助人(翻译发起人或出版商)往往是实际需要译文的人,他会将原文提供给选定的译者。除了控制选材,赞助人还控制译者的交稿时间、经济收入,有时还会对可接受的语言和基本翻译策略的选择以及体例进行规定。在这些规定上,赞助人表现出了对译者最大限度的操纵。

然而在实际翻译过程中,译者不会亦步亦趋,完全受制于权力的操控。首先,原文虽然是赞助人提供的,但译者之所以接受该文本的翻译任务,往往取决于他的翻译目的或动机。因此在翻译活动的起始,即对原文的选择上,译者和赞助人就表现出了一种主体间性的关系。译者还可以通过与赞助人的对话与交流,就交稿时间、经济收入等问题与赞助人协商,并最终达成一致意见。在具体的翻译过程中,译者通过交流,还可使用赞助商(一般是出版社或翻译中心)提供的词库,并可就翻译中碰见的问题请教出版社或编辑部约请的翻译顾问。在翻译定稿交与赞助商时，赞助商可提出一些建设性的意见，以帮助译者改进译文的质量。

例如，美国前总统克林顿的夫人希拉里的传记《亲历历史》(*Living History*)在中国出版发行，译者采用了变译策略，对原文中同我国的政治、文化价值观和意识形态格格不入的部分作了变译处理，删除了某些内容。这既是赞助人、出版商和审查人的要求，也是译者的自觉行动；他们在共同的目标上取得了共鸣和对话，妥善地解决了原文中的烫山芋，使冲突转化为和谐，在某种程度上消除了西方文化的霸权和对中国的歧视与干涉，至少译文不会误导读者。所以，赞助人的主体性在这对主体间性矛盾中的彰显，通过译者落实了变译策略。因此可以看出译者与赞助人的对话关系贯穿于翻译过程的始终。

第三节　翻译活动中的主体间对话

伽达默尔有一段非常精彩的话揭示了对话的现象学意义和辩证结构。他是这样说的："虽然我们说我们'进行'一场谈话，但实际上越是一场真正的谈话，它就越不按谈话者的任何一方的意愿而进行。因此，真正的谈话绝不可能是那种按我们意愿进行的谈话。一般说来，也许这样说更正确些，即我们陷入一场谈话，甚至可以说，我们被卷入了一场谈话。"[①]在谈话中某个词如何引出其他的词，谈话如何发生其转变，如何继续进行，以及如何得出结论等，虽然都可以有某种进行的方式，但在这种进行过程中谈话的参加者与其说是谈话的引导者，不如说是谈话的被引导者。谁都不可能事先知道在谈话中会"产生出"什么结果。谈话达到相互了解或不达到相互了解，这就像是一件不受我们意愿支配而降临于我们身上的事件。正因为如此，所以我们才能说，有些谈话是卓越的谈话，而有些谈话则进行得不顺利。这一切都证明，谈话具有其自己的精神，并且在谈话中所运用的语言也在自身中具有其自己的真理，这也就是说，语言能让某种东西显露出来和涌现出来，而这种东西自此才有存在。由此可见译者在与文本对话前已经带有了一定的前理解(前见)。

一、翻译的理解过程——对话开始

伽达默尔认为，任何理解都是理解者带有前见的理解。人本身就是一种历史的存在，他不可能脱离自己的历史性。理解总是在"前见"的基础上进行。

---

① 伽达默尔：《真理与方法(上、下卷)》，洪汉鼎译，上海译文出版社 1999 版，第 487 页。

他同时指出：解释者不只是依靠可以立刻获得的前见而直接接近文本，而是要考察呈现在内心的前见的合法性，考察它的起源和有效性。只有合理的前见才能达到正确的理解。对文本进行理解其实也就是在与文本进行对话，我们总是带着一定的意义预期进入文本，这种预期也就是向文本发问，而文本自身的视阈不断在回答和校正我们的预期限和前见，就像“理解的循环”一样双方在这种往来中达成一定的共识，即“视阈融合”，就在这种一来一回的对话往复运动中，意义就得到了展现，真理得到开显和澄明，理解者的视阈也不断得到提升和更新。当然这种对话过程是无限的：对话、融合、再对话、再融合，循环往复，以至无限，这种对话永远不可能真正完结，这就是语言的辩证法，也是诠释学的辩证法。

在一个理解过程中，语言首先已经预先规定了文本和理解者双方的视阈。文本(文字流传物)是借语言得以保存和流传，文本在流传中形成的传统也是以语言为其存在的历史方式，理解者通过掌握某种语言而接受了某种传统，也就是语言形成了他的基本的前见。理解不是重建或复制作者的原意，而是一种“视阈融合”，因此理解就是理解者与文本寻求一种共同语言的过程。但翻译是一种跨语言、跨文化解释，译者的目的是要将经过理解和消化后所获得的对源语文本的印象用目的语再度表达出来。而在从刚开始接触源语文本到最终形成目的语文本的整个过程中，译者视阈会不断发生变化。

1. 理解的起点：原文视阈

“视阈”(horizon)是一个包含着地理、文化、社会、传统等因素的概念。由于各自民族风俗习惯的不同，使得各个民族具有自身的独有特点。

理解一开始，理解者的视阈就进入了它要理解的那个视阈，而那正是原文的视阈，真正对翻译过程的认识应承认原文的“起步”作用，即原文是“始发点”。另一方面，对于翻译的表达而言，原文所要表达的才是真正的对象，定准这个对象之后，翻译活动才有进入自身的可能性。

原文的视阈是一个未定与确定、开放与封闭的统一体。在结构上，由于语言的能指与所指，意义的客观性与主观性固有的不确定性以及文本连贯性中的空隙，原文是一个由未定点、空白和确定点组成的图式化结构。在内容上，体现了作者的思维、创作意图、原语的语言特征和文化特征，是“存在者”在原语环境和作者意图下的具体表现。

具体说来，原文视阈包括：个人视阈、公共视阈和读者视阈。

(1)个人视阈

语言是记事状物、抒情言志的媒体，其意义作为独立的“存在者”从抽象上讲是相对稳固的，而作为应用，作为“存在”，个人的“言语”必定带上了个人独特的色彩，这包括对所描述内容的主观看法，对语句的创新用法，以及个人遣词造句的习惯。这就是作者个人视阈的体现，既包括了文本的思想内容、艺术特征，又烙上了作者风格的痕迹。

除了作者个人视阈外，还包含译者个人的独特视阈。一方面，由于译者的生活环境和生活经历不同，个人的兴趣爱好和性格脾性不同，智力水平高低有别，获取并储存外界信息的手段和能力不同，导致了人生观与世界观的不同，这些差异会使译者对翻译活动产生不同的认识，并最终导致译者在翻译过程中对翻译标准、翻译策略等直接影响目的语文本生产行为的关键因素形成不同的态度。这些差异表明，不同的译者对翻译活动具有不同的前见，无论在动笔翻译之前还是在目的语文本正式形成之前都拥有不同的视阈。但无论哪种视阈，都会或隐或显、有意无意地对翻译过程和翻译结果产生影响。

(2)公共视阈

公共视阈指的就是个人与某群体在某历史阶段对某些事物所共同拥有的知识、观点、认识和态度。这种共同的认知主要来源于一种人文主义的共通感。“所谓共通感，不仅指那些在所有人身上都可以找到的普遍能力，而且还指那种构成共同体之基础的感觉。”[①]人不是抽象的人，不可能游离于他所生活的社会环境之外而存在。为了生存，他必须与社会交往，努力融入社会，就是说，他必须想方设法使自己成为该社会中可为人接受的一员，这种努力适应社会的过程就是人的社会化过程，它主要通过强制性教育和自觉适应社会来完成。公共视阈有历时性的一面、共时性的一面，还有超时性和同时性的一面。超时性的一面主要体现在意义的普遍性上，也就是说意义作为“存在者”反映了人类相似的思维基础和逻辑结构以及一些核心的文化概念。公共视阈的历时性和共时性主要是通过人的社会化过程产生的，即具有历史性的人在自己已有的视阈内不断地拿社会共有的认识来验证并修正自己的前见。历时性的一面表现在个人与生活在不同时代的某群体对特定的事物有某些共同的认识和观点，这是通过教化和自觉适应一代一代继承下来的，也就是一般意义上讲的传统的力量，这使得我们能够理解传统的文本。而公共视阈的共时性指的是个人与生活的群体之外的另一个同时代的群体对某些事物在一定程度上存在共同认识和观点，这就是时代的潮流。当然公共视阈的同时性指的是

---

① Gadamer. Truth and Method. H. G. Garrett Barden and John Cumming(tr). London:Sheed and Ward Ltd., 1975, p.21.

个人与同一群体在同时代对某些事物有相同的看法，这是公共视阈中影响最大，也是变化最快的一部分，包括价值观、审美观、社会的偏见、特定的道德规范等。公共视阈最大的特点还在于它的运动性，它会随社会、语言、文化的变迁而变迁。公共视阈的超时性、历时性和共时性，不仅是作者与所生活的特定历史时代与同一个语言群体所共有的视阈，而且还是与其他时代或其他群体包括译者在内所共有的，这就是“存在者”的体现，使对“存在者”的追溯成为可能，也使得人们通过语言、通过翻译可以相互理解、相互交流。历时性和同时性对于作者来说就是创作必须适应现存的社会观念、道德规范以及习俗偏见和欣赏趣味。

毫无疑问，译者作为社会的一分子同样具有共通感。这种共通感是译者和社会其他成员(即目的语读者)彼此交流的桥梁，从哲学诠释学的立场出发，我们可称之为译者的公共视阈(the translator's shared horizon)。所谓译者的公共视阈，指的是译者和社会其他成员之间共同拥有的视阈。公共视阈的获得主要是译者通过不断接受教育和自觉适应社会来完成。每个译者在成为译者之前必定会通过各种途径来努力拓宽自己的视阈，试图使自己成为一名合格的译者，使自己的劳动成果——目的语文本能为社会其他成员所承认。译者公共视阈的历时性使得不同的时代的译者有不同的价值观和审美情趣，从而会对翻译形成不同的惯例、规范和规则。因此不同时代的译者会将各自所生活的时代的惯例、规范和规则纳入自己的视阈，使之成为自己视阈的一部分。比如，严复译《天演论》，遵从的是他所能意识到的他那个时代的士大夫所期待的“雅”的标准。译者公共视阈的共时性是指与他生活的群体之外的另一个同时代的特定群体对某事物也会有一定程度的共同认识和观点，这包括翻译研究所关心的语言、文学、文化、思维等各方面的内容。公共视阈由于已被纳入译者视阈，成了译者视阈的重要组成部分。公共视阈概念表明，译者在翻译过程中的解释并非随心所欲，而是受到一定的限制。

正是译者视阈在含有独特视阈的同时又含有与目的语文化共同拥有的视阈，使得译者的解释行为在具有积极创造性的同时又具有一定程度的限制性。在这种意义上说，翻译是一种受限制的创造性行为。

(3)读者视阈

作者的写作就是召唤读者的参与和协作。伊瑟尔指出，读者的接受活动不是在作者的创作过程完成以后才开始的，而是贯穿于作者创作过程的始终。因此作品是作者和读者共同完成的。在此基础上，伊瑟尔提出了一个“隐含读者”的概念。他认为，在文本的创作过程中，作者的头脑里始终有一个隐含读者，

而写作过程便是向这个隐含读者叙述故事并进行对话的过程，因此，读者的作用已经蕴涵在这个文本的结构中。“隐含读者”具有两层含义：第一，是指文本的内在结构，它将读者的接受包含其中，预先假定了读者在接受中所扮演的角色；第二，是指读者的结构化行为，读者按照“隐含读者”的要求，对作品进行重新组织和综合。但由于时间、空间和心理的距离，读者的接受与“隐含读者”之间永远不可能重合。“隐含读者”是一种心理存在，是作者所感受到的一定读者群在阅读过程中所形成的阅读模式，它一旦形成之后就具有一股反冲力，有力地影响作者的创作行为。这是一种创作主体和接受主体相互影响和彼此对话的过程，也是一种循环往复、逐渐提升的过程。马克思对此作过精辟的分析：

> 我们每个人在自己的生产过程中就双重地肯定了自己和另一个人：(1)我在我的生产中物化了我的个性和我的个性的特点，因此，我既在活动时享受了个人的生命表现，又在对产品的直观中由于认识到我的个性是物质的、可以直观的感知的因而是毫无疑问的权力而感受到个人的志趣。(2)在你享受和使用我的产品时，我直接享受到的是：既意识到我的劳动满足了人的需要，从而物化了人的本质，又创造了与另一个人的本质的需要相符合的物品。(3)对你来说，我是你与同类之间的中介人，你自己意识到和感觉到我是你自己本质的补充，是你自己不可分割的一部分，从而我认识到我自己被你的思想和你的爱所证实。(4)在我个人的生命表现中，我直接创造了你的生命表现，因而在我个人的活动中。我直接证实和实现了我的本质，即我的人的本质，我的社会的本质。①

同样的道理，当文学作品被读者所认可接受时，当作者与读者达到沟通时，作者就会感到自己是读者本质力量的补充，是读者不可分割的一部分，从而获得创造的愉悦和满足。但作者的这种愉悦感不是轻易获得的，需要作者反复不断研究读者，预测读者的“期待视野”，亦即“读者视阈”。所谓“读者视阈”，指文学接受活动中读者原先的种种经验、趣味、素养、理想等综合形成的对文学作品的一种欣赏要求和欣赏水平。它具体在以下三个方面得到体现：①读者从过去曾阅读过的、自己所熟悉的作品中获得的艺术经验，即对各种文学形式、风格、技巧的认识；②读者所处的历史社会环境以及由此而决定的价

① 《马克思恩格斯全集》第42卷，人民出版社1979年版，第37页。

值观、审美观和思想、道德、行为规范；③读者自身的政治经济地位、受教育水平、生活经历、艺术欣赏水平和素质。这一概念肯定了阅读的先在性，强调了历史的传承性。它表明，任何读者在阅读作品前，内心都不会是一张白纸，都有其特定的"期待视野"，在具体阅读中，这种认知表现为一种潜在的审美期待。"期待视野"决定了读者对所读作品的内容和形式的取舍标准，也决定了他对作品的基本态度与评价。作家的创作不可能符合所有人不同的视阈，他总是针对某一部分读者的，而这一部分读者就是"潜在读者"。作家创作时，会预见潜在读者的"期待视野"，预先考虑作品能否吸引他们，能否为他们理解和接受。正是读者的阅读理解才赋予作品以无穷的意义（当然，我们认为这里的"意义"指的更多的不是作品本身所表达的"含义"，而是一种"意蕴"和"重要性"），其价值才从中体现出来，读者不是消极被动地接受文本，而是能动的参与者，从某种程度上讲，读者能动的理解活动决定了作品的价值。

2. 理解的开始——进入原文视阈

理解是翻译过程的第一步，一旦翻译活动开始，译者就需要进入或设法进入原文的视阈。理解之初，"文本的视阈"与"译者的视阈"，没有交接但彼此处于开放的状态（见图 4-1）。在图 4-1 中，两个"视阈"没有相接，但两个圆形之间的箭头表明"视阈"是彼此开放的，可以通过缩短来拉近彼此的距离，达到交接。这时首先要消除的是"时间障碍"和"空间障碍"。消除"时间障碍"就是译者的"当下性"与原文的"历史性"化作一种"同时性"。理解的意识并不是重复某些以往的东西，而是参与了一种当前的意义。"语言在文字中是与其实现过程相分离的"，"在文字传承物中具有一种独特的过去与现代并存的形式，一切历史文本对于它的解释者来说都是同时代的"[①]。消除"空间障碍"，就是原文的"异质性"和译者的视阈化为"共同性"，也就是对所说的东西进行同化的过程，以使它成为自身的东西。也就是自身"视阈"与文本"视阈"部分相融合。基于此，我们把这种"视阈融合"的状态可作如下图示（图 4-2）。

在图 4-2 中，"文本部分视阈"与"译者的部分视阈"部分相交接，处于不完全重合的状态，重合的只是两个"视阈"的一部分，重合部分是两个"视阈"共有的意义。例如《红楼梦》中的"世人都晓神仙好"的两种译法：

All men long to be immortals.（杨宪益、戴乃迭译）

Men all know that salvation should be won.（霍克斯译）

① 伽达默尔：《真理与方法（上、下卷）》，洪汉鼎译，上海译文出版社 1999 年版，第 394 页。

语言和宗教文化相互作用、渗透并影响着人的意识形态，造成两个民族“视阈”的不同。因此，两位译者采取了不同的处理方法。“神仙”属道教概念，道教主张“无为”，认为“天、人”合而为一，人死后都渴望升天、成仙（immortal）。但是按照基督教的说法，人生来是有罪的，所以要不断地赎罪以求上帝拯救其灵魂（salvation）。杨译反映了中国佛教文化和道教思想，而霍译则带有明显的基督教的价值取向。所以说理解某一文本时，我们必须把它的意义进行内部翻译，使其进入到我们自己的语言视阈内。

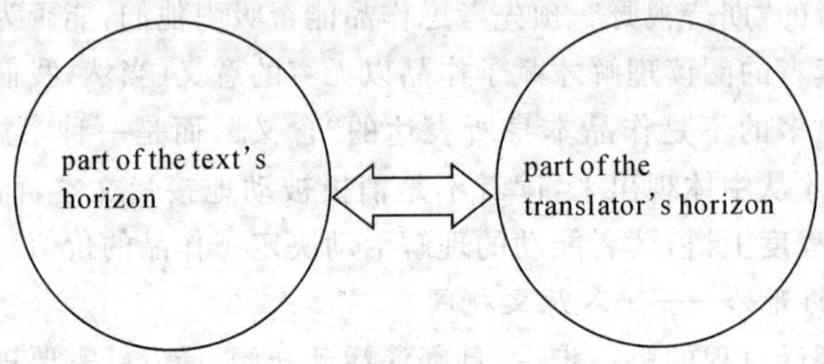

图 4-1　文本的部分视阈和译者的部分视阈

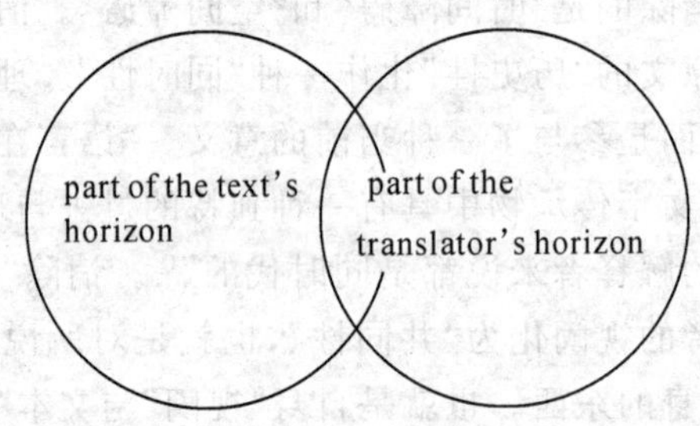

图 4-2　文本的部分视阈和译者的部分视阈交接

但是进入并不等于理解，进入原文的视阈只是译者精神上与原作含义氛围的对接或融合，这时候原作意蕴所具备的力量会统摄译者的思想。这是译者视阈和原文融合的初期，即以融入原文的视阈为目的进行的理解，此时译者的思索是内在于原文视阈，内在于原文存在的思索，并未脱离原文视阈，所以这个阶段可以称为“内在解释”。因为当我们试图理解某文本时，筹划的期待之一乃是该文本有某种东西要对我们诉说，而这种东西又不是我们所熟悉的，所以我们就需要带着开放的态度去阅读并接受那些意料之外的东西。因此我们并不是顽固地坚持我们的视阈的界限，而是随时准备扩大与修正它，以期可以进入原作的视阈，理解原作的意义，扩大与原作的公共视阈。这种开放性意味着我们要把他人的见解放入他整个思想系统中，或者把我们自己的见解放入他的思想系统，因为翻译毕竟是译者对原文本及其所代表的历史背景与文化体系的诠释。译者的初始视阈只是进入理解的先行状态和结构，它们是构成理解的重要因素，却不是理解自身，也不是理解的目的。原文视阈相对于译者视阈，原文相对于译文，均具有存在上的优先地位，从而在整体上对译者的理解规定了方向。译文是原文新的生命形式，要传达原文作者所表达的思想内容。

在内在解释阶段，译者对意义"存在者"的把握只是对原文意义"存在"形式的既成性或给予性的把握，也就是对其相信或接受。我们的接受性表示我们正想把原文本的视阈与我们此前的初始视阈加以整合并把它们带入观念中，同化它们到文本所启示的东西上。

但是，视阈融合不是译者被动地接受，而总是以译者为主，以译者的视阈去主动融合原文视阈的过程。因为翻译学中的"理解"有"唯我论"的因素，"理解"是"我"的"理解"，这就是为什么看人生是因作者而不同，看作品又因读者而不同。译者的知识结构、心理结构、个性气质、审美意向、鉴赏定势与原作者不同，因而译者对原文意义"存在"的理解不同于原文所表现出来的"存在"，其中差异大致有三：①形象投射差异。在艺术接受活动中，首先是文本向读者展示了形象，它们作为"存在"的形式给诠释者留下了印象，提供了暗示；与此同时，不同的诠释者在暗示的启发下，会把各自视阈中所储存的形象注入文本里去，使客体形象无可避免地烙上了不同读者的主体印记。作为理解主体的译者将自己阅读作品时在心中唤起的形象折射到作品所描述的"存在"上去，而译者视阈和作者视阈的不同使得译者理解的"存在"不同于作者表现的"存在"。②情感投射差异。情感投射是指作为主体的诠释者将自己的情感移入作品。王夫之曾说，作者以一致之思，读者各以其情自得……人情之游也无涯，而各以其情遇。③观念投射差异。文本，尤其是文学文本意义的特点就是丰富性和复杂性，有显义、隐义和多义等。文本一旦诞生就属于过去的东西，它只要被阅读，就会不断产生新的意义。译者和文本克服了现在与过去之间的时间距离，超越了各自的时间限制，不断产生新的意义。文本绝不会受到作者意向的制约，文本中的隐义和多义在得到释解时，总是仁者见仁，智者见智，而译者也只会以他自己视阈中的所预储的观念来解读文本，从隐义和多义中作出选择、引申和发挥。伽达默尔认为：

> 任何时代都必须以自己的方式理解流传下来的文本，因为文本都属于整个传统，正是在传统中具有一种物质的利益并力图理解自身。一件文本向解释者述说的真实含义并不依赖与作者及其原来公众所特有的偶然因素。因为文本总是也有解释者的历史情境共同规定，因而也就是为整个历史的客观进程所规定……一件文本的意义并不是偶然地超越它的作者，而是不断超越它的作者意向。因此，理解并不是一种复制的过程，而总是一种创造的过程……完全可以说，只要人在理解，那么总是会产生不同理解。[①]

译者在阅读文本的过程中进入了原文的视阈，受到文本的激发与牵引，向文本发问，文本反过来回答译者的提问，并提出新的问题，促使译者进一步思考，双方就卷入了一场真正的对话。伽达默尔说："只要文本保持缄默，对文本的理解就不会开始。然而一个文本开始说话，当它真的开始说话的时候，它并非简单地说它的词语，那种总是相同的、无生命的、僵死的词语，相反，它总是对向它询问的人给出新的答案，并向回答它问题的人提出新的问题。"[②]就像一场真正的对话一样，译者和文本之间的诠释学对话是平等的相互作用，都要受到情境和话题的制约，它使双方都超越自己的视阈而进入探询的过程，获得了不同于以往的新经验。

当然，译者的任务并非只是理解原文，理解的目的是为了表达，而表达是在目的语中针对目的语对象的特定行为。译者要以目的语文本形成的可能性和目的语文化的接受性为立足点对原文含义的可译性进行选择和调节。这表现为对原文意义存在的仔细推敲，例如原文的种类、原文的目的、原文中文化的严肃性、原文中的文化在该国或该地区影响的广泛性和深刻性，哪些该改造，哪些不该，要改造到什么程度，等等。

3. 理解的深入——视阈的初步融合

这是一种从"存在"向"存在者"本身的还原行动，即从原文的"视阈"转向"视阈融合"。"存在"是"存在者"的表现形式，原文视阈中的意义和译者视阈中的意义是"存在者"不同的"存在"形式，只有把两者的视阈加以融合，才可能在一个更大的视阈中趋向并接近"存在者"的真正面目。

---

① 伽达默尔：《哲学解释学》，上海译文出版社 1994 年版，第 16 页。

② 同上，第 56 页。

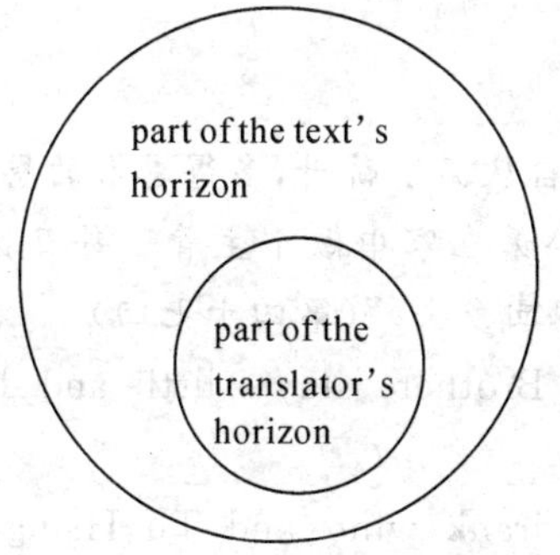

图 4-3　文本的部分视阈包含
译者的部分视阈

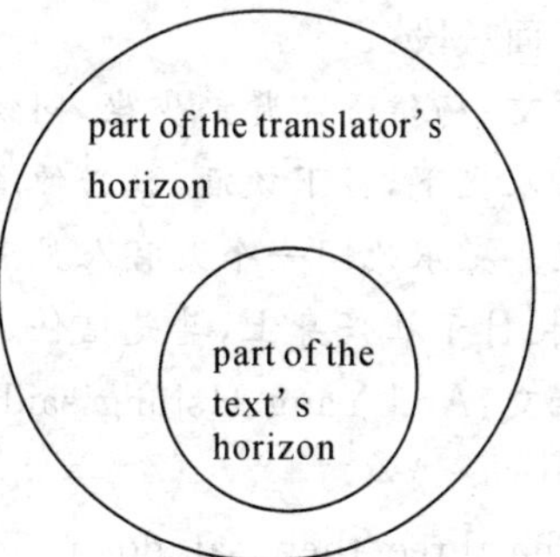

图 4-4　译者的部分视阈包含
文本的部分视阈

视阈融合就是文本的特殊视阈和译者的视阈合并为一个更高层次的、更普遍的视阈。在图 4-3 中，译者"视阈"完全侵入到文本"视阈"中，但并没有大量吸收文本"视阈"中的因素，只是在自我"视阈"的范围内理解文本的"视阈"。在图 4-4 中，译者的部分视阈包含了文本的部分视阈，译者"视阈"中某些特定的因素比文本"视阈"某些特定因素的涵盖量要多得多。在这种情况下，译者往往字斟句酌，力求选出最恰当的词语来表达文本的含义。如赛珍珠在翻译《水浒传》时采用逐字逐句翻译的方法，把原文较为忠实地翻译过来，完整地再现了原文的内容与结构，呈现给读者一个原汁原味的水浒故事，在书的译序(introduction)中，她道出了翻译《水浒传》的初衷：

> 这本中国最著名的小说《水浒传》的译本，并不试图从学术上做什么探讨，也不在解释和考证方面过多下工夫。翻译这部小说时，我根本没有任何学术上的兴趣，只是因为它生动讲述了美妙的民间传说……我觉得中文的语言风格与该书的题材极为相称，因此我唯一要做的，就是尽己所能使译本逼似原著，因为我希望不懂中文的读者至少能产生一种幻觉，即他们感到自己是在读原本。

如"武松打虎"中有一句"说时迟，那时快。"赛译为：To tell it is slow, but it happened too quickly. 可以看出，赛珍珠试图用英语语言符号再造汉语词汇和句子结构，进而在形式上和内容上都与原文一致，认为这样就能与原文作者达到意义上的视阈融合。

赛珍珠出身于一个传教士家庭，她的父亲为传教士，从小她就对《圣经》耳濡目染，因此在翻译《水浒传》时，有些译文的文体和《圣经》有着相似的地方。

试看下面一段：

原文：杨雄道："贤弟少坐，同饮一杯。"

三人坐下，当下饮酒，杜兴便道："小弟自从离了蕲卅，多得恩人的恩惠，来到这里。感承此间一个大官人见爱，收录小弟在家中做个主管。每日拨万论千，尽托付于杜兴身上，甚是信任，以此不想回乡去。"（第四十七回）

译文：And Yang Hsiung said, "Good Brother, stay a little and drink a cup with us."

The three then sat down and they drank wine, and Tu Hsing said, "Ever since I left Chi Chou I have received greatly of your kindness and I came hither and thanks to a certain great lord here he let me stay as a bailiff in his house. Every day I send out money or I bargain with this one and that and all such matters he places upon me and greatly does he trust me. Because of this I do not wish to return to my home."

译文的文体和《圣经》有着相似的地方，比如所引片断的第一句话"And Yang Hsiung said"，容易和圣经中的"And God said"产生互文效果。句子以简单句居多，中间用 and 连接起来，上面短短的第二段用了 7 个 and。评论家菲利斯·本特利这样评价赛珍珠的写作风格："她追求的效果是，将中文变成对我们具有相同意义的语言。（她的文体）庄严、恬静，使用透着尊贵的《圣经》体语言。"其实，作为宗教文本的圣经和汉语的白话小说是有很大不同的，具有不同的价值和功能。赛珍珠在这里把她自己所熟悉的这种信仰与文化带进了译文里，与原作者的文化视界产生了碰撞，从而产生了文化过滤现象。

然而通过视阈融合这种诠释学经验的范式，译者不离开旧的视阈而获得了一个新视阈，这种新视阈扩大了可能观看和理解的东西的范围，打破了原来视阈对"存在者"表现形式的限制，使我们能够更清晰地看到"存在者"的面目。在翻译中得以阐明的东西既非仅仅是原文的意义，也非仅仅是译者的意见，而是一种共同的意义。

所以从翻译的对象方面来看，翻译并不仅是什么先前已有的东西的再现，而应该是完全新的东西被发现。这种发现就意味着"传承物的内容在它更新的、通过其他接受者而重新扩大的意义可能性和共鸣可能性中的自我表现"①。

---

① 伽达默尔：《真理与方法（上、下卷）》，洪汉鼎译，上海译文出版社 1999 年版，第 466 页。

4. 理解的完成——视阈的完全融合

理解是一个以译者为主的活动过程，理解的完成就是译者视阈对原文视阈的完全包容。那么视阈融合是如何发生的呢？翻译过程不是单纯的语言活动，而是思维活动。让我们先来看一下思维科学在这方面的研究，应该会受到很大的启发。思维科学认为，"获取信息"的心理过程实际上是一个"不断将言语感知提供的输入信息与已有的认知结构相互作用达到理解的过程"①。受话者总是"用旧信息作为通向记忆中相关部分的地址，再将句子中新信息与已知信息联系起来，然后达到理解"②。已有知识结构是受话者既有的知识体系，也就是哲学上的"视阈"。因此原作是信息源，而译者的大脑中存储信息库。前者储存的是作者加工了的具有作者个人色彩的具体信息，后者储存的主要是以知识单元为主的概念信息，只有当译者受到原作话语这一第二信号刺激，他才动用已有的概念信息去再现原作信息。由于任何民族面对的都是同一个客观世界，因此各民族对客观世界的反映，不论是内容还是形式都可能是相同或相近的，即人类具有相同的思维基础，这就使不同民族的语言所表达的可以是同一思维内容，也就是说同一"存在者"可以用不同民族的语言表达出来，所以这些单元与信息源中的词语绝大多数是对应的或相近的，我们称之为"相似块"。信息转换主要是依靠"相似块"进行的。翻译时译者把收到的原作信息与自己信息库中沉积的"相似"信息加以比较处理，新旧两种信息构成的"相似块"互相反馈。译者调动脑中一切与新信息有关的种种信息，对之变换、纠正、补充、丰富，直到新旧信息相融达到极致，译者才用译语将这种相融产物加以外化，变为译文，这样一个过程也就是哲学上视阈融合的过程。原作的视阈是信息源，而译者的视阈是信息库。译者的视阈像其他一切信息一样，在翻译思维调用之前是以概念的形式储存在译者的思维中的，一旦翻译开始，原作的视阈刺激了译者动用自己的视阈来对其进入与融合。由于不同的语言都是对"存在者"的体现，所以原文视阈和译者视阈中有着众多相似的内容，这也就是两者的公共视阈。译者运用视阈中一切与原文视阈有关的内容，包括对目的语视阈和目的语读者的考虑，在自身与原文视阈的融合中对原文意义的"存在"进行考察分析、修正比较，在将其向"存在者"自身的还原中达到视阈的融合，此时，"文本的部分视阈"与"译者的部分视阈"达到近似完美融合的状态（见图 4-5）。以下以英国 18 世纪剧作家 R. B. Sheridan 的作品《情敌》（*The*

① 贝斯特：《认知心理学》，黄庭希译，中国轻工业出版社 2000 年版，第 25 页。

② 钱敏汝：《篇章语用学概论》，外语教学与研究出版社 2002 年版，第 209 页。

Rivals)中无知的女主角的一段话为例。As she grew up, I would have her instructed in Geometry, that she might know something of contagious countries.

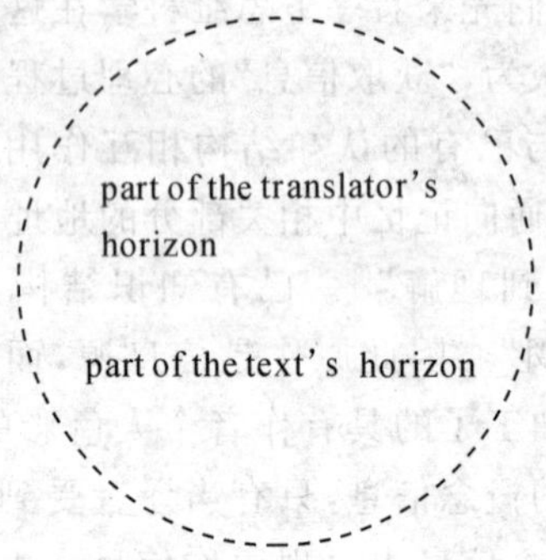

图 4-5　文本的部分视阈包含译者的部分视阈融合

如果按照原文字面来译，译文就是：等她长大了，我要她学些几何学，使她知道一些传染的国家。可是这样的语句让读者感觉丈二和尚摸不到头脑，不知此话所云。

正确的翻译是：等她长大以后，我要她学些地貌知识，使她知道一些邻近国家的情况。

这样的翻译令中国读者明白了原文的内容。原来这位女士想说的是 geography(地理)，却说成了 geometry(几何)，想说 contiguous(邻近的)，却说成了 contagious(传染的)。原文要表现的就是这位健谈女主角的特点：她总是喜欢用一些深奥的字眼来夸耀自己的学问，然而不幸的却是每说必错，反而暴露了自己的无知。所以译者在动笔翻译时将 geography 和 geometry 进行比较，发现其前半部分 geo-是相同的，就顺势将 geometry 译为“地貌知识”，因为“地貌”与“地理”间只有一字之差，但“地貌”用在此处明显不当。同理，contiguous 与 contagious 相比，将 contagious 译为“邻居的”而非“传染的”也是译者的苦心之笔。这就是译者已经理解体验了原文的内容和风格、意义，再用自己的视阈与原文本融合，形成了译文文本，它既符合原文的内容和风格，又体现了译者的思维和功夫。两种译文相比较，就会发现，第一种译文只在原文的视阈内活动译文就会欠准确和欠贴切，而第二种译文中，译者纵览全篇，以“信”、“达”取舍原文，并进行了自己和原文的视阈融合，译文准确形象，很好地再现了原文的内容和风格。

通过以上论述，我们可以看到在视阈的融合中有两种力量在同时发挥着作用。其一表现为一种惯性心理力量，即译者视阈自身的习惯，它是主体的自我显示，一种主体本质的对象化，这种力量在翻译中起着融合和求同的作用。但同时又有一种打破习惯方式，调整自身世界结构，扩大视阈范围的倾向，使译者不会满足于那些与自己的视阈完全吻合的东西，而是要去寻找新奇的、陌生的体验，这就会引起视阈的扩大，从中领悟到存在者新的意义，使翻译更具创造性。

二、翻译的表达过程——对话达成

翻译的目的是为了表达，表达也是理解的一种表现方式。解释和转换使意义脱离原来的语言形式，所以表达必须在一种新的语言行为中"再形式化"，而不是机械地复制原文的含义。表达应该就好像"让一株植物有机地从种子中生长出来，这比那些准确地再现植物的蓓蕾，再把这些蓓蕾用胶水粘连起来的翻译要令人满意得多"①。也就是说，理解是一个视阈融合的过程，表达则是一个视阈分离的过程；理解是一个解构的过程，而表达是一个结构的过程。

在此阶段中，译者试图置身文本视阈之外，不断使自己的理解之所获表述在文字之中，即对视阈融合时所捕捉的"存在者"进行析出，以便在目的语的视阈中用目的语的材料重新建构，使之重新"存在"化。这里，译者所要做的是"词句阐述"，用词句"还原性"地把"存在者"说出来，并使之在呈现上对应原文本的"存在结构"。译者在表达中保留了原文本所意指的"存在者"，这种保留是一种"外显"，但是由于译者视阈和目的语本身的局限，这种新的对"存在者"的具体化也是不完备的，所以表达也就是又一次把"存在者"投入到开放的诠释结构中去，使它具备"再释性"，等待着新的诠释者的进入，等待着下一次视阈的融合。

从翻译过程中表达的本质我们可以看到，表达必须具备三个条件：①译者必须让原文的视阈脱离自己的视阈，在新的视阈中进行；②表达必须对应原文的"存在结构"；③表达的语言是融合新的语言。

1. 脱离原文的视阈

在翻译中我们常常会遇到这样的情况：能够理解原文，但却很难把原文的种种含义用合适的译语表达出来。我们总是会感觉"得于心，却不能应于手"或者"心中有，却手下无"，难以在目的语中找出与源语不但在语义上而且在风格上最接近的自然等值体。这就是一种"诠释学障碍"，与语言的本质有关。

① 张德让：《伽达默尔哲学解释学与翻译研究》，《中国翻译》2000 年第 4 期，第 24 页。

实际上维特根斯坦早就强调过语言的界限意味着世界的界限，而洪堡特也提出过著名的"语言世界观"的概念，明确了语言之间的差异。尽管他承认每一种语言共同体并不囿于它狭小的世界，"个体性的感觉总是具有对全体性的预感。因此深入到语言现象的个体性之中就意味着一种通向认识人类语言整体性状况的道路"[①]。但他却强调语言与其中所表达的世界不可分离，每一种语言都表现它自己的世界观，诸语言之间的差别暗示了世界观和民族心理的个体化。伽达默尔也十分推崇洪堡特这种观点，他认为由于语言形式与其所表达的内容之间的这种内在统一性造成了"诠释学障碍"，我们会觉得某种语言用来表达事物的方式是如此恰当，而换用其他语言简直无法达到同样的效果。他指出"译者很难获得与外语中所说内容相应说法的无尽空间"[②]。有时为了能够使译文被人理解，我们常常不得不对原文的词句进行解释性释义。

正因为原文的视阈与原文的语言表达方式是密不可分的，所以我们在视阈融合后，如果走不出原文视阈的影响的话，就很可能失落在原文的世界中，无法回到目的语的视阈中来。而且，在视阈融合的过程中，原文的表达方式还会对我们产生一种心理学上称为"逆抑制"的现象，妨碍我们正确地使用目的语的语法与句型表达我们对原语文本的理解。这种林语堂用"心理障碍"来称呼的现象，其实也就是视阈融合中原语视阈对译者视阈的反作用，造成译者在将原语转换成目的语时，囿于源语的语法、句式结构，以至产生目的语表达错误。举例来说，如果我们是把英语文本翻译成中文，那么我们的表达很可能产生生硬拗口，中文欧化，甚至是晦涩难懂的现象；而如果是将中文译成英语，则不免产生"中式英语"。造成这种现象的心理机制是"逆抑制"，指的是源语和目的语两种不同的文字系统在语码转换时出现的干扰。由于这种干扰，译者在把原语译入目的语时无法转换表达角度，找到译者目的语中常用的、功能相应的句式结构来重组原语信息，而不由自主地或不得不用原语的表层形式结构来表达。"逆抑制"产生的心理学依据为视觉误差，就是个体视觉对外部事物形成的图形错觉。测试表明：一旦视觉信息先入为主，就会对大脑中其他信息的提取产生抑制作用；而这种视觉误差反映在翻译过程中则为原语结构通过视觉神经输入大脑中枢后，即可定格为前置中的信息，目的语则变为存贮背

---

① 伽达默尔：《真理与方法(上、下卷)》，洪汉鼎译，上海译文出版社 1999 年版，第 443 页。

② 姬玉珊：《翻译过程中源语对目的语的心理干扰性误差》，载《外语与外语教学》2000 年第 3 期，第 46 页。

景信息。[1] 这时译者难以调节思维方向，变换思维角度，转换思维方式，囿于原语表层句式结构而不能依目的语的表达习惯译出。"逆抑制"这种心理障碍不是母语中潜在的，而是在译者试图进行语言转换时由原语引发的，而且原语结构愈严谨，包容的信息愈多，这种逆干扰就愈大。

所以翻译中的表达必须是译者脱离原文的视阈后在目的语视阈中进行的表达。在视阈融合阶段，译者要主动地用自己的视阈去融合原文的视阈，而不是一味地受到原文的影响，成为原文视阈的俘虏。译者应该尽量通过视阈的脱离，摆脱原文在视觉和理解上的先入为主的印象，原文的视阈应该成为译者表达的背景。

2. 参照原文的"存在结构"

翻译不是创造，这决定了翻译过程中的表达势必是以对原文内容的转达为宗旨，要求以原文的结构为参照。原文的结构在译者脑海中清晰、突出地再现了原文局部与整体的语义衔接和连贯关系，它可以指导译文语篇的生成。在表达阶段，如果译者头脑中有了原文的存在结构，将有益于他脱离原文的视阈，摆脱"诠释学障碍"，减少原语词句构造和原语思维对自身的约束，通顺流畅地使用目的语进行表达。

那么，具体地说，所谓的原文的结构究竟为何物呢？我们可以从荷兰著名语篇学家 Van Dijk 的话语宏观结构理论得到启迪。Van Dijk 认为，平时阅读时看到的字、词、句只能在大脑中短期记忆，而人们大脑中储存的长期记忆则是类似于经过删除、概括、缩减的宏观结构，阅读时读者通常在大脑中潜意识地删除、概括原文的内容，逐步将一个语篇缩减为一个由低层到高层的宏观结构，该结构中每一个宏观层次都如同原文一样，完整、连贯地再现了语篇的基本内容。宏观结构中的最底层由从语篇句子层中获得的基本命题组成，每一较高的宏观结构层都是对其下一面一层宏观结构的概括、总结。在构筑此结构的过程中诠释者一方面不断删除、概括低层的基本句意，一方面又在高层重新组织，布局全文，因此在理解时，诠释者可以在大脑中获得语篇，从微观到宏观紧密衔接的整体语义结构。著名翻译家杨绛在总结她的翻译经验时说她采用的是先概括、缩减基本句意，然后再润色加工生成译文的方法。[2] 因此，这种意义宏观存在结构理论不仅为语篇理解提供对策，而且对语篇生成也能起

① 王宗炎：《英汉应用语言学辞典》，湖南教育出版社 1988 年版，第 139 页。

② 孔庆茂：《钱锺书与杨绛》，海南国际新闻出版中心（现为南方出版社）1997 年版，第 270 页。

指导作用。Van Dijk 指出,"宏观结构对语篇的生成也能起一种组织引导的作用,通过反宏观规则可以由话语宏观结构获得语篇。而所谓的反宏观规则就是指扩充、增补信息,也就是说通过逐层增补信息我们可以由高层宏观结构扩展为低层宏观结构直至退回到原文"①。从而,坚持参照原文的存在结构即宏观结构,我们才可以准确地通过分析原文的语言形式获得它的意义结构,并通过构筑原文的存在结构记住原文的语义内容;再综合将存在者依照原文的存在结构转换成译入语的存在表现形式。

尽管翻译是用另一种语言对存在者进行了重新构造,但是翻译忠于原文的特定需要决定了译文要尽量贴近原文的存在形式。这种形式除了原文的存在结构之外,还包括原文的其他一些存在特征。国外有语言学家把其称作为逻辑素。逻辑素包括语言和非语言两种。语言逻辑素指原文从微观到宏观的各种语言特征,通常分为语音逻辑素、词汇逻辑素、句子逻辑素、语篇逻辑素等。原文的非语言逻辑素指原文的整体风貌、独特个性、作者的写作意图、写作态度、作品的写作时间、政治文化背景以及作品的情思格调、内在素质、作者的精神气质等,也就是原文视阈中作者的一些个性因素和公共视阈中的文化要素。译者在原文存在结构的指导下,结合各种逻辑素,参考原文生成译文。当然翻译时译者并非将从原文中识别出的所有逻辑素都转换成译入语,而是根据翻译的目的、译入语的历史和文化背景等因素作出取舍的决定。

3. 融合新的语言

有许多人把翻译看成是一种"二次创造",在此过程中译者把个人对艺术意境的知觉和想象以及目的语文化的归依因素等融入视阈之中而形成一种融合后的新视阈。这种译者在具体翻译中最终形成的新视阈是通过对原文"存在"的还原,更加接近"存在者"的视阈。作为一种更高级的视阈,它起着一种监控和调节全局的作用。由于"存在者"需要在一种新的语言世界中被人理解,所以这种视阈需要用一种新的语言固定下来,使得"存在者"在新的语言世界中以新的方式发生作用。

然而由于我们上文所提及的"诠释学障碍"的存在,每种特定的语言与事物的完美匹配似乎使任何其他语言不可能具有同样的合适性,语言与事物之间的这种紧密的联系似乎使理性束缚于一种语言和被一种语言所束缚。假如我们以这样的方式被关闭在各自的语言中,那么我们怎么可能去用另外一种语言进行表达呢?然而语言的多样性清楚地说明事物并不依赖于一种特殊的

① 王军:《论翻译中语篇解构与重构的思维模式》,载《外国语》2001 年第 6 期,第 60 页。

语言。而且通过上文的论述，我们可以看到事实上“存在者”并不是语言，它显示了超越一切现存特定语言的普遍性的优势，它不存在对一种语言的限制，也不存在它不能越过的、使表达不可避免地束缚于其中的界限。世界并不规定它自己的语言，多种语言的自由存在排除了任何对某一语言内的思想的语言规定。对于任何情况，从不只有一种方式或一种唯一正确的方式可以进行描述，每一个人类世界虽然是在语言上被构成的，但它不是由该世界可理解的特殊语言所决定的，所以“存在者”的“存在”从哲学的角度讲可以用任何一种语言来表示。

那么我们到底该用一种怎样的新的语言来表达“存在者”呢？那不仅是一种译者自己的语言，而且也是一种适合原文的语言。因为正如谈话中所成就的是一种共同的观点，翻译过程所成就的是一种共同的语言。

首先这种语言是一种适合翻译目的的目的语语言。“文本应当通过解释而讲话。如果文本不讲其他人也可以理解的语言，那么它们就不可能讲话。”[①]而且，解释者必须用自己的语言讲话，用现在的语言讲话，因为只有这种语言才是可理解的，而这种语言其实是来自于融合后的译者视阈。正像在视阈融合中我们不用离开旧的视阈而获得一个新的视阈一样，我们也无需使自己摆脱目的语或者破坏它从而来容纳原语的意义，我们只需要发展内在潜力。洪堡特认为“语言乃是与一种无限的，真正无穷无尽的领域，与一切可思维的事物之总和完全相对应的。尽管每一种语言都与其他语言有千差万别，但它还能说出它想说的一切东西”[②]。所以译者必须固守用来翻译的目的语的权力，同时也必须让原语对自己发生作用，也就是让原文及其表达方式对自己发生作用。凡存在真正翻译的地方，原来的词不是被抛弃，而是被融合进译者的语言之中。译者的任务就是在目的语的语言源泉内发现与原来语句可共度的表达方式，他在这样做时，不仅使用了他的目的语，而且同时也扩大了它，使它融合了以前所没有的意义成分。

从这个哲学意义上说，翻译过程是某种语言的表达能力借以被扩大，它的讲话宇宙被扩张的过程。通过翻译，一种语言开始能说以前所不能的东西。而对于我们所苦苦追寻的目标“存在者”来说，进入翻译，意味着存在者的内容在它更新的、通过其他接受者而重新扩大的意义可能性和共鸣可能性中得到自我表现。由于存在者重新得以被语言表达，一些以前并没有体现出来的东

① 伽达默尔:《真理与方法(上、下卷)》，洪汉鼎译，上海译文出版社 1999 年版，第 401 页。
② 同上。

西产生出来并继续生存下去,我们的语言世界在"存在"的不断丰富中,向着真正的"存在者"无限地接近。

例如在杨必翻译的《名利场》中,仅仅一个"sir"的翻译就有七八种意义,比如:"I am very glad to see you, Captain Dobbin, sir," says he, after a skulking look or two at his visitor (whose lanky figure and military appearance caused some excitement likewise to twinkle in the blear eyes of the waiter in the cracked dancing pumps, and awakened the old lady in black, who dozed among the mouldy old coffee-cups in the bar). "How is the worthy alderman, and my lady, your excellent mother, sir?" He looked round at the waiter as he said, "My lady," as much as to say, "Hark ye, John, I have friends still, and persons of rank and reputation, too." "Are you come to do anything in my way, sir? My young friends Dale and Spiggot do all my business for me now, until my new offices are ready; for I'm only here temporarily, you know, Captain. What can we do for you, sir? Will you like to take anything?" ①

赛特笠偷眼对他的客人看了两次,开口说道:"都宾上尉,我看见你老来了真高兴。副市长好哇?还有令堂,尊贵的爵士夫人,近来好吗,先生?"他说到"爵士夫人",便回头看着茶房,似乎说:"听着,约翰,我还剩下些有名气有势力的朋友呢?"他接着说:"你老是不是要委托我做什么?我的两个年轻朋友,台尔和斯必各脱,暂时替我经营事业,到我新办事处成立以后再说。我不过是暂时在此地办公,上尉。您有什么吩咐呢?请用点儿茶点吧?"(杨必译)

这一段中有四个"sir"这样的称呼,对应译文文本,杨必分别将它们译作"你老"、"令堂"、"先生"或"您"。在其他章节,"sir"的意义还有:"您"、"爹"、"少爷"等。译文体现出译者自身的"视阈"与原作视阈的有效融合。

Studies serve for delight, for ornament, and for ability. Their chief use for delight, is in privacy and retiring; for ornament, is in discourse; and for ability, is in the judgment and disposition of business. For expert men can execute, and perhaps judge of particulars, one by one; but the general counsels, and the plots and marshalling of affairs come best from those that are learned.

---

① William, M. Thackery. Vanity Fair. Shanghai: Shanghai Foreign Language Education Press 2004, p.210.

读书足以怡情,足以博彩,足以长才。其怡情也,最见于独处幽居之时;其博彩也,最见于高谈阔论之中;其长才也,最见于处世判事之际。练达之士虽能分别吃力细事或一一判别枝节,然纵观统筹、全局策划,则舍好学深思者莫属。读书费时过多易惰,文采藻饰太盛则矫,全凭条文断事乃学究故态。读书补天然之不足,经验又补读书之不足,盖天生才干犹如自然花草,读书然后知如何修剪移接;而书种所示,如不以经验范之,则又大而无当。(王佐良译)

王佐良将"Studies serve for delight, for ornament, and for ability"(培根《论读书》)译为"读书足以怡情,足以博彩,足以长才。"原文作者连用两个"serve for"及两个省略结构"for",译者则巧对三个"足以";又以"怡情"、"博彩"、"长才"对原文中的"delight"、"ornament"、"ability",体现了培根简约、直白而工整的文风;同时将原文开篇简约有力、果断判别的说理气势展现得惟妙惟肖、庄重典雅,再造了原文特有的历史格调,展现了古色古香的韵味。这种译法做到了视像美、音韵美、意境美,达到了三美的标准。王佐良从自己"视阈"中挑选出最恰当的词来表达,体现出自身的"视阈"与原作近似完美的融合。

译者在翻译时所具有的整个视阈,即译者在目的语文本最终形成之前所具备的一切知识、观点、认识和态度的总和,它不仅包括译者在接触源语文本之前所拥有的全部前见,而且包括译者在翻译过程中通过各种途径(如查阅各种参考资料或向专家咨询等)所获取的全部信息。

本章参考文献

[1]贝斯特. 认知心理学. 黄庭希译. 北京:中国轻工业出版社,2000.

[2]蔡新乐,郁东占. 为什么要将释义学引入文学翻译理论——有关《文学翻译的释义学原理》的一些问题. 外国语,1998(2).

[3]曹雪芹,高鹗. 红楼梦. 杨宪益,戴乃迭译. 北京:外文出版社,1995.

[4]查明建,田雨. 论译者的体性——从译者文化地位的边缘化谈起. 中国翻译,2003(1).

[5]陈德鸿,张南峰. 西方翻译理论精选. 香港:城市大学出版社,2000.

[6]陈历明. 翻译:作为复调的对话. 成都:四川大学出版社,2006.

[7]陈小慰. 视点转换法在汉英翻译中的应用. 中国翻译,1995(1).

[8]成中英. 本体与诠释. 北京:生活·读书·新知三联书店,2000.

[9]戴颖. 翻译过程中意义的哲学阐释. 华东师范大学硕士学位论文,2004.

[10]傅雷. 傅雷文集·书信卷. 北京:当代世界出版社,2006.

[11]郭持华.意义的阐释:对话交流与间性凸现.人文杂志,2006(1).
[12]郭湛.论主体间性或交互主体性.中国人民大学学报,2001(3).
[13]郭湛.主体性哲学——人的存在及其意义.昆明:云南人民出版社,2002.
[14]海德格尔.存在与时间.北京:生活·读书·新知三联书店,1987.
[15]黑格尔.法哲学原理.北京:商务印书馆,1961.
[16]洪汉鼎.理解与解释——诠释学经典文选.北京:东方出版社,2001.
[17]胡开宝,谢丽欣.论主体间性与英汉词典历史文本翻译.宁夏大学学报(人文社会科学版),2005(6).
[18]霍桑.红字.侍析译.上海:上海译文出版社,1996.
[19]霍桑.红字.姚乃强译.南京:译林出版社,1998.
[20]姬玉珊.翻译过程中源语对目的语的心理干扰性误差.外语与外语教学,2000(3).
[21]伽达默尔.哲学解释学.夏镇平等译.上海:上海译文出版社,1994.
[22]伽达默尔.真理与方法(上、下卷).洪汉鼎译.上海:上海译文出版社,1999.
[23]伽达默尔."文本与解释".严平编选〈伽达默尔集〉,刘乃银译.上海:上海远东出版社,2003.
[24]金元浦.空白与未定性:审美感性生成的中介.中国社会科学院研究生院学报,1994(4).
[25]孔庆茂:钱锺书与杨绛.海口:海南国际新闻出版中心(现为南方出版社),1997.
[26]李建东.阐释学简论.河南师范大学学报(哲学社会科学版),1995(5).
[27]李明.从主体间性理论看文学作品的复译.外国语,2006(4).
[28]林克难.关联翻译理论简介.中国翻译,1994(4).
[29]马丁·布伯.我与你.北京:生活·读书·新知三联书店,1986.
[30]马红军.为赛珍珠的"误译"正名.四川外语学院学报,2003(3).
[31]马克思,恩格斯.马克思恩格斯全集(第42卷).北京:人民出版社,1979.
[32]钱敏汝.篇章语用学概论.北京:外语教学与研究出版社,2002.
[33]裘姬新.译者与文本的"对话"关系研究.民族翻译,2008(1).
[34]裘姬新.论翻译中文本理解与阐释的多元化.北京第二外国语学院学报,2008(6).
[35]唐浩明.曾国藩三部曲(野焚).长沙:湖南文艺出版社,1994.
[36]童世骏.没有"主体间性"就没有规则.复旦学报,2002(5).

[37]王姣.从“视界融合”谈翻译——《水浒传》两译本评析.安徽文学,2009(1).
[38]王军.论翻译中语篇解构与重构的思维模式.外国语,2001(6).
[39]王宗炎.英汉应用语言学辞典.长沙:湖南教育出版社,1988.
[40]维特根斯坦.逻辑哲学论.郭英译.北京:商务印书馆,1962.
[41]维特根斯坦.哲学研究.陈嘉映译.北京:人民出版社,2001.
[42]王佐良.翻译:思考与试笔.外语教学与研究出版社,1997.
[43]吴志杰.阐释者、创作者、斡旋者——谈译者的角色.评论,2004(1).
[44]肖辉.翻译过程的认知、思维观.南京理工大学学报(社会科学版),2001(6).
[45]许钧.翻译思考录.武汉:湖北教育出版社,1998.
[46]许钧.译事探索与译学思考.北京:外语教学与研究出版社,2002.
[47]许钧,张柏然.面向21世纪的译学研究.北京:商务印书馆,2002.
[48]许钧.简论理解和阐释的空间和限度.外国语,2004(1).
[49]杨武能.再谈文学翻译主体.中国翻译,2003(3).
[50]余光中.余光中谈翻译.北京:中国对外翻译出版公司,2002.
[51]张德让.伽达默尔哲学解释学与翻译研究.中国翻译,2000(4).
[52]朱健平.现代阐释学和接受美学在我国翻译研究中的运行轨迹.上海科技翻译,2002(1).
[53]朱建平.翻译的跨文化阐释——哲学阐释学和接受美学模式.上海:华东师范大学出版社,2003.
[54]Bassnett, Susan & Andre Lefevere. Constructing Cultures: Essays on Literary Translation. Shanghai: Shanghai Foreign Language Education Press, 2001.
[55]David, Hawkes. The Story of the Stone. New York: Penguin Group, 1973.
[56]Ernst-August, Butt. Translation and Relevance: Cognition and Context. Oxford: Basil Blackwell Ltd., 1991.
[57]Hawthorne. The Scarlet Letter. Shanghai Foreign Language Education press, 1992.
[58]Mary, Snell-Hornby. Translation Studies: An Integrated Approach. Shanghai: Shanghai Foreign Language Education Press, 2001.
[59]Newmark, Peter. A Textbook of Translation. New York: Prentice Hall International, 1988.

[60] Nida, Eugene & Charles Taber. The Theory and Practice of Translation. Shanghai: Shanghai Foreign Language Education Press, 2004.

[61] Nord, Christaine. Translation as a Purposeful Activity: Functional Approaches Explained. Shanghai: Shanghai Foreign Language Education Press, 2004.

[62] Pearl, Buck. All Men are Brothers. New York: The John Day Company, 1933.

[63] Reiss, Katharina. Translation Criticism—Potentials and Limitations. Shanghai: Shanghai Foreign Language Education Press, 2004.

[64] Robinson, D. Who Translates? Translator Subjectivities Beyond Reason. New York: State University of New York Press, 2001.

[65] Steiner, G. After Bable: Aspects of Language and Translation. Shanghai: Shanghai foreign Language Education Press, 2001.

[66] Shuttleworth, M. & M. Cowie. Dictionary of Translation Studies. Shanghai: Shanghai Foreign Language Education Press, 2004.

[67] Venuti, L. The Translator's Invisibility: A History of Translation. London: Routledge, 1995.

[68] William M. Thackery. Vanity Fair. Shanghai: Shanghai Foreign Language Education Press, 2004.

[69] Wilss, W. The Science of Translation: Problems and Methods. Shanghai: Shanghai Foreign Language Education Press, 2001.

[70] Wolf, Michaela. Translation as a process of power: Aspects of cultural anthropology in translation. In: Snell-Hornby M. et al. Translation as Intercultural Communication. Amsterdam & Philadelphia: John Benjamins Publishing Company, 1997.

[71] Yang, Hsien-yi & Gladys Yang. A Dream of Red Mansions. Beijing: Foreign Languages Press, 1978.

第五章　文本诠释的限度

——主体间对话的制约

艾柯曾经说过，“赋予读者以诠释的优先权并不必然意味着诠释的无限性”。译者对文本意义的诠释不是无限的。这种限度该如何把握？这个“度”在于文本语言文字所能允许的范围；这个“度”在于译者自身视野对文本意义的确定；这个“度”还在于译本读者的接受能力。

第一节　文本限度之构成

虽然按照哲学诠释学可将文学诠释视为此在的根本运动，但是文学诠释活动说到底是以文本为基础展开的，文学诠释总是对文学文本的解释为主要内容的。对文本的态度决定了人们如何诠释文本。

虽然诠释学直接研究的是文本——读者之间的关系，但也必须考虑到其他诸要素。诠释学对文本的考察不仅仅是对文本的孤立研究，甚至不仅仅是文本——读者关系中的文本，它还必须结合世界——文本、作家——文本、文本——文本关系中对文本的考察来确定文本的特性。在全面把握文本特性的基础上重新审视文学诠释活动。以上在对文本的综合考察中我们获得了文本对于诠释限度的规定性。

一、文本的自律性

本书第三章论述了文本的开放性和对话性，正是文本所具有的这两种特性才使得主体间的对话得以实现。然而，对文本的诠释受到文本自律性的制约。

强调的文本的自律性，不是认为文本是与诠释者、读者无关的客观性对

象，不是认为文本是封闭的自足体。而是指在诠释活动中，文本拥有不依赖于诠释者的自我规定性，文本拥有区别于读者和作者经验的独特世界。这种规定性说到底是因为文学语言并非一种工具，“语言并不是有任何超越于语言的东西来实现，也就是说，不是由我们对事实的证实，或者通过某种进一步的经验可以寻求到的外在的东西来证实，或者通过某种进一步的经验可以寻求到的外在的东西来证实”①。

文学文本所营造的世界并不是简单的经验世界的摹本，它是一种具有自身表现性的存在。在《文本与解释》中，伽达默尔说：“词在文学文本中首先获得其充分的自我在场。”因此文学语言具有自我述说的特点，它在陈述中确定自身。无论是表现型的作品还是再现型的作品，它们都已不是经验世界的话语，而是超越了读者和现实世界的独立的世界。“本来属于经验世界的语言具有一种新的张力结构，从而使经验世界的语言模式和叙事语言之间发生了某种‘断裂’。正是这两种语言之间的‘断裂’与张力结构，在某种程度上消解了原有语言模式的含义，又赋予了这种语言以一种新的内涵。这种新的内涵是原属于经验世界中的语言所不具有的，是经过作者的经验自我和经验理性‘过滤’了，而且在想象世界中‘升华’了的语言形式。”②

强调文学文本的自律性，对于诠释活动来说，有重要的意义。它告诉我们不能超越文本去寻求外在于文本的神秘旨意，我们也不能用实证主义的方法去寻求文本背后的现实依据，因为文本与现实之间并不存在必然的对应关系。文学说到底是我们虚构的理想世界，与现实世界并不是一一对应的。“‘文学’是在与实用语言的对立中诞生的，使用语言是在自身之外获得价值的，而文学乃是一种自足的语言。这样，文学作品和它所指出的、表达的、寓意的即所有与外在之物的关系都将受到贬斥，相反，人们将不断地把注意力转向作品本身的结构，转向它的情节、主题及形象的内在交错。”③

例如《红楼梦》这部伟大的文学作品的存在，传统的作者意图论认为，这部文学作品的存在不是文学作品本身，而是曹雪芹的创作意图的实现，要理解这部作品的内在规定性，就首先要理解作者的创作动机、作者的创作心理机制。传统的反映论认为，这部文学作品也不是作品自身的存在，而是作品所反映的

① 李建盛：《理解事件和文本意义：文学诠释学》，上海译文出版社 2002 年版，第 79 页。

② 同上，第 81 页。

③ 托多洛夫：《批评的批评——教育小说》，生活·读书·新知三联书店 2002 年版，第4页。

社会生活，要理解这部作品究竟是一部怎样的作品，就必须对作品反映的社会历史时代进行分析。而哲学诠释学认为，文学作品既不是作者意图和作家体验的表现，也不是社会生活的简单反映，从作者意图、创作心理和用实证主义的方法去理解文学作品的做法，都严重地忽视了其自身的特殊性和规定性。从外在于作品的因素去寻求文本意义，也容易使阐释流于比附。文学阐释应该关注文学语言的特殊性，只有对文学语言的特殊性有充分的理解，才能够深入文本。文学文本的惯例和规则，是文学阐释的前提和基础。如果不懂诗歌格律也就不能真正理解诗歌的韵律美。另外，强调文学文本的自律性，意味着阐释者不能任意歪曲文本、不能随意强加给文本自己的主观意图。

强调文本的自律性并不是说文本就是封闭的自足体，文本制约着阐释的可能性，但是这种制约不是文本中心主义所强调的那种仅仅在文本内部寻找意义的做法。文本依然有开放性的一面，而且这种开放性正是提供了文本意义的多样性和可能性。文本结构的开放性也不意味着文本丧失自我规定性，文本正是在这种开放性中获得生机和穿越时空的魅力的。开放不意味着丧失，相反它意味着意义的增值。

开放性说明了一个文本的包容性。对哈姆雷特的延宕：to be or not to be，我们可能有多种不同，甚至矛盾的诠释，但是这不能构成我们推翻《哈姆雷特》完整意义的证据，不管我们对哈姆雷特作出何种阐释，他的延宕的原因可能是多重的，但是哈姆雷特延宕的事实是无从改变的，这是它得以向读者敞开的前提，也是阐释必须遵守的前提。强调阐释的限度是指对开放性文本的多种解释可能性的边界进行划定，所以强调阐释的限度和强调文本的开放性并不矛盾。

二、文本意义的未定性

文本由作者写出后，具有一种话语形态，这种话语形态不再是作者的等同物，它既有代表作者的一面，又具有独立的脱离作者创作情境的语言形式。这种作者—读者的双向交流不同于社会交流的一般形式，而具有不对称的交流的形态。在一般的社会交流或对话中，主体间的谈论具有特定论题的指向性，双方共处于一个共同的语境。参与对话和交流的双方可以通过互相探问、求证、排除歧义达成调节，直达本义。在这种交流中，言语的使用由于特定语境而具有确定的含义，是一种对称交流。但在这种交流中，由于文本既成文字形态，双方失去了直接交流的现实语境，文本无法像通常的社会交流那样去肯定、否定、证实或修正对方对自己意图的理解，而读者无法检验自己对文本的解释是否恰当、正确，只能依靠自身去体味、揣摩文本的意味，这种交流是一种不对称的交流，需要建立一个使双向交流或对话不断推进的调节机制，而艺术的空白与未定性便作为这种调节的中介在艺术形式及审美感觉的历史发展中成长起来，丰富起来，日益成为艺术不可或缺的本体构素。同时，也正是这种不对称交流方式，使文本向一切时代的理解开放，意义就在这种不对称交流中不断生成，它具有理解和体验的无限可能性。

文本的"空白"和"未定点"一定程度上造成了文本意义的不确定性，需要读者在阅读过程中加以具体化，才能实现文本的审美价值。但是文本意义的不确定性不仅仅是由于文本中所存在的"空白"和"不定点"造成的，还因为文学语言本身的特性使然。文学语言并不总是指向字面，而往往追求字面意义之外的意蕴，甚至完全指向与之无关的"言外之意"，文本背后的意义显得十分重要。

文本的不确定性造成了诠释的多种可能性，但是这并不意味着阐释是任意的和无据可依的。事实上，文本除了不确定性的一面还有确定性的一面。文本的不确定性是以确定性为依据的。就文本中的"空白"和"不定点"来说，它们是与整个文本的完整的结构相依存的。任何空白都不能脱离具体的文本而存在，是具体文本的确定性提供了"空白"和"不定点"的存在空间。倘若不然，任何一张白纸都可以当成一幅精妙绝伦、意境深远的画作。

古代中国画讲究"留白"，也正是居于对整幅画要传达的意境的把握之上，在一些不易表达或别有深意的地方留出空白，以激发观者的想象。如果没有具体的物象的描绘，全部是"留白"，那也就不称其为艺术品了。所谓"虚实相生"就是这个道理。就文学语言本身所呈现出来的模糊性和含蓄性来说，它也不是无迹可寻的。

对文学文本的解读应该以文本的可能性为限度，任何忽视文本自身逻辑的阐释方式都有可能造成阐释的过度。唐代李商隐《锦瑟》诗："锦瑟无端五十弦，一弦一柱思华年。庄生晓梦迷蝴蝶，望帝春心托杜鹃。沧海月明珠有泪，蓝田日暖玉生烟。此情可待成追忆，只是当时已惘然。"对此诗的阐释，历来解说纷纷，莫衷一是。此诗的多义性是由于其语言的朦胧的特点造成的。中国的学者透过文本的框架解读隐藏在诗人语言符号和典故背后的诗人之"志"，概括起来有以下三种。

1. 悼亡说

中国很多学者，尤其是清代的学者，大多认为李商隐的《锦瑟》是为悼念其亡妻王茂元之女王氏所作。持这种观点的以朱彝尊为代表：

> “此悼亡诗也。瑟本二十五弦，弦断而为五十弦矣，取断弦之意也。一弦一柱而接“思华年”三字，意其人年二十五而殁也。蝴蝶、杜鹃，言已化去也。珠有泪，哭之也。玉生烟，已葬也，犹言埋香瘗玉也。”①

在这里，朱彝尊将诗的所有细节和意象归入悼亡的“意旨”，所有的言说也就形成一个有机而统一的整体。无疑，在历代学者中，朱彝尊的诠释是有说服力的，现代译家许渊冲也赞成这一说法，并将此诗翻译如下：

The Sad Zither

Why should the zither sad have fifty strings?
Each string, each strain evokes but vanished springs:
Dim morning dream to be a butterfly;
Amorous heart poured out in cuckoo's cry.
In moonlit pearls see tears in mermaid's eyes;
From sunburnt emerald let vapor rise!
Such feeling cannot be recalled again;
It seemed long-lost e'en when it was felt then. ②

在这首诗中，“sad zither”，“dim morning”，“amorous heart”，“cuckoo's cry”，“tears in mermaid's eyes”以及“such feeling”等意象的复制深深地表达了诗人对爱人的伤怀和怀念。

2. 自伤说

尽管朱氏的诠释合情合理，但仍挡不住批评家和广大学者对此提出异议。由于在宋刻本李商隐诗集里，《锦瑟》作为第一首收入，何焯在《义山诗集》中说“此悼亡之诗也。首联借童女鼓五十弦之瑟而悲，帝不可止以发端，言悲思之情，有不可得止者；次联则悲其巨化为异物；腹联又悲其不能复起之九泉，曰‘思华年’，曰‘追忆’，旨趣晓然。”③何焯据此认为这是李商隐“自题其集以开

① 王岳川：《现象学与解释学文论》，山东教育出版社 2001 年版，第 245 页。
② 许渊冲：《中诗英韵探胜》，北京大学出版社 1997 年版，第 340—341 页。
③ 载《唐诗三百首诗话荟编(二)》，台北华冈出版有限公司 1970 年版，第 308 页。

卷"[①],有自伤生平之意。John A. Turner 于 1976 年翻译的《锦瑟》却是自伤生平说的最好例证:

Jeweled Zither
Vain are the jeweled zither's fifty strings:
Each string, each stop, bears thought of vanished things.
The sage of his loved butterflies day-dreaming:
The king that sighed his soul into a bird:
Tears that are pearls, in ocean moonlight streaming:
Jade mists the sun distils from Sapphire Sward:
Why need their memory to recall today?
A day was theirs, which is now passed away.[②]

在这首诗里,"vain","bear thought of","vanished things","day-dreaming","sighed his soul into a bird","jade mists","recall"以及"a day was theirs"和"passed away"等的使用,无不展示了诗人对逝去年华的感伤与惆怅。

3. "适、怨、清、和"说

以上两说在李诗的诠释上已见仁见智,他们透过符号的指涉对诗人"意旨"的诠释也是入情入理的,可他们并没有穷尽意义的诠释,文本的开放为意义的进一步谈判提供了诠释的进一步宽容。《锦瑟》起句中的五十弦,是古代瑟的弦数,后来演变成二十五弦。李商隐写五十弦,是用的古制。锦瑟是人间的乐器,是人们创造出来的,人们鼓着它、弹奏着它,以抑扬的音调和疾徐的旋律来抒发着自己的情感,有"适"、有"怨"、有"清"、有"和",由此被后人归纳成"适、怨、清、和"四种基本曲调。宋代诗人苏轼曾说,《锦瑟》出于《古今乐志》。该书称:"锦瑟之为器也,其弦五十,其柱如之。其声也,适、怨、清、和。"按照这一说法,诗中种种详细的用典与描写实际上是直接与乐器的四种声音息息相关的。[③] Shui Chien-tung 与 KeiBosley 所翻译的《锦瑟》体现了"适、怨、清、和"。

---

① 施蛰存:《唐诗百话》,华东师范大学出版社 1996 年版,第 609 页。
② 同上,第 338 页。
③ 许渊冲:《中诗英韵探胜》,北京大学出版社 1997 年版,第 246 页。

The mind is on the water:
The fingers on the lute Strum empty chords
But the lute's belly
Fills as the oyster fills with pearls at full Moon
As the mermaids in the south sea spill
Pearls from their weeping eyes.
The mind is in the mountains:
The fingers on the lute
Pluck high, far notes
But the lute's belly
Fetches them back and warms them as the sun
Warms Jade, the cold virgin from the hills.
Likewise the poem: *STAND WELL BACK*![①]

这首合译的英诗共有 5 节，以上是第 4 节。"Pluck high, far notes"等语词的选择正切合了诗人诗为音乐、音乐为诗的意旨。

我们应该承认这几种解释都具有合理性，有其存在的价值。人们喜欢这首诗恰恰也在于它的未有一个确定的解释，正是其朦胧性吸引了千百年来的读者的浅吟低唱，但是不管怎么解释，《锦瑟》这首诗哀怨的基本基调是无法改变的。文本的不确定性提供了不同诠释的可能性向度，但是诠释可能性的向度还必须以确定性为依据。

三、文本的互文性

在第三章我们对互文性进行过探讨，这里我们主要强调互文性对文本诠释的制约。我们知道，文本与文本之间不是孤立的，它们之间存在着或明或暗、或显或隐的关联。共同的话语系统为文本之间的亲缘关系提供了可能。文本是由作者创作的，从作者的创作来看，其创作能力总是受到他所生活的社会生活话语系统的滋养。从作品素材对现实生活的依赖来看，具有共同话语系统的作家创作出来的文学作品之间出现相关性是合情合理的。读者可以在不同的文本中发现同一焦点问题，一个文本完全有可能为理解另外一个文本提供依据，而且由于它们相互对照形成了相互补充关系。两个文本共同关注

① 许渊冲：《中诗英韵探胜》，北京大学出版社 1997 年版，第 338 页。

的问题在不同文本的共同彰显下得到完善和深化。另一方面,文本不仅仅是作者个人创作的产物,文本也是文化历史的产物,文本不能孤立于它赖于存在的文化语境。作者是文化传统的产物,文本作为读者创生之物也与文化传统相关。我们不否认读者创造性个性的发挥,但这种创造总是在一种文化语境下进行的。任何一个文本总是不同程度地浸染了文化传统、历史语境的因子,而这些因子是这个文化系统中所有的文本的共同血脉根基。

文本互文性说明了文本不能仅由它的内在规定自身,文本的内部结构不足以完全结构自身形成自律的体系。文本与文本之间的关系亦是文本确定自身的一条法则,也即意义获得确定的一条途径。文学阐释除了从文本内部获得其规定性,也可以文本与文本之间的关系,在文本的文化语境中获得对文本解释的规定。

例 1　...the very name of love is an apple of discord between us. (Bronte. *Jane Eyre*)

译 1:……爱情这两个字本身就会挑起我们之间的争端。

译 2:……爱这个字眼本身就是在我俩之间引起争端的祸根。

译 3:……一说到爱情就在我们中间扔下了不和的苹果。

[注:不和的苹果(apple of discord):希腊神话中,不和女神厄里斯向诸神参加的筵席上投下一个金苹果,上面刻有"属于最美者"的字样,引起天后赫拉、美神阿弗洛狄忒和智慧女神雅典娜的争夺,引起特洛伊战争。]

为什么原文不直接用 discord? 何必又画蛇添足地加一个 apple 呢? 原来这"不和的苹果"后面还有一段故事,而且是在西方文化中家喻户晓的故事。相形之下译 1 和译 2 只译出了原文的深层语义却放弃了由互文联想而产生一个与这个字面的概念意义或所指物特征相关的另一层意义,相当于我们常说的比喻义和引申义及其所附载的文化内涵。

四、文本语言的自律性

哲学诠释学承认文学艺术作品具有自身的存在方式,肯定文学艺术作品所具有的自律性特征。我们已有的论述说明了哲学诠释学的语言观,语言并不是某种可以任意使用的工具,而是我们在世存在的基本活动,我们就生活在语言之中,语言就是我们经验世界的一种基本的方式。伽达默尔说:

> 语言并不是意识借以同世界打交道的工具,它并不与符号和工具——这两者无疑是人所特有的——并列的第三种器械。语言根本

> 不是一种器械或工具。因为工具的本性就在于我们能掌握对它的使用，就是说当我们要用它时可以把它拿出来，一旦完成它的使命又可以把它放在一边。但和我们使用语言的词汇大不一样，虽然我们也把已到了嘴边的词讲出来，一旦用过之后又把它放回到由我们支配的储备之中。这种类比是错误的，因为我们永远不可能发现自己是与世界相对的意识，并在一种仿佛是没有语言的状况中拿起理解的工具。毋宁说，在所有关于自我的知识和关于外界的知识中，我们总是早已被我们的语言所包围。我们用讲话的方式长大成人，认识人类并最终认识我们自己。学会说后并不是指学着使用一种早已存在的工具；而只是指获得对世界本身的熟悉和了解，了解世界是如何同我们交往的。①

文学作品的语言并不是某种工具性的东西，语言并不由任何超越语言的东西来实现。从根本上说，真正的文学作品的语言都已经是一种不同于日常生活中的语言，它都获得了某种自律性特征。即使是像小说这样大量地描写或"反映"了"社会现实生活"的作品，其语言也在文学作品中获得了其特殊的自身规定性，而远不是日常生活中的普通语言在文学作品中的移植。诠释学把作品的语言视为一种自律性的存在，对于文学诠释学来说是极为重要的，它提醒译者在文本诠释过程中必须注意语言的自身特性。下例是福克纳最难解读的小说《押沙龙，押沙龙！》的起始句的翻译：

例 2　From little after two o'clock until almost sundown of the long still hot weary dead September afternoon they sat in what Miss Coldfield still called the office because her father had coaled it that a dim hot airless room with the blinds all closed and fastened for forty-three summers because when she was a girl someone had believed that light and moving air carried heat and that dark was always cooler, and which (as the sun shone fuller and fuller on that side of the house) became latticed with yellow slashes full of dust motes which Quentin thought of as being flecks of the dead old dried paint itself blown inward from the scaling blinds as wind might have blown them.

译文：在那个漫长安静炎热令人倦乏死气沉沉的九月下午从两点多一点

① 伽达默尔：《哲学解释学》，夏镇平等译，上海译文出版社 1994 年版，第 62 页。

到几乎太阳下山他们一直坐在科菲乐德小姐仍然称之为办公室的那间屋子里因为当初她父亲叫它办公室——一间昏暗炎热不通风的屋子百叶窗全部关上拴紧已经有 43 个夏天因为她还在做姑娘的时候有人说光照和空气流动带来热气时阴暗总是比较凉快，(随着房子那边的阳光越照越充分)透过百叶窗射进来的一道一道黄色的阳光里满是微尘令昆丁想起年久死气沉沉的干油漆的斑点这干漆从一片片窗格子里面鼓起来像是被风从外面吹进来似的。(董蘅巽译，引自《美国现代小说风格》)

译文冗长、拖沓，读起来沉闷、乏味，不符合汉语的表达习惯。从修辞学角度看，这样的译文不仅不能算是好的译文，甚至可以说是蹩脚的。译者认为，作者在这里追求的是“一气呵成的延续”，过分变化用词或过多使用标点可能产生“讲究修辞的艺术思辨”的效果，但无助于“情绪无意识的流泻”和渲染“沉闷、颓败、封闭了四十三年的陈腐感”。译者认为，根据福克纳在一次接受采访时的回答足以作出解释：“一个在故事中任何时刻行动的人不仅仅是他现在的自己，他是一切造就他成这个样子的东西的总和。我写长句，意图是把他的过去，可能还包括他的未来，都集中在他正采取某个行动的那一刻。”[①]因此，译者认为福克纳是在创造一种语言文体：以一句话、一个段落为单位构建一个微观世界。在没有停顿、间歇和中断的气势下以多级瀑布似的从句为媒介，进行时空过渡、视角转移，汇成精神生活之流。这就是福克纳式的造句法独特的意蕴。因此，译者保留了原文本的语言特性，从中把握了作者隐藏在文本中的意义。

第二节　译者限度之构成

在第三章我们曾对译者的角色、译者的主体性进行过定位，本节着重探讨的是译者主体性的制约因素。虽然我们主张在文学翻译中要充分发挥译者的主观能动性，但应该看到文学翻译的译者主体性有着明显的限度。文学翻译是一种创造性的活动，但这是一种特殊的艺术创造。译者的创造性活动，不同于作家的创作，是一种二度创作。也就是说，译者的创造性是受到制约的。在文学翻译过程中译者要发挥自己的主观能动性，然而这是在二度创作的范围内，而不是脱离原作随意挥洒。译者只是代笔，而不是抢过作者的笔来，把翻译变成借体寄生、东鳞西爪的写作。有人形象地把译者比作钢琴演奏者，同为

① 王松年：翻译：向接受美学求助什么？见《外语学刊》，2004(4)，第 71—74 页。

贝多芬《命运交响曲》,不同的钢琴演奏者会根据自己对乐章的理解和体会演奏出各自的风格和特色。但他只能在贝多芬的《命运交响曲》这一天地里充分发挥其才能和智慧,进行积极的艺术再创造,绝不能脱离《命运交响曲》,把它演奏成柴可夫斯基的《第六交响曲》。译者的翻译活动也是如此。

一、具体的、此在的译者

海德格尔是从人的存在上去规定人,他将人称为“此在”,这根本不同于传统哲学将人理解为同“客体”相对立的“主体”。理解就是把自己的可能性投向世界,正如海德格尔所说,“作为领会的此在向着可能性筹划它的存在”[①]。“在领会的筹划中,存在者是在它的可能性中展开的。”[②]这即是说,理解存在本身是此在的一个基本特征,正是在这个意义上,我们说“一切理解总是理解者的自我理解”。理解对于此在来说,具有本源意味。理解本身是此在的构成因素,因此海德格尔强调,“领会同现身一样原始地构成此之在。现身向来有其领悟,即使现身抑制着领悟。领悟总是带有情绪的领会”[③]。理解因此是人的存在方式本身,理解不是要去把握一个对象和某种事实,而是要理解存在的可能性,理解此在向未来“筹划”的可能性。

理解和解释作为此在的活动所具有的特点构成了理解和解释的内在的规定性。首先是时间性对诠释活动的限制。海德格尔和伽达默尔解释学的最大特点是引入时间性的概念,把理解和解释总是看成是当下的活动,从而理解和解释总是具有时间性和历史性的。“此在”本身应该是指人的存在的时间性,他不可能超越时间而存在,总是存在者当下的存在。作为此在的诠释学也不能摆脱时间性和历史性的限制。在《真理与方法》的第二版序言中,伽达默尔写道:

> 我认为海德格尔对人类此在的时间性分析已经令人信服地表明:理解不属于主体的行为方式,而是此在本身的存在方式。本书中的“诠释学”概念正是在这个意义上使用的。它标志着此在的根本运动性,这种运动性构成此在的有限性和历史性,因而也包括此在的全部世界经验。[④]

① 海德格尔:《存在与时间》,生活·读书·新知三联书店1987年版,第181页。

② 同上,第185页。

③ 同上,第174页。

④ 伽达默尔:《真理与方法》,洪汉鼎译,上海译文出版社1999年第2版序言,第6页。

此在是面向未来而“筹划”的，诠释包含了此在的可能性向度，所以诠释学应该是对当下时间和未来的关系的一种描述，可能性是诠释学展开的状态。伽达默尔在《真理与方法》一书中还提到：

> 海德格尔对近代主观主义的批判的建设性成果，就在于他对存在的时间性的解释为上述立足点开辟了特有的可能性。从时间的视阈对存在的解释并不像人们一再误解的那样，指此在是这样被彻底地时间化，以至它不再是任何能作为恒在或永恒的东西而存在的东西，而是指此在只能从其自身的时间和未来的关系上去理解。①

这里的可能性不是没有方向的任意漂流的状态，实际上可能性正是有限性的一种方式。海德格尔十分明确地强调“存在论上的可能性并不意味着‘为所欲为’意义上的飘游无据的能在。此在本质上是现身的此在，它向来已经陷入某些可能性”②。“对意义的每一种理解都是从人的历史情境中的前理解的给定性出发的有限的理解。”③

由于解释总是此在的解释，此在的经验作为解释的前提总是有限制条件的有限的经验，因此解释总是不能超越解释者所能理解的范围。“领会是此在本身的本已能在的生存论意义上的存在，其情形是：这个于其本身的存在开展着随它本身一道存在的何所在。”④我们对于社会、历史、文学艺术的理解，都是在一种特定的历史境遇的规定性中用自己已有的思想、情感、见识去观察、理解和解释我们所面对的一切。这是一切理解和解释发生的先在条件。“理解的此在性和有限性的诠释学意识给予文学诠释学的启示是，任何对文学作品进行理解的人都是一种有限性和历史性的存在，作为有限性和历史性存在的人对于文学作品的理解都具有其有限性和历史性。”⑤对文本的理解，只能是此在的有限的理解。

译者作为阅读活动中的主体，它不仅仅是一个类的抽象概念。每个读者

---

① 伽达默尔：《真理与方法》，洪汉鼎译，上海译文出版社 1999 年第 2 版序言，第 127－128页。

② 海德格尔：《存在与时间》，生活·读书·新知三联书店 1987 年版，第 176 页。

③ 伽达默尔：《哲学解释学》，上海译文出版社 1994 年版，编者导言第 40－41 页。

④ 海德格尔：《存在与时间》，生活·读书·新知三联书店 1987 年版，第 169 页。

⑤ 李建盛：《理解事件和文本意义：文学诠释学》，上海译文出版社 2002 年版，第 41 页。

都是具体的历史的个体，每个读者的诠释活动都受到他的历史具体性的限制。每个人对作品的理解总是从自己的有限性和具体的历史性出发的理解，他不能超越自己去理解作品，因此一个读者对作品理解所能达到的广度和深度总是有他自身的经验所限定的，从这个意义上说，诠释活动也只能有限度地自由诠释。

译者不是一个超越时空的具有无限能动作用的超验的存在，他是具体的属于当下的阅读活动。理解了译者的当下性的限度，我们就不难理解何以"一千个读者有一千个哈姆雷特"。"一千个读者有一千个哈姆雷特"并非是对阅读和诠释是一种任意的主观性行为的一个归纳说明，而是警句式地说明了译者的具体性构成了译文的差异。这不是对译者的放逐，而是对作为个体的译者的有限性的说明。阅读总是不同个体的译者的阅读，特定的时间、具体的情境都能导致理解和阅读的结果之不同。不光是不同的译者对同一文本的理解和解释存在着差异，即使同一个读者在不同的时间和情境下对同一作品的理解也会有所不同。译者限度的构成，首先要理解为每一个诠释者每一次阅读的具体性，这种具体性是译者无法超越的此在性。请看莎士比亚诗句的翻译：

例 3　To be or not to be, that is a question.

生存还是毁灭，这是一个值得考虑的问题。（朱生豪）

是生存还是消亡，问题的所在。（孙大雨）

存在，还是毁灭，就这问题了。（林同济）

死后还是存在，还是不存在——这是问题。（梁实秋）

"反抗还是不反抗"，或者简单一些"干还是不干"。（陈　嘉）

是生，是死，这是问题。（许国璋）

生或死，这就是问题所在。（王佐良）

生存还是不生存，就是这个问题。（曹未风）

活下去还是不活，这是问题。（卞之琳）

活着好，还是死了好，这是个问题……（方　平）

应活吗？应死吗？——问题还是……（黄兆杰）

死还是不死？这是个问题。（许渊冲）

例 3 说明不同的译者以不同的理解方式参与和原文本的对话，看到王子为父报仇犹豫不决的痛苦的内心独白，有的理解者从当时的价值观和人文思想为出发点来阐释，有的则从弗洛伊德的"恋母厌父情结"的角度去阐释，还有从宗教的角度去阐释，而更多的人所看到的是世俗的生死观，认为王子是避死求生。这就是不同的时间和情境下对同一文本的理解。

二、文化语境中的译者

毫无疑问，任何从事实际阅读的读者都是一种有限性和历史性的存在，不仅每个读者都是终有一死的生命存在和特定时间过程中的存在，而且每个读者都是生存和生活于特定社会、历史和文化环境中的存在，作为有限性和历史性此在存在的读者，已经是一个被他所生存于其中的社会、历史、文化和语言等所塑造了存在，这是任何读者和理解者始终无法摆脱的限制性和规定性。[①]

文化语境对译者的阅读能力的获得和阅读经验的形成至关重要。译者的文化能力包括译者的双语语言知识、双语文化知识。译者在解读原文及再造译文的过程中，两种语言文化结构相互作用。即在解读时有译语语言文化的形成过程，在表达时又有原语语言文化的渗透，译者在解读与表达过程中对双语语言文化的协调就是译者文化能力的表现，而译者的这种能力的高低决定译者的文化取向。一般情况下，译者的能力因素中本族语能力较强，在外语译成本族语时趋于选择"归化"策略；反之在把本族语译成外语时，由于在特定的语言结构中，本族语的文本内容找不到相对应的外语表达时，往往会采用"异化"的翻译策略。我们在阅读文学译著时会发现这样一个事实：绝大多数译者在将外语译成本族语时，几乎都毫无例外地要对译文作归化处理，而将本族语译成外语时，情况恰恰相反——异化的成分占了相当大的比例。杨宪益夫妇的《红楼梦》英译本是异化的典型代表，而他们的英汉翻译作品却充满了归化色彩。例如：

例 4　癞蛤蟆想吃天鹅肉。

译 1：A toad hankering for a taste of swan.(Yang)

译 2：A case of "the toad on the ground wanting to eat the goose in the sky".(Hawkes)

杨译试图用异化手段来向读者传达出原文所特具的异国情趣，但是在中国读者看来生动形象的比喻对英美读者来说不一定有相同的感染效果，而是有意无意间露出译者的自身局限性。霍译有意避开"天鹅"一词，用 goose 取代，以挂靠英语习语 a wild-goose chase(荒谬之追求)，对英语读者而言其内涵就不言而喻了。

对某一文本的阅读事件本身就构成了一种理解的历史，文本正是在这种理解的效果史事件中获得自己的存在的。前辈译者对此一文本的理解和解释

① 李建盛：《理解事件和文本意义：文学诠释学》，上海译文出版社 2002 年版，第 145 页。

必然会或多或少地影响到当下读者和译者的解释。当下译者总是在认同和不断修正前辈译者的解释中，逐渐加深自己对文本的解释的。特别是那些内涵丰富、结构复杂的作品，前辈读译者的解释更是为我们提供了通向文本世界的钥匙。

三、受操纵的译者

译者的诠释行为直接受译语文化的主流意识形态的控制。出版社亦会选择较易为本国读者接受的源语文本。著名翻译家杨宪益在对他半生英译中国文学所作的一番自我评价时，曾不无遗憾地说："不幸的是，我俩（指其夫人戴乃迭——引者）实际上只是受雇的翻译匠而已，该翻译什么不由我们做主，而负责选定的往往是对中国文学所知不多的几位年轻的中国编辑，中选的作品又必须适应当时的政治气候和一时的口味，我们翻译的很多这类作品并不值得我们为它浪费时间。"[①]此外，译者翻译过程中还会删去与主流意识形态相抵触的内容，出版社或编辑也可在征得译者同意的前提下，酌情修改或删除一些语句；读者也倾向于比较容易接受与本国主流意识形态接近的译本。例如，詹姆斯·乔伊斯的小说《尤利西斯》以及戴维·劳伦斯的小说《查泰莱夫人的情人》都曾被查禁，连出版社也曾因"出版淫秽作品罪"而被送上法庭。这是因为它们触犯了当时主流意识形态，被视为"非正常话语"而被剥夺了话语权。在西方翻译史上，《圣经》的翻译更直接与宗教的权力话语有关。所以，一些宗教改革家如马丁·路德所译的《圣经》以及威廉·廷代尔所译的《圣经》都遭到查禁和焚毁的命运，也被剥夺了"发言权"。

此外，诠释方法的确定主要受到译者头脑中的教育传统、文化习俗、知识结构、审美情趣、价值取向甚至翻译目的等因素的控制。这些内容在译者心中形成一定的"翻译准则"，这些准则实际上就是意识形态发挥影响力的具体体现。如涉及意识形态的冲突，或与文化习俗及传统出现差异和矛盾时，译者是直接翻译，还是删除或是改换？换言之，是选取异化还是归化的翻译策略，都涉及意识形态的制约。

我国著名的启蒙思想家严复对翻译也有着明确的政治目的，当他翻译赫胥黎的《进化、伦理与其他》一书时，略去了书中有关伦理（ethics）的章节，而只强调"物竞天择"的天演论思想，将其译成《天演论》。这其中反映的就是文化政治意识形态的深层的原因。而且，为了让封建士大夫能接受西方意识形态

① 杨宪益：《漏船载舟忆当年》，十月文艺出版社 2001 年版，第 190 页。

的“苦药”，严复特意在这层苦药外面裹了一层“糖衣”——雅，从而利用异域的意识形态颠覆了中国当时的封建传统意识形态，唤醒了知识分子的民主和革命意识。

晚清翻译家在翻译实践中，大量采用删改、添油加醋的方法，翻译策略经常极度归化，对原文内文化因素的处理主要按中国文化的观念和意象，有时简直成了对原文的拟作。究其原因，是译者为了观照读者的理解和鉴赏，归根结底是译者关注主体文化里的意识形态，不知不觉地受其操纵的结果。《黑奴吁天录》原文有一段：

"DEATH." "Strange that there should be such a word," he said, "and such a thing, and we ever forget it; that one should be living, warm and beautiful, full of hopes, desire and wants, one day, and the next be gone, utterly gone, and forever."

这本来是奴隶主圣格来在其女儿伊娃死后对死亡发表的一段议论，表达了生死之间难以预测、不可思议的主题。林纾的译文是：“吾躯命尚健，何为遽死，凡人恋生，常不自计其死。今吾自省健硕，未界中年，竟如是乎？”原文对死亡的玄思在译文中变成了对自己生命的关注，流露出不愿面对死亡的情怀，是儒家“未知死，焉知生”的生死观的反映。这样的文化重写和变译策略折射出中国文化里意识形态的渗透力，林纾的翻译也可以说是受到主流社会的意识形态操纵的结果。

第三节　诠释权利之争：主体间权利限度

诠释限度就是要追问意义生成的根据和界限，就是要考查在意义的生成过程中，主体间即作者、文本及译者等各自究竟起着怎样的作用。换句话来说，就是在诠释活动中，作者、文本和译者各自拥有怎样的权利？提倡诠释限度就是探求作者、文本与译者在解释权上的平衡，以避免解释权偏于一端而导致的解释的片面和缺乏依据，使得诠释活动既能充分发挥诠释者的能动性和创造性，又能保证诠释活动是有据可循的。解释在多样性中依然具有一定程度的客观性和限度。

安贝多·艾柯对文本和读者之间的辩证关系曾说过一段意味深长的话：

> 一九六二年，我写了《开放的作品》(*Opera Aperta*)一书。在书中，我肯定了诠释者在解读文学本文时所起的积极作用。我发现读

> 者们在阅读这本书时，注意力主要集中在作品所具有的开放性这一方面，而忽视了下面这个事实：我所提倡的开放性阅读必须从作品本文出发（其目的是对作品进行诠释），因此它会受到本文的制约。换言之，我所研究的实际上是本文的权利与诠释者的权利之间的辩证关系。①

"本文"的权利和诠释者的权利，在另一个角度看，也就是作者所创造的文本提供的诠释空间和参与文本创造的诠释者的诠释自由。谈及权利，意味着责任，而强调自由，也同样意味着限制。为真正实现诠释活动中权利与责任、自由与限制之间的辩证关系，让"本文的权利与诠释者的权利之间的辩证关系"得到落实，艾柯针对"诠释的潜在无限论"与"意义蔓延"说，指出诠释（衍义的基本特征）的潜在无限并不意味着诠释没有一个客观的对象，更不意味着可以像流水一样毫无约束地任意"蔓延"。诠释活动不是某一主体权利的无限度的扩张，也不是对文本背后的终极意义的追寻，而是解释活动诸要素在复杂的相互制约的限制性关系中的意义创生活动。

翻译活动是一项多元主体间的交流与对话活动，因此必须遵循交往理性，受社会规范的制约，否则任何对话都不可能正常进行。强调交往理性的目的就是强调主体间的相互制约和规范，从而遏制主体个性过分张扬以保证交往的顺利进行。此外，翻译又是一种跨文化的交往与对话，在这种对话交往中，对话双方的主体性并非是同一传统文化与认知模式凝结而成，它们积淀着不同的文化精神，有着观察事物的不同视角，这就使交往活动更为复杂。因此这种交往还必须建立不同文化交往中的契约与准则，它更需要理性的参与，更应有一定规则和规范制约。

哈贝马斯在交往行为理论中把"理性"从西方传统哲学的先验层面下降到实践层面，他在"话语伦理解释"一文中写道："理性……必须看作是在实践中生成的，即人作为主体在社会化过程中习得的后天能力。"所以交往理性实际上是人正确与他人交往的能力，人不断学习和适应各种社会规范并渐渐融入社会，在这过程中形成交往的能力。交往理性就是使交往活动合理。哈贝马斯把交往活动置于三个世界的背景之中，即客观世界、社会世界、主观世界。通过语言言说的三种不同方式，语言行为者即可分别与不同世界建立起不同

① 艾柯等：《诠释与过度诠释》，柯里尼编，王宇根译，生活·读书·新知三联书店1997年版，第27—28页。

的关系。而每一种言说方式都蕴含着独特的有效性要求：即对客观世界的断言式陈述要真实；对社会世界成员的调节式交往话语要正确（得体）；对个体主观世界的内心情感表达话语要真诚。概括起来，这三种有效性要求都是交往理性得以贯彻的决定性前提。哈贝马斯进一步指出，只有同时实现这三种有效性要求，交往活动的参与者才能处于公认规范的话语背景下，从而获得彼此认同。他所谓的认同就是相互理解、彼此信任、两相符合的主观交际相互依存。相反，任何一种有效性要求的破坏违反，都将成为交际的阻滞点，使交往活动失败。

翻译是跨语言、跨文化的交往活动，各主体在对话时应同时遵循真实性、正确性和真诚性的有效性要求，以规范自己的行为，约束单独主体性的过度发挥，并通过相互作用、相互交流、相互协调和相互磨合，达到彼此间的认同，以期共同创造出自然、和谐、平等的主体间性关系。文学诠释活动是作者意图、文本意图和译者意图的共谋，三者之间的相互制约构成了诠释的限定性，有以下两个主要层面。

一、意义的限度

在确定意义限度之前，首先必须确定文本的意义。文本的“意义”是指文本能够传达的作者的思想、情感。意义不是一种“存在”，它既不是物质存在，也不是精神存在，意义不是作为“存在”存在于文本中。说文本有（存在）意义，是说文本能向读者传达作者的思想、情感。赫施认为，无论从解释者角度还是从作者本身看，在理解中获得意义的确定性是可能的。“解释活动中只存在一个普遍可信的和为一般人所认可的标准……没有任何已知的标准概念比作者意指的意义更具有普遍可信性的特点。因此，仅从实际的意义上讲，我们更赞同文本的意义就是作者的意义的观点。”①文学作品的意义就是作者意指的意义，文本的意义理解就是对作者所意指的意义进行再认识，只有作者的意义才是我们获得理解有效性和确定性的最可靠的保证。赫施进而对作品的意义就是作者意指的意义进行了论证，提出了两个在他的理论中具有关键作用的词：意义（meaning）和意味（significance），并对这两个概念进行了严格的区分。意义就是作者意欲传达给读者的东西，一部文学作品文本的意义并不会因读者和理解者的阅读和理解而发生变化，它始终存在在那里，等待着读者和理解者

---

① Juhl, P. D. Interpretation: An Essay in the Philosophy of Literary Criticism. Princeton University Press, 1980, pp.47-48.

去认识和发现，解释的任务就是发现这种始终如一的意义。“意义就是一个文本表现的东西，它是作者运用一系列的符号系统所意指的意义，是符号表现的东西。意味，是与某个人、某个概念、某种情境或纯粹想象的任何东西之间关系……意味总是包含着一种关系，而这个关系中永恒的、不会改变的一个极点就是文本所意味的东西。没有认识到这一简单而重要区分，正是导致诠释学理论巨大混乱的根源。”①

文本是作者的精神作品，文本的意义是由作者赋予的。作品一经产生，意义不再发生变化。文本的意义是可以为读者把握的，读者阅读文本的目的就是为了把握文本的意义即作者的思想、情感。由于理解是在一定历史条件下的理解，理解对文本意义的把握是相对的，而相对的理解中包含着绝对的成分，即正确理解作品原意的成分，并对文本进行诠释。然而意义的诠释存在着一定的限度，因为文本规定了理解和诠释的可能性范围。虽然诠释活动是诠释者的主体性活动，但是诠释毕竟是对文本的诠释。文本作为独立的世界有它自己的规定性，对文本的诠释不能忽略这种规定性。文本的内在逻辑制约着意义生成的可能性，这是任何诠释都不能逾越的界限。另外诠释者自身的有限性也造成了诠释的可能性限度，也就是说诠释者不能超越他所处的具体的历史语境而去解读作品。诠释者总是要受到自身的审美经验和审美能力的制约，同时他也会受到诠释传统的影响，因而具体的诠释活动中的诠释者，他的世界所能展开的范围总是有限的。至于作者，虽然他是文本的直接创造者，但是对文本的解释却并不能以作者的原意作为最终和唯一的旨归。因为，文学的魅力不仅仅在于它是作者自我感情的抒发，更重要的是文学它能够超越作者个体而成为具有普遍性意义的存在。即便是如此，这也并不意味着我们对作者意图的视而不见，作者仍然是我们打开对文本解释的一条有效途径。作者意图对诠释只构成一种比较松散的限度。

二、诠释活动的限度

诠释有没有限度，这是译者在诠释文本的过程中需要不断考虑的问题，它所涉及的是诠释的继承性与创造性的辩证关系。很显然，即使译者能够通过“视阈融合”以解决与文本之间的“理解的历史性”，从而实现对文本意义的现代创造，但是如果在“前理解”即对于作者、文本等方面理解不够充分和深入的话，那么在整个诠释过程中就必然会存在着对“前理解”的不断反思和追问，这

① 赫施：《解释的有效性》，王才勇译，生活·读书·新知三联书店 1991 年版，第 8 页。

里所涉及的就是“诠释循环”的问题。以往人们都担心在理解和前理解之间是否会陷入一种无限倒退的恶性循环之中。不过,在海德格尔看来,“解释理解到它的首要的、经常的和最终的任务始终是不让向来就有的先有、先见和先把握以偶发奇想和流俗之见的方式出现,它的任务始终是从事情本身出发来整理先有、先见和先把握,从而确保课题的科学性”①。在这里,海德格尔为我们诠释文本提供了一个原则,那就是“从事情本身出发”。这一原则就是对译者作为诠释者的主观性的限制,对文本的诠释并不是一种可以为所欲为而又毫无依据的纯粹主观性的活动,理解的循环也不是由任意一种认识方式活动于其中的圆圈。诠释本身意味着诠释者与文本之间的辩证问答,它们拥有着各自的权利和地位:一方面,诠释活动的展开必然要受制于文本所能提供的可能和思维空间。因此,对于诠释者的提问,文本有可能回答,也有可能不回答,这显示出诠释是否超出了文本的限制。但是,无论如何,诠释者也不能无中生有,对文本采取强制的态度和做法。另一方面,诠释又是诠释者思维的积极展开,其中所蕴含的“前理解”指引着活动的方向和目标。因此,诠释循环并不是要否定诠释者的创造性,它反对的只是“偶发奇想和流俗之见”。

诠释活动虽然是以对文本的解释为主要内容的,但是从更广阔的背景来看,它亦是一种文化活动。表面上看,诠释活动是一种个人行为,但是实际上,诠释活动并非随心所欲的。每个诠释者总是在复杂的关系网和具体条件中对意义进行确定的,总是打上了孕育作品和读者的文化的烙印。从根本上说,诠释不是读者完全自由任意的行为,而是一种文化和意识形态行为。

诠释限度的表现形式不是唯一正确性形成的规定性,而是可能性构成的一定范围内的解释的合理性。“传统解释学担心,解释一旦离开了作品的‘原意’这一本体论基点,解释便会丧失衡量客观性的标准或依据。”②我们主张的诠释限度是一定范围内的可能性,这样一方面离开了唯一正确的“原意”,另一方面又坚持了诠释的标准性和规定性。强调诠释的可能性最终也必将指向可通约性和可交流性。诠释的可能性与有效性是相通相连的,理解的可能性意味着对文本的理解是可以重复的,也即是可以传达的。因为这种可能性不仅仅是对文本有效的,对理解的结果本身也应该是有效的(当然这种可传达的程度会因时因人而异)。理解和诠释是可能的意味着诠释者具备了理解能力,这

---

① 海德格尔:理解与解释,载洪汉鼎主编,《理解与解释——诠释学经典文选》,东方出版社 2006 年版,第 123 页。

② 金元浦:《文学解释学》,东北师范大学出版社 1997 年版,第 275 页。

种能力与人的交流本能相关。理解和解释说到底是不同主体之间(包括诠释者之间以及读者与诠释者)的相互理解。所谓诠释的有效性也就是它的被认可的特性,诠释总是以其被广泛认同为其目的的。诠释的可能性就已经包含了它有效性的原因,诠释的有效性是诠释可能性的必然结果。尽管现代解构主义非常强调文本的非同一性、强调理解的差异性,甚至有论者提出了"反诠释"的观点。后现代主义的"反诠释"的诠释观体现的是对诠释的深度模式的反抗,他们拒绝对作品进行深刻的分析,因为在后现代主义看来分析和诠释会将作品还原到抽象的层次,而使作品失掉了具体可感的形象性。但是,后现代主义却也不得不借助理解和传达的可能性宣扬着他们自己的具有破坏力的观点。尽管他们一再解构文本,却也还是通过文本传达自己的思想见解。诠释的可能性依然是不能被打破的,有效性依然是诠释的内在要求。

第四节 文本诠释限度之构成

在对诠释限度内涵进行说明之后,我们有必要对诠释限度的具体构成要素进行分析。

一、文本语义关联性

文本的语义意义是语言系统固有的,而语用意义是在语义意义的基础上派生出来的,句子具有语义意义,同时具有潜在的语用意义。换句话说句子一旦在语境中使用,就成为话语,就产生了语用意义。

读者(译者)对文本的诠释首先面对的是文本,而诠释学意义上的狭义文本即是语言性文本。

语言在诠释中具有非常特殊的地位。作者借助于语言来表达自己的生活体验和主观精神,而读者也是借助于语言来实现对文本之主观精神的理解和诠释。因此,文本的诠释首先必须在语言学的维度上展开。从西方诠释学的发展来看,文本诠释的语义学维度也是首先被人们关注的。

文本的诠释固然离不开作者的原初意图,但却不能简单地将作者意图与文本的含义等同起来,不能让文本的含义完全依附于作者的意图,从而忽视文本自身的含义。因此,文本诠释中的第一层次目标应该是把握"文本的含义",或者说是把握文本的"字面含义"。文本诠释中的第一重限度应该是"语义关联性"。在文本的诠释中,译者必须遵循"语义关联性原则",即是说,译者对文本的诠释必须是在文本划定的语义范围之内展开的,越出文本语义范围的诠

释在认识论上是无效的诠释。文本诠释中的第一种方法就是“语义学方法”。文本的诠释必须根据文本自身的语言背景，按照当时的语词含义、语法规则、语用习惯等来进行。

例 5　It was a very dark night. The day had been unfavorable, and at that hour and place there were few people stirring. Such as there were, hurried quickly past: very possibly without seeing, but certainly without noticing, either the woman, or the man who kept her in view. (C. Dickens. *Oliver Twist*)

译文：这是一个星月无光的夜晚。整天天气都很差，此时此地，已经没有什么人来来去去。即或有，也是行色匆匆快步走过，不管是对那个女的，还是牢牢盯住她的那个男人，很可能连看也没看一眼，就是看见了也肯定没有留意。

这里“就是看见了”就是通过语境中语义的勾连串通来疏通上下文。

例 6　The man, who, in old age, can see his life in this way, will not suffer the fear of death, since the things he cares for will continue. And if, with the decay of vitality, weariness increases, the thought of rest will not be unwelcome. I should wish to die while still at work, knowing that others will carry on what I can no longer do. (B. Russell. *How to Grow Old*)

译文：上了年纪而能这样看待生活的人就不会遭受怕死的痛苦，因为他所关注的事物将继续下去。同时，如果精力衰退了，疲乏增加了，长眠的思想也并非是不可取的。我倒愿意工作不息，死而后已，因为我知道别人会继续我未竟的事业。

显然，原文是用 death，rest 和 die 三个同义词(rest 是委婉语)的复现而形成同义关联，来表明其讨论的议题是死亡问题，从而使整个意群前后呼应连成一体。译文吃透这种意群勾串中惯用的语词关联技法，恰当贴切地还原了语境。若将 rest 译成“休息”必然使译文似达而实不达，从而流于形式。

例 7　Make him pay for the line, he thought. Make him pay for it.

He could not see the fish's jump—

If the boy was here—

The line went out and out and out but it was slowing now and he was making the fish earn each inch of it. (E. Hemingway. *The Old Man and the Sea*)

译文：要叫它从钓丝上吃尽苦头，他想。要叫它吃尽苦头。

他看不见鱼在跳——

要是那男孩在这儿——

钓丝在水里滑下去，滑下去，滑下去，但是却越来越慢，

他正让鱼在每一小段钓丝上都吃尽苦头。

在这里，原文首句的 pay for 和末句的 earn 形成近义关联，译文择用同词重译，鲜活地再现了这一关联特征，从而首尾呼应，完成语篇深层结构的语义连贯。

二、作者语境关联性

如果说文本的诠释首先面对的是文本本身的话，那么，文本背后的作者意图则是我们必须关注的第二个问题。实际上，任何诠释者和诠释学家都无法否认一个基本的事实，即文本与文本的作者之间存在着一种原始的关系。文本的诞生因缘于作者的表达，它是作为作者的主观意图和主观精神的载体而被创作出来的。我们对文本的诠释实际上是读者与作者之间展开的一种主体间的对话，它是一种人的精神之间的交流与融合。有效的诠释应该是一种正视作者视阈的符合作者语境的诠释。

根据 Sperber & Wilson，语境是存在于听话者头脑中的一系列假设，包括上下文、会话含义和百科知识，它不是在话语之前预先设定的，而是听话者在理解的过程中不断选择的结果，是个动态的过程。很显然，话语理解的过程需要不断地对语境进行选择和调整，直至找到最具关联性的语境为止，才能正确理解说话人的意图。比如一个很简单的句子"It is cold here"，在不同的语境中，可以表达不同的言语行为。可以说明一个事实，指这里的气温很低；也可以暗示某人关窗，因为这里很冷；或者因为这里很冷建议某人换一个地方；或者表示警告，不要把孩子单独留在房间里以免感冒；甚至还可以表示抱怨这里令人不舒服的天气。要正确理解该话语的含义，听话者就要看说话时的情境，调用相关的知识进行推理，才能正确识别说话者的意图。同样，译者在诠释过程要对语境进行选取和确定，直到找到最具关联性的语境。

文本已经脱离了其原初的语境，成为某种有待于建立新的语境关联的诠释对象。这就意味着文本也在一定程度上摆脱了作者的个性化而成为一种一般性的语言对象，文本语言中蕴涵的作者个性化特征在文本的诠释中也因此往往易于被遮蔽。诠释者容易忽略语言的流动性造成的语义学和语言形式上的差异，从自身的语言学处境出发来诠释文本，导致对文本语义的误解。在不同类型的语言中，由于诠释者忽略自身语言学处境和作者语言学处境之差异

而造成的误解并不少见。

例 8　He was doing pretty well, when one fine morning, Mrs. Hayden came looking for him. (*In Memoriam: Rena C. Hayden*)

译 1：一天早晨，天气晴朗，罗伯特也正干得不错，海顿夫人来到他家中进行家访。（张顺生译）

译 2：他干得不错，不想一个晴朗的早晨，海顿夫人来找他了。（孙致礼译）

译 1 把该句的句法结构理解错了，原文的"罗伯特干得不错"不是指那天"早晨"而是指那段时间，而且"家访"一词带有明显的中国文化色彩，一般是老师到学生家里走访。因此，译文缺乏关联性语境融合。译 2 准确地诠释出了原文的语境。

三、译者语境关联性

伽达默尔非常注重文本的诠释与读者（译者）自身语境之间的必要关联，他指出：

> 对既有本文的内部结构及其连贯性做一点描述，仅仅重复一下作者说过的话等，还不能算是真正的理解。人们必须使作者的说法重新回到生活中去，而为此，他们又必须熟悉本文谈及的那些现象。当然，为了理解作者在其本文中究竟打算说些什么，人们必须掌握诸如语法规则、风格手法和作文艺术等构成本文的基础的东西。但是，在一切理解中，最主要的问题还是本文的叙述与我们对于有争议的现实的理解之间的意义关系。[①]

文本的诠释不仅不应该排除译者自身的语境，相反它应该建立在对自身语境的合理反思的基础上。"研讨某个流传物的解释者就是试图把这种流传物应用于自身……为了理解这种东西，他一定不能无视他自己和他自己所处的具体的诠释学境况。如果他想根本理解的话，他必须把本文与这种境况联系起来。"[②]所以，唯其如此，文本的诠释才可能促成作者视界和译者视界的富于建设性的融合。

---

① 伽达默尔：《科学时代的理性》，薛华等译，国际文化出版公司 1988 年版，第 86－87 页。

② 同上，第 416－417 页。

文本诠释中受到读者语境的制约，但绝不意味着在文本的诠释中允许译者主观性和个性的随意肆虐，绝不意味着允许译者成为文本的颐指气使的主宰者，恰恰相反，它是以对文本含义和作者主观精神的尊重为前提的。

在文本诠释与译者语境的关联中，译者对自身语境的自我反思是非常重要的。首先，对译者语境的诠释学反思有助于对读者的“前见”进行必要的甄别和限定。“前见”固然是理解和诠释的必要条件，在文本的诠释过程中有其存在的“合法性”。但是，在文本的诠释中并非任何“前见”都是具有建设性的，或者说并非任何“前见”都是有助于达到对文本的合理诠释的。即便是伽达默尔本人，也曾经提出有两种不等值的“前见”：使理解得以实现的“真前见”和导致误解产生的“假前见”①。对译者自身语境的反思，就是要自觉地对这两种“前见”作出必要的甄别，尽可能地阻止具有破坏性的“假前见”渗透到文本的诠释过程中，避免误解的发生。哈贝马斯的“批判诠释学”强调了文本诠释中的意识形态批判，但是他做得并不彻底，因为他的意识形态批判仅仅指向作为诠释对象的文本，而没有同时指向作为诠释主体的诠释者自身。实际上，任何文本的诠释者都是在一定的意识形态熏陶下获得自己的视界的，因此很容易把既有的意识形态理论作为绝对的真理继承下来，并以之为出发点去诠释文本，造成对文本的某种误解。同时，个人的生活经历和生活体验也有可能对读者的视界产生一定的消极性影响，导致私人性偏见的形成。文本诠释过程中译者对文本所做的提问，不是漫无边际式的提问和信口开河式的提问，而是担负着在文本的一般含义和译者特殊的诠释学情境之间架设桥梁与通道的重任的提问。因此，这种提问必须建立在对译者自身语境的深刻反思的基础上，而不能像一般诠释学设想的那样使提问者抹去自己的视界投入到真空之中。缺乏对自身语境的深刻反思，译者对文本的诠释最多只能达到对文本含义的理解或作者主观精神的回溯，而很难真正实现与作者的思维性沟通，也很难拓新文本的创生性意义。

20世纪70年代的“红学”研究，《红楼梦》乃是一个政治文本，这也正是当时将一切问题政治化的流弊对学术领域的侵蚀。这种政治诠释，以及其他的如道德诠释之类，都是将文学本文视为非文学的东西，没有把文本作为一种文学性的言说来聆听，以诠释者的先入之见压制了文本的言说，这是不符合对话精神的。

例9 “...And if Weston had asked me to recommend him a wife, I

① 伽达默尔：《科学时代的理性》，薛华等译，国际文化出版公司1988年版，第383页。

should certainly have named Miss Taylor."

"Thank you. There will be very little merit in making a good wife to such a man as Mr. Weston."

"Why, to own the truth, I am afraid you are rather thrown away, and that with every disposition to bear, there will be nothing to be borne. We will not despair, however. Weston may grow cross from the wantonness of comfort, or his son may plague him."

"I hope not that. —It is not likely. No, Mr. Knightley, do not foretell vexation from that quarter."

"Not I, indeed. I only name possibilities. I do not pretend to Emma's genius for foretelling and guessing." (*Emma.* ChapterV)

译文:"……当初如果韦斯顿问我谁做他的太太最合适,我一定会说泰勒小姐。"

"谢谢你。给韦斯顿先生这种人撮合一位百依百顺的太太可没有意思。"

"说真的,我担心你很不上算,事事顺着人家,人家就不会顺着你。不过,我们也不必太绝望,韦斯顿也会乐极生悲,他儿子也会使他苦恼。"

"我希望不会发生这种事,不可能。得了吧,奈特利先生,你别给别人预测大灾大祸了。"

"我倒没有这么做,只是说有这种可能性。我不比爱玛,能未卜先知,预测未来。"(《爱玛》张经浩译)

例 9 选自简·奥斯丁小说《爱玛》。简·奥斯丁小说风格独特,常以细微处见精神。这段对话是在奈特利先生和泰勒小姐之间进行的,前者对后者成为一个贤淑的妻子的美德赞赏有加。译者对"making"一词的前理解阻碍了他对整段对话的理解,其翻译结果也令译文读者颇为费解。本例中,"making"一词意为"to turn out to be or have the essential qualities of",这是泰勒小姐自谦的话,韦斯顿先生本人细心周到,给他做个贤惠的太太算不上什么优点;而且,泰勒小姐又怎会自己说出"给韦斯顿先生这种人撮合一位百依百顺的太太可没有意思"的话呢?由这个前理解出发,译者对两人之间对话的理解产生了误解。文中的"thrown away"更接近于"白费",而不是"不上算",因为泰勒小姐具备成为一个贤妻良母的所有美德,偏偏韦斯顿先生非常温柔体贴,因此,泰勒小姐准备好了忍受一切,却没什么好忍耐。译者在与文本进行对话的过程中,对"quarter"、"possibilities"两处的理解也受到了其前理解的限制,前者指人、指物均可,后者的复数形式则被译者无情地忽略了。

文本诠释是译者对文学作品的二度创作，文本的意义和价值的实现离不开译者的诠释。但是，文本诠释中的主体并不是处于绝对的自由之中，他受到了诸多因素的制约。诠释主体一方面是作为个体诠释者，另一方面也是"解释共同体"中的一员，要考虑到主体间性的制约。同时，诠释活动毕竟是对文本的诠释，文本以及文本的创造者是诠释的起点和基础，也是诠释的依据。所以，诠释者并不是凌驾于文本之上的。从诠释者角度看，诠释者在诠释活动中丰富了自身，提升了自己的诠释经验和审美经验。诠释活动不仅使得文本的可能性充分展开，也使得诠释者的可能性得以充分展开。

总之，文本诠释的限度是一个相对推进的过程。"作者—文本—读者"三者共同推进文本的诠释限度，但是这种限度在一定的历史演进中变化着。

本章参考文献

[1]艾布拉姆斯.镜与灯.郦稚牛等译.北京:北京大学出版社,1989.

[2]艾柯等.诠释与过度诠释.柯里尼编.王宇根译.北京:生活·读书·新知三联书店,1997.

[3]但汉源.英语语篇的句际衔接及其在翻译中的呼应.外语与外语教学,1995(3).

[4]邓巨,秦中书.阐释过程中译者的空间与限度.中华文化论坛,2007(1).

[5]董蘅巽.美国现代小说风格.北京:中国社会科学出版社,1997.

[6]哈贝马斯.交往行动理论.重庆:重庆出版社,1994.

[7]海德格尔.存在与时间.北京:生活·读书·新知三联书店,1987.

[8]海德格尔.理解与解释.上海:东方出版社,2006.

[9]赫施.解释的有效性.王才勇译.北京:生活·读书·新知三联书店,1991.

[9]伽达默尔.哲学解释学.夏镇平等译.上海:上海译文出版社,1994.

[10]伽达默尔.科学时代的理性.薛华等译.北京:国际文化出版公司,1988.

[11]伽达默尔.真理与方法(上、下卷),洪汉鼎译.上海:上海译文出版社,1999.

[12]金元浦.文学解释学.长春:东北师范大学出版社,1997.

[13]金元浦.范式与阐释.桂林:广西师范大学出版社,2002.

[14]李建盛.理解事件和文本意义:文学诠释学.上海:上海译文出版社,2002.

[15]李明.阐释的规则.五邑大学学报(社会科学版),2001(3).

[16]罗新璋.翻译论集.北京:商务印书馆,1984.

[17]潘德荣.文字·诠释·传统——中国诠释传统的现代转化.上海:上海译文出版社,2003.

[18]彭启福.理解之思——诠释学初论.合肥:安徽人民出版社,2005.

[19]秦海鹰.互文性理论的缘起与流变.外国文学评论,2004(3).

[20]裘姬新.论译者的主体性及其制约因素.河南科技大学学报,2005(1).

[21]施蛰存.唐诗百话.上海:华东师范大学出版社,1996.

[22]孙致礼.翻译应该尽量"求真".中国翻译,2005(2).

[23]唐诗三百首诗话荟编(二).台湾:台北华冈出版有限公司,1970.

[24]仝亚辉.接受美学对翻译研究的启示.福建外语,2002(3).

[25]托多洛夫.批评的批评——教育小说.北京:生活·读书·新知三联书店,2002.

[26]王东风.再谈意义与翻译.中国外语,2005(1).

[27]王逢振.今日西方文学批评理论.桂林:漓江出版社,1988.

[28]王松年.翻译:向接受美学求助什么? 外语学刊,2000 (4).

[29]王先霈,王又平主编.文学批评术语词典"互文性"条.上海:上海文艺出版社,1999.

[30]王岳川.现象学与解释学文论.济南:山东教育出版社,2001.

[31]魏家海.文学翻译的操纵性与主体性.西安电子科技大学学报(社会科学版),2004(2).

[32]许钧.作者、译者和读者的共鸣与视界融合.中国翻译,2002(3).

[33]许钧.创造性叛逆和翻译主体性的确定.中国翻译,2003(1).

[34]许钧.简论理解和阐释的空间与限度.外国语,2004(1).

[35]许渊冲.中诗英韵探胜.北京:北京大学出版社,1997.

[36]闫爱华.论文学阐释的限度.广西师范大学硕士学位论文,2005.

[37]杨宪益.漏船载舟忆当年.北京:十月文艺出版社,2001.

[38]伊瑟尔.阅读活动.北京:中国社会科学出版社,1991.

[39]英加登.对文学的艺术作品的认识.北京:中国文联出版公司,1988.

[40]张佩瑶.从话语的角度重读魏易与林纾合译的《黑奴吁天录》.中国翻译,2003(3).

[41]祝朝伟,张柏然.翻译与阐释的多元——从《锦瑟》的英译谈起.外国语,2002(5).

[42] Juhl, P. D. Interpretation: An Essay in the Philosophy of Literary Criticism. Princeton: Princeton University Press, 1980.

[43] Lefevere, Andre. Translation, History and Culture. London & New York: Routledge, 1992.

[44] Sperber, Dan and Wilson Deirdre. Relevance: Communication and Cognition. Shanghai: Shanghai Foreign Language Teaching and Research Press, 1995.
[45] Umberto Eco. The Limits of Interpretation. Bloomington: Indiana University Press, 1994.

第六章　文本诠释的误区

——主体间对话的不平等

在文学活动中，以语言的存在方式进入交流而建构起来的主体间性代表着共主体性与互主体性，它展示的是一种主体——主体结构。交流是互为主体的主体之间所进行的相互作用、相互对话、相互沟通和相互理解，不是作者主体、译者主体或读者主体对某一方的构造与征服。交流是不同主体与对象主体间的自由交往，是作者、接受者与文本形象所敞开的谈话。在这个过程中，文本世界作为文学活动中不同主体对话交流的中介，自身同时成为作者主体和形象主体的承载，既可以作为作者与接受者、作者与文本间对话的主体，也可成为文本与读者对话的主体。

对话有三个特征：一是共同参与，地位平等。参与者在精神上是独立的，参与意味着内在心灵的提问、聆听与应答，而不仅仅是开口说话。内在的独立是对话的保证，这就要求双方的地位平等。如果一方试图把自己的意见强加给另一方，便破坏了对话。二是对话的开放性。对话者的内心是敞开的，不是故意隐藏什么，都有互相沟通的愿望。对话者无法逃脱理解本身的历史性的限制，存在阻碍性前理解。只有敞开自身，才能在对话的矛盾冲突与和谐交融中接近真理。三是对话的未完成性。对话是思考的艺术，是以接近真理为目的的。同时，对话者又受到历史性前理解、视阈的限制，不可能达到完满的理解对等和反映事实，故而对话只能是处在通往理解对等和反映事实的途中。

在文本意义的诠释中存在令人担忧的误区，它们违背了阐释的平等对话精神。

第一节　作者中心论

一个无可辩驳的事实就是作品是由作家创作的，作者是作品的父亲，显然作品的意义也应是作家赋予的。持这种观点的人理所当然地认为文学作品的意义必须从作者那里得到解释，认为理解一部文学作品的意义就是理解作者的意图，试图以作者的意图来重建文学作品的意义。这种观点认为，翻译就是重新表达或重构作者的意图或思想。因此，忠实地复制作者的原意理所当然地成了译者们殚精竭虑所追求的目标。为了忠实原作和重建作者原意，传统的翻译研究一直把"案本求信"、"神似"、"化境"、"信达雅"等翻译标准视为金科玉律，流传至今。为此，译者要尽可能排除理解过程中带来的一切主观性因素。克服与原作者的心理距离，从而忠实地复制作者的原意，译者应该透明得像玻璃，看不出翻译的痕迹。译者是"隐形人"。

一、作者本意的寻求

敬告读者

任何人若企图从本书的叙述中探寻写作动机，就将对之提起公诉；任何人若企图从中探寻道德寓意。就将对之实施放逐。

——马克·吐温(1885)①

在对《哈克贝利·费恩历险记》中的方言进行解释前，马克·吐温刻意地附上了上述俏皮的注脚。也许这位美国著名幽默作家想提醒读者不要对号入座，随便断章取义，也许他根本想禁止读者对其作品进行任何解读。

在翻译时，译者面对的是原文文本，但他们孜孜以求的是原文所包含的"意思"。他们认为现实生活是文学创作的源泉，文学作品是作者心灵的产物，那么作品所写的就是作者所处的时代生活的缩影，作品的意义等于作者的原意。换句话说，就是读解作品必须先联系作者的生平、创作背景及作者对自己作品的论述，再通过文辞来推求理解作者的思想、感情、动机等，若不这样阅读就会产生"曲解"、"误解"。他们否定文学文本中语言的含蓄性、形象的多义性、主题的多解性，同时否定读者在阅读过程中的主体性和阅读结果的创造

① 黄承元：作者意图理论再探，载《甘肃社会科学》2008 年第 5 期，第 128 页。

性。事实上，当我们追究作者的原意时，我们就进入了对意旨的猜测状态，从而不可避免地面临这样那样的困难，即我们怎么才能准确无误地确认作者实际而复杂的意旨，然后在此基础上，把它等同于文本的真正意义。就算译者自认为准确无误地表达了作者的意旨，然而，译者对原文作者"本意"求索的结果正确与否，通常是无法得到原文作者的亲自鉴定或认可的，像法译本《浮士德》竟能得到原作者歌德本人的赞叹，并被认为"比德文本原文还要好"，这可说是古今中外翻译史上绝无仅有的佳事。因此对作者本意的寻求也就是徒劳的。

首先，译者的意识绝非被动的真空状态，而是既具个性又有一定的前理解历史的特殊内在结构，对作者原意的理解是不可能达到完全同一的水平的，也就是说，"还原"文本的原意几乎是不可能的。因为谁也不可能声称自己绝对拥有了作者的全部真实意旨，从而使文本意义的接受宣告终结。其次，作者意欲表达的意思和已经成文的文义之间也不可能没有距离。作者复杂的、有时是不自觉的意旨能够完全体现在文本中的说法，只是一种理想化的设定而已。再次，作品内容与当时社会、作者原意以及作品意义也并非一一对应。如鲁迅应学生孙伏园之约为其编的《新晨报·副刊》"开心话"栏目所作的《阿Q正传》，作者并未明言其主旨是要讽刺什么、匡正什么、揭露什么、鞭挞什么，但因其内涵丰富，"小说出版后，首先收到的是一个批评家的谴责；后来有以为病的，也有以为滑稽的，也有以为讽刺的；或者还以为冷嘲，至于使我自己也要疑心自己的心理藏着可怕的冰块，然而我又想，看人生是因作者而不同，看作品又因读者而不同"①。鲁迅实际上在此处否定了以寻求作者原意为读解作品归宿的阅读方法。

其次，作者在写作过程中不一定能够实现他的意图。作者的写作不是一个瞬间动作，而是一个过程，在写作时由于表达的需要，作者会不自觉地调整他的思路，这种思路的调整可能是作者并没有自觉意识到。而且，作者总是有一定经验、有一定生活阅历的作者。作者写作时需要用语言来表达，但是由于作者的经验、阅历、驾驭语言以及表达能力的差异，作者并不能完全把自己的意图付诸实现，我们所说的"词不达意"、"言不尽意"就说明了这种情况。

再次，理解是以历史性的方式存在的，无论是理解者——人，还是理解的对象——文本，都是历史地存在的，也就是说，都处于历史的发展演变之中的。这种历史性就使得对象文本和主体都具有各自的历史演变中的"视界"(horizon)，因此，理解就是文本所拥有的诸过去视界与主体的现在视界的融合。鉴

① 鲁迅：《鲁迅杂文全集》，河南人民出版社1994年版，第928页。

于理解的历史性，文本作者的本意是不存在的，它在历史长河中已演变成了一系列他者，因而，理解根本无法去复制文本作者的原意。文本的意义本来就是多元的、开放的，力主诠释要追寻作者的原意，把寻找那个唯一正确的解释视为诠释的最终目标，往往会造成诠释的不正确。

造成诠释的不正确的原因在于它违背了诠释的对话精神。其一，它忽视了文本语符和诠释者的存在。文本语符和诠释者都是诠释活动的参与者，正是它们与作者的对话才形成了意义。而追寻作者原意的主张只强调了作者的存在，把诠释看成了作者一个人的独角戏，诠释者的地位变得相当于一台复印机，他的作用只是去复现作者的原意。其二，正是由于诠释是一种对话，文本的意义才是向着未来和所有读者开放的，可追寻作者原意的主张却只认可一个作者原意，诠释就变得像一个点，一个靶心那样的点，这个点就是作者原意，诠释变得不再是一个在时空中绵延着的开放的世界。这如同无视意义像大海一样辽阔，只取了一滴海水就以为整个大海尽在其中一样可笑。

二、作者中心论在翻译实践中的体现

我国早期翻译家周桂笙在翻译法国作家鲍福的小说《毒蛇圈》时，竟凭空加入了一大段描写女主人公思念父亲的话，因为在他看来，既然此前小说中描写了父亲对女主人公的慈爱之情，此时就非得（依照中国人的观念）插入一段反映女儿对父亲的孝顺之情的话不可。出版者吴趼人甚至在篇末公然宣称："后半回（女主人公）妙儿思念瑞福一段文字，为原著所无。窃以为上文写瑞福处处牵念女儿，如此之殷且挚，此处若不略写妙儿之思念父亲，则以慈孝两字相衡，未免似有缺点。且近时专主破坏秩序，讲家庭革命者，日见其众，此等伦常蟊贼，不可以不有以纠正之。特商于译者（即周桂笙——引者），插入此段。虽然，原著虽缺此点，而在妙儿当夜，吾知其断不缺此思想也。故虽杜撰，亦非蛇足。"①

第二节　文本中心论

文本中心论反对作者中心论，认为作品的意义与作者无关，作品的意义在于其本身的语言、结构、技巧等。阅读只需从作品本身寻找其意义即可，应专注字的读音、词的要素、语法结构、修辞方法及其他表现手法的精细分析。和

① 周桂笙译：《毒蛇圈》，岳麓书社 1991 年版，第 87—88 页。

“作者中心论”不同,“文本中心论”确信文学的意义就在文本本身,文学的意义只应该在文本中寻找,不应到作者、现实或读者身上寻找。为此,“文本中心论”高扬文学本体的独立性,认为文本是一个完整的语言构造,是绝对的、无条件存在着的独立实体,文本的价值就存在于自身之中,存在于它的审美特性中。

一、作者之死

法国解构主义理论的代表人物之一罗兰·巴特(Roland Barthes)在阐释读者与文本的关系、在分析文本的意义时,明确宣称“作者死了!”因为在他看来,一部作品的文本(text)一旦完成,文本中的语言符号就开始起作用,读者通过对文本语言符号的解读,解释、探究并阐明文本的意义。至于作者,此时他已经没有发言权了,或者说,即使他也会对自己的作品作出一些解释,但读者完全可以以文本为由而不予考虑。

文本中心论虽然从文本出发,从文本的言说出发,却并没有以一个对话参与者的身份真心诚意地去听取文本的言说,而是以错误的语言观扭曲了文本的言说,走到了文本的界限之外,作出了脱离文本的阐释。它违背了阐释的对话精神,把文本的语言符号视为阐释的主心骨,而不是与作者、阐释者平等的对话参与者。

神秘主义是此种观点的持有者,艾柯在《诠释与过度诠释》中对神秘主义的观点是这么总结的:

> 为了能从文本中“打捞”出什么东西——也就是说,从认为意义是一种幻想转化为意识到意义是无限的——读者必须具有这种怀疑精神;本文的一字一句都隐藏着另一个秘密的意义;是词而不是句子隐藏着那未曾说出的东西;读者的光荣使命在于发现,本文可以表达任何东西,但它就是不能表达作者想要表达的东西;只要有人声称发现了本文预设的意义,我们就敢肯定说,这并不是真正的意义;真正的意义是更深一层更深一层更深一层的意义;那些为物质所束缚和奴役的生活的失败者正是那些停下来说“我懂了”的人。①

神秘主义者试图从文本的语言中寻找真理、寻找意义。他们坚信文本中

① 艾柯:《诠释与过度诠释》,生活·读书·新知三联书店 1997 年版,第 52—53 页。

潜隐着某种我们不知道的神秘的真理。在他们看来，文本中的每一个字、每一个词都是暗示和隐喻，是未知的神的言说。神是以一种隐秘难解的方式在言说，神意不在文本的表面，必须深入到文本的语言表层之下去寻找神秘信息。于是，意义不仅是无限的东西，而且成了失去根基的无休无止漂浮着的东西。每一个语符都隐含着神的秘密，隐含着等待开启的真理，文本的意义也便成了神秘的东西了。神秘主义符指论者对于那些偶然性的巧合极为重视，下力去寻找其中的隐秘。他们诠释的一个特点是充分利用相似性，从一点相似推及其余的相似，比如从两个物体形状的相似而推论到功能的相似：由于兰花的根状如睾丸，兰花便有了生殖器官的神秘特征，有了好淫的特性。他们的思维运用了一种"传递原则"：兰花的根与睾丸形状相似，睾丸与精子有关，所以兰花与精子有关。事实上，我们总可以使两个本来没有什么联系的事物发生联系，而神秘主义符指论者就充分利用了这一点，突破了语言的意义约束、使用规范和习惯，将意义延伸到了文本语言的界限之外，造成了过度阐释。

二、文本中心论在翻译实践中的体现

《西游记》英译者把书中一个人物"赤脚大仙"误译为 red-legged immortal（红腿的不朽之神）——他显然以英语的理解方式把汉语里的"赤"仅理解为"红"（如《水浒》里的"赤发鬼"，英译为 red-headed devil），却不知道"赤"在汉语里还有"光、裸"的意思。再看下例：

A slumber did my spirit seal;
I had no human fears:
She seemed a thing that could not feel
the touch of earthly years
No motion has she now, no force;
She neither hears nor sees;
Rolled round in earth's diurnal course,
With rocks, and stones, and trees.
我没有丝毫人世间的恐惧：
她已与万物同化
再也无法感受尘世的沧桑。
她一动不动，声息全无；
她已闭目塞听，

跟着大地在昼夜运行

连同那些岩石、石块和树林。

解构学派代表人物哈里曼在解释 William Wordsworth 的《昏睡蒙蔽了我的心》一诗时，发现了一系列“丧葬”的主题。他把 diurnal(白昼)一词分解成 die(死)和 urn(瓮，特指骨灰缸)；把 course(行程)联系起与它语音相近的 corpse(尸体)；而且异想天开地认为诗人用 grave(坟墓)替换了地球引力的意象(gravitation)，事实上，诗中没有出现 gravitation 一词。哈里曼的解释便有些神秘主义的特征，语音、拼写形式的相似都可以将意义延伸出去，还弄出一个不存在的 gravitation 并推及 grave(坟墓)，这种诠释便过于大胆了。

福克纳在《八月之光》(*Light of August*)的序言中提及了早期批评家对于这个标题的解读。他们认为“light”一词应作“轻”解，每年八月母牛产子体重变轻，这里的标题指向怀有身孕的女主人公莉娜。对于这种观点福克纳本人哭笑不得，他怎么会使用这种贬低自己心爱主人公的乡村俚语作为标题呢。实际上据作者本人在演讲中所述，“八月之光”是“密西西比州八月中旬会有几天出现秋天即至的迹象：天气凉爽，天空里弥漫着柔和透明的光线。仿佛它不是来自当天而是从古老的往昔降临，甚至可能从希腊、从奥林匹克山某处出来的农牧神、森林神和其他神祇”。“八月之光”是人类将赖以永垂不朽亘古延绵的昔日荣耀。这个误读的出现便是译者过于强调抽象字符的联系(light 的多义)而忽略了作者语境(密西西比的独特气候)所致。

例 1 “I suppose I have,” faltered Tess, looking uncomfortable again.

“Well—there is no harm in it. Where do you live? What are you?”

“Who?”

“Why this mare, I fancy she looked round at me in a very grim way just then—don’t you notice it?”

“Don’t try to frighten me sir,” said Tess stiffly.

“Well, I don’t. If any living man can manage this horse I can—I won’t say any living man can do it—but if such has the power, I am he.” (Chapter 8)

译文：“我想是的，”苔丝支吾地说，神色又显得局促不安了。

“谁的脾性？”

“这匹马呀。如果说世界上只有一个活人能有力量驾驭这匹马，那么这个人就是我。”

例 1 是由吴笛翻译、浙江文艺出版社出版的《苔丝》。令人难以置信的是，这段对话中，译者居然漏译了好几行！

“作者之死”并不意味着“作者—文本—读者”这个“作者”单极世界转变成可随意肢解文本的“读者”单极世界。如果这样，只是从一个极端转变为另一个极端。那种转变并不能产生一种健康的新的“阅读世界”，而只是彻底地破坏乃至摧毁阅读世界，使人类最终失去一个阅读世界而已。“作者之死”只是作者对文本与读者的控制地位的丧失，应该在解放读者的同时也解放文本，文本与读者一样都获得全新的独立地位，文本的独立性得以彻底彰显。“作者之死”为文本的独立提供了条件，促成了文本的存在。

第三节　译者中心论

文本中心论虽然没有把握好诠释的“度”，毕竟还是立足于文本的，有的诠释则根本漠视文本的存在，掩上了听取文本言说的耳朵，成了对话中的“聋子”，只管自说自道，这是诠释的又一个误区。罗兰·巴特“作者之死”的提出使作者的中心权威地位被取代，读者获得了自由，从而对文本世界进行解构、再创造。我们在第四章论述过译者的主体性，主体具有主导性，但这并不是说译者可以无视原作者，凌驾于文本之上。

一、译者“操纵”说

安德烈·勒菲弗尔(Andre Lefevere，2004)认为译者在处理源文本以及生成目标文本的过程中，为了达到一定的目的而有权也一定会取已所需对文本进行改写。在他看来哪怕最忠实的翻译也是一种形式的改写，“编译”、“摘译”、“拟译”、“述译”、“缩译”、“综译”等，都是合适翻译。西奥·赫曼斯(Theo Hemans)从翻译目的论的立场出发，指出任何类型的翻译都会为了达到某种目的而对源文本进行一定程度的“操纵”。苏姗·巴斯奈特坚持“翻译就是改写”，“翻译就是操纵”，而“‘翻译’、‘原作’、‘译作’、‘忠实’、‘对等’之类都是子虚乌有”。

近代译论始于清末直到20世纪中期，这期间一共有四段译论影响至深：第一段出自马建忠的《拟设翻译书院议》；第二段出自严复的《天演论·译例言》；第三段出自傅雷致罗新璋书《论神似与形似》；第四段出自钱锺书的《林纾的翻译》①。这四段论述谈的基本上是译者的运作问题，可以归纳为译者对原

① 刘超先：中国翻译理论的发展历程，载《人文学刊》1998年第5期，第48—65页。

作的悟、入、化，以及这种运作应该达到什么样的审美标准，即善、信、达、雅、神似、形似、化境等。从主体出发开启翻译运作的认识途径，符合中国古代哲学从主体出发开启"道"的内涵，及践仁、践义、践礼、践智的传统。在上述四段论述中，除了马建忠在谈到"心悟神解"以前提到要首先分析原文文本以外，其他三段论述都沿袭传统，只谈译者的运作，可以归纳为"信、达、雅"及"悟、入、化"等。这些对后世、对社会、对译坛影响深远的论述，所起的作用无异于是一份接一份主体具有至高无上的凌驾性的宣言。

二、译者中心论在翻译实践中的体现

我国的译坛先驱以自己的实践图解了译者的凌驾性，明显表现出无视文本的"译者操纵"。下面是严复翻译 Herbert Spencer 著的 *Study of Sociology*（严复译为《群学肄言》）中的一段。Spencer 的原文是这样的：

（文中斜体部分均未译出或未贴切译出）

When standing by a lake-side in the moonlight, you see stretching over the rippled surface towards the moon, a bar of light which, as shown by *its nearer part*, consists of flashes *from the sides of* separate wavelets. You walk, and the bar of light seems to go with you. There are, even among the educated classes, *many who* suppose that this bar of light has an *objective* existence, and who believe that it really moves as the observer moves—*occasionally, indeed as I can testify*, expressing surprise at the fact. But, apart from the observer there exists no such bar of light; nor when the observer moves is there *any movement of this line* of glittering wavelets. *All over the dark part of* the surface the undulations are just as bright with moonlight as those he sees; but the light reflected from them *does not reach his eyes*. Thus, though there seems to be a *lighting of some wavelets* and not of the rest, and though, as the observer moves, other wavelets seem to become lighted that were not lighted before, yet both these are utterly false seemings. The simple fact is, that *his position in relation to certain wavelets* brings into view their reflections of the moon's light, while it keeps out of view the like reflections from all other wavelets.

下面是严复的译文，文藻优美，可读性之佳，使清末的士大夫阶层为之愕然(文中括号部分为译者自行添加的，无原文依据)：

> (望舒东睇，一碧无烟，独)立湖塘，(延赏)水月，见自彼月之下，至于目前，一道光芒，滉漾闪烁，(谛而察之)，皆细浪沦漪，(受月光映发而为此也。)(徘徊数武)，是光(景)者乃若随人。颇有明理士夫，谓是光(景)为实有物，故能相随，且亦有时以此(自)讶。(不悟是光景者)，从人而有，使无见者，则亦无光，更无光(景)，与人相逐。盖全湖水面，受月映发，一切平等，(特人目与水对待不同，明暗遂别。不得以所未见，即指为无)。是故虽所见者为一道光芒，他所不尔。又人目易位，前之暗者，乃今更明。然此种种，无非(妄见)。以言其实，则由人目与月作二线入水，(成等角者，皆当见光。其不等者)，则全成暗。(惟人之察群事也亦然，往往以见所及者为有，以所不及者为无。执见否以定有无，则其思之所不赅者众矣)。

我们可以从译文看到译者极为强烈的主体意识：原文文本在译者眼中似乎已不复存在。译文中很多意义(表现为文辞)在原文文本中根本没有，是译文加诸于原文的(已用括号标出)，假译者之名传己见之实。严复的这种主体中心论译作在历史上起过积极的政治作用，他的许多译作在推动社会政治改革的启蒙效果上功不可没。但他的主体中心论翻译实践与他倡导的"信、达"主旨相悖，只能说明他提倡的"信、达"是以主体的凌驾性为前提，而不是以原文文本的意义为依据。

实际上，译者中心论导致译者主体对原文文本的凌驾，主体凭借自己的"文辞"，形成自己的"逻各斯"中心，以体现自己的意向、达到自己预设的效果。

法国小说《红与黑》汉译中的一个段落是这方面的一个典型例子。这一段描写主人公于连在市长家当家庭教师，有一次在听到当地的贫民收容所所长瓦尔诺先生在市长面前夸夸其谈时，对虚伪的瓦尔诺产生的极其厌恶的感情。这段话翻译家罗玉君在 20 世纪 50 年代翻译如下：

> 他忍不住私自咒骂道："正直诚实的颂赞！人人都说这是世界上唯一的美德，然而这是怎样的一种现实呀！自从他照管穷人的救济事业以后，他私人的产业，顿时增加了三倍之多，这是怎样公开的贪污，这是怎样卑鄙的荣耀啊：我敢打赌，他赚钱甚至赚到最悲惨的孤

儿弃婴身上去了。对于这些可怜的无父母的小孩来说,他们的痛苦和牺牲,比旁的穷人还要更多!啊,社会的蠹贼啊!杀人不眨眼的刽子手啊!……"

当研究者把这段话与原文对照之后,发觉在原文中很难找到诸如"社会的蠹贼"、"杀人不眨眼的刽子手"之类具有强烈批评色彩的字眼,原来这是"译者凭着自己的主观性,从自己的立场、观点出发,给这些并不蕴含着如此深刻的思想内涵的字眼添加了不必要的、中国人特别敏感的主观成分"[①]。然而,经历过中国内地20世纪五六十年代那种特殊的政治气候的人都知道,虽然上述对原文的理解与译者"自己的主观性"有关,但另一方面,这种理解还与当时特定的政治气候也有密切的关系。

著名的美国翻译家沙博理 Sidney Shapiro,在翻译许地山的短篇小说《春桃》时的策略是值得研究的。主人公春桃去洋人家做工。"她见主人老是吃牛肉,在馒头上涂牛油,喝茶还要加牛奶,来去鼓着一阵膻味,闻不惯。有一天,主人叫她带孩子到三贝子花园去,她理会主人家底气味有点像从虎狼栏里发出来的,心里越发难过,不到两个月,便辞了工到平常人家去,乡下人不惯当差,又挨不得骂,上工不久,又不干了。"此部分的译文为:"But country people don't make good servants; they can't get used to being scolded. In less than two months, Chuntao quit."沙博理将牛肉牛油牛奶味的部分果断删去,认为这是照顾译语读者的感情。译者凭自己的主观性断定中国人不习惯这种饮食,不想冒犯译文读者,才作出了大胆的省译。

这种做法完全漠视文本的存在,只顾说自己的,把阐释变成了与文本没什么关系的独白。对这种情况,托多洛夫打了一个很形象的比喻,他称之为野餐会:作者带去语词,而由读者带去意义。《韩非子》中讲了一个有趣的故事:有个人的斧丢了,他怀疑是邻人偷去的,于是在他眼里看来,觉得邻人的一举一动无不显示了他就是那个偷斧的人。后来,那人的斧找到了,与邻人并无关系,他回想起邻人的一举一动,又觉得没有哪一点像是偷斧人之为。其实,这人眼里根本就没有分析邻人的一举一动,只是固执地抱定着自己的先入之见罢了。有的译者便如这个丢了斧的人,没有见到文本之前,便早早认定文本是个什么意思,把自己的前见带入文本,根本不听文本的演言说。

① 许钧:《文学翻译批评研究》,译林出版社1992年版,第95—96页。

第四节 读者中心论

根据接受理论，作者在创作的过程中有他心目中的读者，即隐含的读者(implied readership)。作者总是按照他所感受到的某个读者群在阅读文学作品中所形成的接受模式，努力去满足他们的期待视野(the horizon of expectation)。也就是说，作者在为某种理想的读者而创作。这种理想的读者因为文化教养、社会经验、世界观、审美观念等基本相同而具有相同的文学情趣和期待视野。在创作者那里，理想的读者是能够与他同呼吸共命运的知音，而不是现实生活中阅读着各种各样文学作品的个人和群体。所谓不同的读者有不同的感受，指的是现实读者的感受，不是作者所期待的心目中的读者的感受。同样，译者也是在为心目中的读者而译，而不是现实生活中实际阅读译文的读者，不能因为实际的读者层次不同，而对译文作出相应的调整，不能因为某些读者读不懂《红楼梦》或*Ulysses*，而将译文简化，简化的译文必然有损于作品的艺术性，从而有损于读者的审美活动。

一、读者反应论

翻译归根结底是为读者服务的，因而翻译应以译文读者为中心。也就是说评判一篇译文的好坏，必须看读者对译文的反应如何，判定译文的效用不宜拘泥于相应的词汇意义、语法类别和修辞手段的对比，重要的是要考察接受者正确理解和欣赏译语文本的程度。奈达就曾指出，让读者看了译文就能一目了然，就是说，译文的行文很自然，读者无需原文语言的文化背景知识就能看懂。[①] 当译者遇到原文表达晦暗的词语时，往往有一种细加解释的倾向，唯恐读者难以领悟。在语际交流中，文化差异无处不在，虽然一些可能通过译者的努力而谈化，但"无需原文语言的文化背景知识就能看懂"，恐怕很难实现。当然，奈达宗旨是普及《圣经》译本，但如果真的使译本中无一原语文化标记，恐怕也称不上是一部好的译品，读者恐怕也会纳闷，这究竟是不是译作。例如吴研人在翻译《电术奇谈》时，原有人名地名"经译者一律改过，凡人名皆改为中国习见之人名字眼，地名皆用中国地名"[②]，这样一来，出现在读者面前的只能是一个穿着中国衣服的外国人的不伦不类的形象。所有这一切，皆源于对读

① 奈达：《外国翻译理论评介文集》，中国对外翻译出版公司1983年版，第52页。

② 王宏志：《翻译与创作》，北京大学出版社2000年版，第49页。

者认识新事物能力的低估，总是担心读者“看不懂”。

二、读者中心论在翻译实践中的体现

晚清翻译家在翻译实践中，大量采用删改、添油加醋的方法，翻译策略经常极度归化，对原文内文化因素的处理要按中国文化的观念和意象，有时简直成了对原文的拟作。究其原因，是译者为了观照读者的理解和鉴赏，归根结底是译者关注主体文化的意识形态，不知不觉地受其操纵。如 20 世纪初苏曼珠与陈独秀用章回小说的笔法翻译的《惨世界》(即雨果的《悲惨世界》)，每节多以“却说”、“话说”开头，以“欲知后事如何，且听下回分解”结尾。如此翻译自然是为了迎合读者的审美期待，以免自己的译作因引进了有违目标文化图式而引起译文接受者的审美抵触。在当时文化处于比较封闭时期，译者的这种努力避免有违原作审美期待的负面审美反应表现得尤为明显。

三、40 年代以张谷若、傅东华为代表的翻译家强调译文应传达原文的“神韵”，看重译文的通晓流畅

张谷若在翻译哈代的《还乡》和《德伯家的苔丝》过程中，大量使用汉语的习语，特别是“四字”成语，因而他的译文带有较浓厚的“中国味”。同样，傅东华先生于 1940 年出版的国内第一部《飘》的汉译本大量地使用了归化手法进行翻译，把书中众多人名、地名“中国化”，同时对一些描写性文字进行增删，以迎合中国读者的口味，这种译法被批评为过度归化，傅老的翻译方法与当时的翻译背景分不开。中国在 1919 年五四运动后才开始提倡用白话文进行写作，傅老译此书的时候，推广白话文也刚刚 20 年，他的译本是给当时的读者看的。他在《飘》译序中解释道：“关于这书的译法，我得向读者诸君请求一点自由权。因为译这样的书，与译 classics 究竟两样，如果一定要字斟句酌地译，恐怕读起来反要沉闷。即如人名地名，我现在都把它们中国化了，无非要读者省一点气力。对话方面也力求译得像中国话，有许多幽默的、尖刻的、下流的成语，都用我们自己的成语代替进去，以期阅读时可获得如闻其声的效果……”“一些冗长的描写和心理分析，觉得它跟情节发展没有多大关系，而且要使读者厌倦的，那我就老实不客气地将它整段删节了。”“总之，我的目的是在求忠实于全书的趣味精神，不在忠实于一枝一节。倘若批评家们要替我吹毛求疵，说我某

字某句译错了,那我预先在这里心领谨谢。"[1]

下面以实例说明。

例 2　I continue the labors of the village school as actively and faithfully as I could. It was truly hard work at first. Some time clasped before, with all my efforts, I could comprehend my scholars and their nature. Wholly untaught, with faculties quite torpid, they seemed to me hopelessly dull; and at first sight, all dull alike: but I soon found I was mistaken. There was a difference among them as amongst the educated; and when I got to know them, and they got to know me, this difference rapidly developed itself. Their amazement at me, my language, my rules and ways, once subsided, I found some of these heavy-looking, gaping rustics wake up into sharp-witted girls enough. (Volume III, Chapter VI, *Jane Eyre*)

译文:我尽力忠实积极地继续乡村学校的工作。一上来确是艰辛的工作呵。我费劲全力,过了些时才了解我的学生和她们的天性。她们全没有受过教育,心智十分麻木不仁,在我看来,是笨得没有希望了;上来一看,全是同样笨;但是不久我就发现我错了。她们之间有一种区别,就如同在受教育的人之间一样;在我渐渐了解了她们,她们了解了我的时候,这种区别就迅速明显出来了。她们对于我、我的言语、规律和习惯已不大感惊异,我发觉这些张着嘴的笨乡下人中,有几个倒觉悟过来,成为十分伶俐的人了。(李霁野译)

例 2 选取的是《简・爱》中的一段文字的中译。通过与原文的对比可以发现李译文中包含较多意识形态含义较浓厚的革命性词语,如:"心智十分麻木不仁","觉悟",给中国读者这样的印象:原小说主人公简・爱是一个有着高度觉悟感的革命者,她认为自己有责任帮助并解救那些被剥夺了受教育权利和尊严的可怜的乡下女孩。李霁野在译文中有意篡改了原作者的意思,进行归化处理,与当时的社会文化环境有着密切联系。当时许多作家和翻译家都用笔作为革命的武器,唤醒中国民众的灵魂,与旧的社会制度进行不屈不挠的斗争。

例 3　If I go into a cheesemonger's shop, and buy five thousand double-Gloucester cheeses at four pence—half penny each, present payment. (*David Copperfield*)

---

① 傅东华:《飘》译序,罗新璋著,载《翻译研究论文集》,外语教学与研究出版社 1984 年版,第 144 页。

译文：吾一日至饼师家，买五千罐饼，每罐四便士有半，我予以钱。(林纾译)

把“奶酪”(cheese)译成“饼”，说是林纾的“明知故犯”，应该不为过，他的英语合作者魏易不可能连 cheese 是“奶酪”还是“饼”都分不清。而林纾在此一“讹”的理由也十分明显。他显然是担心中国读者不懂什么是“奶酪”，反正原文只是一道算术题改变里面的一个单位名称不会影响小说的主题推进，故用归化的方式将原文的文化特色置换为中国特色。至于读者以为这是“烧饼”、“油饼”、“麻饼”，还是“大饼”那无所谓。事实上，这种译法反而会消除其读者在文化层面上的审美享受。

诚然，对一个文本的诠释不是唯一的，我们可以对一个文本作出无数的诠释，但诠释绝不是任意的，它要受文本的语言、语境的约束，我们必须听取文本的言说，文本就站在诠释者面前，它负载着意义实现的可能性，对文本的诠释不能越出它的意义可能性的界限。从主体间性角度来看，翻译研究中出现的作者中心论、文本中心论、读者中心论和译者中心论都是以一种中心论取代另一种中心论，都是自我中心主义的表现，即单独主体性、个体主体性，忽略了主体的社会性。它不包含主体间性，是片面的、失衡的、未充分发展的主体性。

本章参考文献

[1]艾柯等.诠释与过度诠释.柯里尼编.王宇根译.北京：生活·读书·新知三联书店，1997.

[2]福克纳.八月之光.蓝仁哲译.上海：上海译文出版社，2004.

[3]傅东华.《飘》译序.载：罗新璋翻译研究论文集.上海：外语教学与研究出版社，1984.

[4]赫施.解释的有效性.北京：生活·读书·新知三联书店，1988.

[5]黄承元.作者意图理论再探.甘肃社会科学，2008(5).

[6]伽达默尔.真理与方法.上海：上海译文出版社，1999.

[7]蒋成藕.读解学引论.上海：上海文艺出版社，1998.

[8]金元浦.范式与阐释.桂林：广西师范大学出版社，2003.

[9]李明.阐释的三个误区.五邑大学学报(社会科学版)，2002(1).

[10]林以亮.翻译的理论与实践.载：罗新璋翻译研究论文集.北京：外语教学与研究出版社，1984.

[11]刘超先.中国翻译理论的发展历程.人文学刊，1998(5).

[12]鲁迅.鲁迅杂文全集.郑州：河南人民出版社，1994.

[13]奈达.外国翻译理论评介文集.北京：中国对外翻译出版公司，1983.

[14]裘姬新.论译者的文化取向及其翻译策略.语言与翻译,2004(3).
[15]瑞恰兹.论述的目的和语境的种类.载“新批评”文集.北京:中国社会科学出版社,1988.
[16]斯宾塞.群学肄言.严复译.北京:商务印书馆,1981.
[17]司汤达.红与黑.罗玉君译.上海:上海译文出版社,1968.
[18]司汤达.红与黑.郝运译.上海:上海译文出版社,1989.
[19]宋柏年.中国古典文学在国外.北京:北京语言学院出版社,1994.
[20]王东风.再谈意义与翻译.中国外语,2005(1).
[21]王宏志.翻译与创作.北京:北京大学出版社,2000.
[22]许地山.春桃.载中国现代名家短篇小说选.北京:外文出版社,2003.
[23]许钧.文学翻译批评研究.南京:译林出版社,1992.
[24]叶维廉.中国诗学.北京:生活·读书·新知三联书店,1992.
[25]叶圣陶.叶圣陶语文教育论集(上册).北京:教育科学出版社,1980.
[26]张弘.中国文学与英国.广州:花城出版社,1992.
[27]周桂笙译.毒蛇圈.岳麓书社,1991.
[28]Andre, Lefevere. Translation, Rewriting and the Manipulation of Literary Fame. Shanghai: Shanghai Foreign Language Education Press, 2004.
[29] Eugene, Nida. Language, Cultureand Translating. Shanghai:Shanghai Foreign Language Education Press, 1993.
[30]Peter, Newmark. Approaches to Translation. Shanghai: Shanghai Foreign Language Education Press, 2001.
[31]Venuti, Lawrence. The Translator's Invisibility: A History of Translation. London:Routledge, 1995.

第七章 名著复译

——主体间对话的多元性

大凡名家作品都有被重译的现象，少则两三个译本，多则上10个译本，《红与黑》有20多种译本，而《哈克贝利·费恩历险记》至少有60多种复译本出现。据统计，《哈克贝利·费恩历险记》的65种复译本共有56位译者，第一译者46人，其余为合译者。在65种复译本中，有39种为全译本，其他都是简写本、缩写本、改写本、英汉对照读物、连环画、评注本或注释本。在39种全译本中，如果只算译者，不计出版社与丛书名，则仅有22个全译本，其中6个版本为合译本。版本最多的译者是张万里，分别有上海译文、上海文艺、文艺联合和新文艺4个出版社出版的7个版本；张友松、张振先合译本分别有中国青年、人民文学、江西人民、百花洲文艺4个出版社出版的4个版本；成时译本有人民文学出版社出版的3个版本；许汝祉译本有译林出版社出版的4个版本。版本多样化有几种情况：同一译者的同一本书出版社不同，同一出版社出版同一译者译本但书名不同，同一译本由同一出版社或不同出版社出版而冠有不同的丛书名。共有43个出版社出版此书，译者人数之广，译本品种之全，复译书名之多，达到了空前的地步。

复译是翻译实践过程中的一种现象。复译对于促进翻译事业的发展和提高翻译水平是不可缺少的。复译历来存在，西文译成中文和中文译成西文都存在复译现象。我国四大古典名著《红楼梦》、《水浒传》、《西游记》、《三国演义》以及现代作家鲁迅、巴金等的许多作品，在西方英、美、法等国，就都有多种不同译本，而西方的许多经典名著在中国也有多种译本。从翻译实践的总趋势来讲，复译是在所难免的。随着社会的发展和语言的演变，到了一定的年代，作为人类共同文化遗产的世界名著，原有的译本已经不适于读者阅读，必须有新的译本取而代之。现代人一般很难阅读严复的译作《法意》和林纾的译作《巴黎茶花女遗事》;鲁迅所译的《死魂灵》,读起来恐怕也很不习惯了。而今天我们认为最优秀的译作,过若干年之后,也会变得不适合读者需要,又要有新的译家来重新翻译,所以一劳永逸的译本是不存在的。鲁迅在《非有复译不可》一文中提出:"复译不止是击退乱译而已,即使已有好译本,复译也还是必要的。曾有文言译本的,现在当改译白话,不必说了。即使先出的白话译本已很可观,但倘使后来的译者自己觉得可以译得更好,就不妨再来译一遍"。"但因言语跟着时代的变化,将来还可以有新的复译本的"①。

第一节　何谓复译

一、复译的定义

复译在英语中称为 retranslation,可指三种形式的翻译:

一是回译 back translation,指将甲种语译入乙种语,以后又再作为素材引用从乙种语译回到甲种语,或从第三第四语种译回到原始语种。如王宏印教授在"《红楼梦》回目辞趣两种译本的比较研究"一文中,希望通过回译,比较《红楼梦》的两个译本(译者分别为杨宪益和 David Hawks)的翻译风格和审美趣味,并由此探讨翻译限度问题。他在文中举了如下一例子:

贾二舍偷娶尤二姨　尤三姐思嫁柳二郎(第六十五回回目)

这里的"贾二舍"指的是贾琏,"尤二姨"指的是尤二姐,"柳二郎"指的是柳湘莲,只有"尤三姐"是尤三姐。霍译采用还原法只译贾琏和尤三姐,略去尤二姐和柳湘莲,变为用婚姻(marriage)的重复来对照述说本回内容:

霍译:Jia Lian's second marriage is celebrated in secret;

And the future marriage of Sanjie becomes a matter of speculation.

(回译:贾琏的二次婚姻在秘密进行　三姐的婚事正提上议事日程)

杨译则完全绕开对于具体人物称谓的提及,他运用形象化加概念化的手法重新构思回目,在叙事中对人物有所评论:

杨译:A hen-pecked young profligate takes a concubine in secret.

A wanton girl mends her ways and picks herself a husband.

(回译:怕老婆的浪荡子斗胆偷纳妾　惯放肆的野闺女心中自有夫)

① 鲁迅:非有复译不可,载《鲁迅全集》(五)、(六),人民文学出版社 1998 年版,第160页。

两者的共同点是:在避开认为不可译的排行称谓时采用还原法或抽象法抓其特点,撮要叙事,兼具形象和评论。就行文的对称和泼辣而言,毋宁说杨译优于霍译。[①]

二是转译(indirect translation),又称为媒介语翻译(intermediate translation)、二手翻译(second-hand translation)、中介翻译(mediated translation)等,即译文不是直接来自最初的原文,而是通过第三种语言的转译作品翻译而来,如英国诗人菲茨杰拉德将波斯诗人莪默·伽亚谟的《鲁拜集》从波斯语翻译成英语后,我国诗人郭沫若、黄克孙又从英语的《鲁拜集》译成汉语的《鲁拜集》,即属重译。转译是一个古老的翻译现象。以贯穿西方翻译史的《圣经》翻译为例,由72位犹太学者,在公元前285—249年间将希伯来语译成希腊文本的《七十子希腊文本》,成了此后古拉丁语、斯拉夫语、阿拉伯语译本的中介译本。公元384年,哲罗姆拉丁版本的《圣经》又被欧洲其他语言的译者视为翻译蓝本。双语人才和双语词典都较为匮乏。从翻译规律角度看,转译会易于直接翻译,因为第一译者通过注释、删节、释义、增词、减词等策略在一定程度上使原文文本经历简化(simplification)和明晰化(explicitation)过程。但这同时也暗藏着转译最致命的问题,作品经过中介语文本到转译本会发生"二度变形",转译本无形中被打上了中介语语言和文化的印记。在这种情况下,转译遵循的原则是转译本在目的语中的接受程度,因为转译者无法做到对源文本的忠实,也无法以源语文本为参照对翻译进行分析与评价。因此译界通常不提倡使用中介语言作为翻译过渡,因为经过两次由不同译者完成的转换(源语文本—中介语文本—目的语文本),译语文本与源语文本偏差率增大。诗歌翻译家丁鲁教授在他的博客中曾举叶赛宁的一首小诗(我离开了家园)做例子来说明转译。第一个译文是"雨巷诗人"戴望舒的:

我离开了家园,
我抛下了青色的俄罗斯。
像三颗火星一般,池上的赤杨
燃烧着我的老母的悲哀。

像一只金蛇似地,

---

① 王宏印:红楼梦回目辞趣两种英译的比较研究,载《外语与外语教学》2002年第1期,第54—55页。

月亮躺在静水上；
像林檎花一般地，
白毛散播在父亲的须上。

我不会那么早地回来，
疾风将长久地歌唱着，响鸣，
唯有一只脚的老枫树，
守着青色的俄罗斯吧！

我知道它里面有快乐
给那些吻树叶的雨的人们，
因为这棵老枫树，
它的头是像我的。

丁鲁的译文：

我已经离别了老家的小房，
抛下了天蓝的俄罗斯故乡。
池上的桦林三星高照，
抚慰着老母的思念和忧伤。

月亮像一只金色的青蛙，
伸脚躺卧在幽静的水洼。
银丝洒遍了父亲的须发，
如同满树苹果的白花。（译者注：苹果花易谢，用以哀叹人生之无常。）
我不会、我不会很快回来啊！
风雪将久久地鸣响、歌唱。
古老的槭树独脚支撑，
为我们天蓝的俄罗斯守望。

我知道，它将使人们快乐，
人们会吻着它叶上的雨珠：

因为这棵古老的槭树
长着像我一样的头颅。

丁鲁认为他依据的是俄文原文。像“苹果”、“青蛙”等的词语，在戴译中并不准确，由此可以看出他(戴望舒)根据的不是原文。这样，译文和源语文本间有偏差。[①] 究其原因是原诗是在20世纪40年代翻译的，这一时期活跃的翻译活动表现出一个显著的特点：翻译者大量通过第三种语言的文本转译外国文学作品。许多现代时期最有影响的作品都是通过转译被中国读者接受的。即便像巴金这样精通数国语言的翻译家也时常会借第三种语言进行翻译。

三是复译本身，在英语中叫做 new translation 或 multiple translations。英文中之所以有两个英语表达形式，是因为复译可以是译者对自己以往旧译的修正润色，这种复译在英语中可叫做 new translation。如翻译家张经浩在1996年对他1984年翻译的名著《爱玛》重新翻译就是一例。也可以是先前已有他人译本，但后来的译者自己觉得可以译得更好，就不妨再来译一遍，这样就有了多种译本的存在，因而英语叫做 multiple translations。这种情况在复译中较为多见，也是本章所要研究的。

此种复译可以分为两类：

(1)共时复译(synchronic translation)，即在同年代对相同的作品进行不同的解读。不同的译者在翻译一部文学作品时，由于各自文化背景的差异，加上个人的文化修养、生活经历、艺术欣赏习惯、审美情趣存在的差异，所以他们所挖掘的原著的潜在意义也必然有着某种差异。例如北京师范大学外语学院院长刘象愚复译的《尤利西斯》，是继金堤、萧乾与文洁若夫妇译本之后的第三个《尤利西斯》译本。由于三个复译本在不到两年的时间内相继完成，1996年萧乾先生在《尤利西斯》第三种译本行将问世之前，特意发表了《读书并无专利同行也非冤家》文，他说“我们再次以渴望的心情企盼第三个《尤利西斯》译本早日问世，并且定虚心拜读。”

(2)历时复译(diachronic translation)，即经过较长的时间后，对已经被前人译过的作品进行复译。例如英国名著《鲁滨逊漂流记》(*Robinson Crusoe*)从林纾1905年译本、徐霞村1934年译本到郭建中1996年译本和1997年译本，其间历时93年，基本涵盖了中国近现代以来翻译活动的历程，是典型的历时复译。

---

① 引自 http://blog. voc. com. cn/blog. php? do2009. 4. 20.

二、复译的争议

复译的产生有其必然性和必要性。首先，复译的出现是不同历史阶段不同的翻译方法不断更替的一种表现。晚清时期，翻译家普遍采用豪杰译的翻译方法，对原作多有增删、改动。五四以后，主张尊重原文的翻译家，使用逐字译和直译的方法重新翻译就成为必然。其次，复译的出现也是现代汉语不断发展、演变和完善的体现。由于现代汉语经历了晚清时期的文白夹杂、五四时期的中外杂糅阶段，直到30年代后才逐渐趋于定型，所以30年代以前的译本普遍显得译文老化，不合现代读者阅读习惯，也就需要复译。这就是30年代前后在我国文学翻译史上形成第一个复译高峰的原因之一。这股潮流对翻译文学的普及具有重要意义，同时也出现一些弊端，如抄译、乱译等不良现象，引起人们对复译的反感、认识上的分歧及学术上的论争。

1. 支持派观点

茅盾认为：我们以为如果真要为读者的"经济"打算，则不但批评劣译是必要的手段，而且主张复译是必要的救济。如果劣译出世，一方加以批评，而一方又能以尚有第二译本行将问世的消息告知读者，这倒真正能够免得读者"浪费"了时间精神和金钱的。

鲁迅对翻译界存在的那种独占选题，在报上登广告，声称"已在开译，请万勿重译为幸"的现象作了尖锐的讽刺，他坚决提倡复译，认为复译除了可以击退乱译，随着语言使用的变迁，有复译本也是必然的。[①]

方平认为不存在"理想的范本"，正因如此，"才能促使艺术的生命永葆青春"。许钧也说"翻译不可能有定本"，他给"定本"下过如下的定义：

> 就我的理解，所谓"定本"，至少含有以下三种意思：首先，一个定本，尤其翻译的定本，无论就理解而言，还是就表达而言，都达到了尽善尽美的境地，不存在理解的错误，不存在阐释的空白，表达上不仅在内容上与原作等值，在形式上也可与原作媲美，就是马蜥先生所说的"形神俱似之境"，而且这种形神俱似已经到了不可超越的地步，至于此，不再有复译的可能，也无复译的必要。此为"定"的第一层含义。其次，"定本"还有不朽的意思，可以超越时间，不论哪一个时代，

① 鲁迅：非有复译不可，载《鲁迅全集》(五)、(六)，人民文学出版社1998年版，第275页。

> 只以此译为定译，不必随着时代的变化、语言的变化、读者审美情趣的变化而对译本有所修改，定而“不变”，一劳永逸，此为“定”的第二层含义。再次，所谓“定本”还可能包含有“理想的范本”的意思。一部原作，可以有不同的理解，不同的传达，也就是说可以出现不同的翻译，不同的译本。任何译作，都以接近原作的主旨、意蕴、气势为目标，以完美地再现原作的艺术价值为己任。越能再现原作的神韵（形神兼备当然更理想），译作的价值便越高。而“定本”是一种理想的范本，以此为“准”，定而为“本”，原作的“本”被译本的“本”取而代之，一切译作都皆要以此本为本，此为“定本”的第三层含义。①

文学作品是一个相对开放的符号系统，译者首先是读者、阐释者，其首要的任务是理解、发掘原作的潜在意义，尽可能接近原作的精神。但由于不同的读者有着不同的审美趣味、价值取向、不同的文化修养和个人经历，对同一部作品的理解会各有不同，而且一部作品不可能被一个读者理解阐释殆尽，这个人的理解也不可能是唯一正确的理解。复译版本赋予了原作新的面貌，正是这种多面性才构成了一本书、一部作品完整的生命。在海外，很多名著，如《荷马史诗》，每隔四五十年就会出现新译本。如果一部作品不再呼唤翻译，那它的价值、它的生命也就到此而止了。

2. 反对派观点

邹韬奋指出，复译不太经济，应该翻译那些有价值的未曾译过的书（邹韬奋，1920）。罗新璋则认为，“翻译完全可能有定本！这不是理论上的推断，而是实践作出的回答”。他列举了我国翻译文学史上的《鄂君歌》、佛经翻译文学、吕叔湘译《伊坦·弗洛关》等，之后指出：“现今来争说定本，不是为争谁是谁非，而是对前人劳动的尊重与肯定……忙了一两千年，竟连一个定本也搞不出来，不亦太饭桶乎？”②

这种观点持有者认为：一旦某一译本把原作中所包含的思想、观点、理论、事实、数据等信息最大限度地传达出来了，翻译的任务也就完成了。如果译本的语言又明白晓畅，符合某一历史阶段的语言规范，那么这个译本大概也就可以被视为“定本”了。

---

① 许钧：翻译不可能有定本，许钧主编《翻译思考录》，湖北教育出版社 1998 年版，第 133 页。

② 罗新璋：翻译完全可能有定本，载《中华读书报》1996 年 10 月 9 日第 3 版。

从20世纪初一直到90年代对复译看法一直存在争议，特别是在90年代，复译中大量存在一些胡译、乱译和滥译现象，学界对复译的态度也趋向严厉，否定和批评的意见增多。但无论如何，在整个20世纪，复译无疑促进了文学翻译质量的提高，满足了读者对文学名著的需求。恩格尔曾说过这样一句话："文学作品不译则亡(translate or die)。"的确，文学作品需依靠译文而获得"后起的生命"(after life)，而经久不衰的优秀作品则更会赢得数辈英雄精益求精的一译再译即"复译"来发扬光大。

三、复译的必要性

对于文学作品的复译，人们见仁见智，褒扬者有之，贬抑者亦大有人在。其实，复译是翻译中的正常现象，我们看复译，不能只将它们看成是几个不同译本的相继问世，而应着重思考复译背后的深层原因：为什么有些文学作品会有一译再译现象？这种复译背后的动因到底是什么？一直以来，人们对于复译现象习惯于从语言的发展变化、译者所处社会的政治、经济、文化、意识形态、诗学等的变迁、原有译本的质量、不同历史时期内读者的期待视野的变化以及译者的翻译目的、译者的翻译策略等角度进行阐释。毫无疑问，这些阐释均在一定程度上说明了复译背后的原因所在，但若从哲学的角度来研究则真正能够透析和挖掘出复译背后的原因，从而更加深入地解决翻译研究中的复译问题，那就是复译的必要性和译本的多元化。

伽达默尔提出理解是历史性的，从理论上论证了复译的必然与必要。正因为译者是历史的存在，具有自己的"成见"和独特的视阈，每位理解者对文本的理解都是有限的，文本的意义是一个无限填充的过程，这就从理论上论证了同一的不同译本(复译)出现的必然性。不同译者的视阈不可能完全相同，因此对原文的理解也不会完全相同，而且译者所生活的社会历史背景不同，也必然对译者的翻译策略产生影响，因此复译是必然的。如果我们从译文读者的角度看，复译则是必要的。读者独特的理解视阈和"成见"决定他的价值观和审美情趣，影响他对译文的评判。不同的读者有不同的"口味"，某个译本可能是公认的佳译，但它不可能适合每位读者的"口味"。为了满足不同的译文读者，也应当提倡复译。而且，文学作品中的审美信息是一个相对无限的、有时甚至是难以捉摸的"变量"了。越是优秀的文学作品，它的审美信息越是丰富，译者对它的理解和表达也就越是难以穷尽。优秀文学作品的审美信息就仿佛是一座开采不尽的宝藏，于是需要多个译者从各自的立场对它进行"开采"。况且，作为一个阐释者，不管其修养、常识如何，不管其意愿如何，都不可能穷尽对原作生命和价值的认识。他只能提供一个尽可能接近原著的本子，不可能提供一个与原作亦步亦趋、完全对等的"定本"。因为一部译作，只能是对原作的一种理解，一种阐释。此外，对于复译者来说，除了仍然要面对原文之外，他不得不面对的还有"原译文"这个主体的存在。作为复译者，在动手翻译之前，他不仅要同"原译文"进行充分对话，还要同自己所处时代的读者进行对话。只有这样，复译者才能够纵观全局，充分了解和把握自己的译文同原译文之间的同和异。其最终生产的"重译文本"又构成另一个新的主体，参与到与其他个体间的"共在"之中。这种"共在"的场所是复译者同原文作者、原译者进行相互对话和交流的场所，是原文和原译文得以同复译者、原文作者、原译者进行对话的契机，也是所有这些主体对话交流的平台。从对话角度看，原文和原译文分别是原文作者和原译者同复译者赖以对话的议题，复译是包括原文、原文作者、原译文、原译者、复译者、译文读者等多个因素在内的多个主体之间所进行的对话过程，复译文本则是他们交谈的结果。

1. 理解的历史性要求名著复译

人历史地存在着，无论是认识主体或对象，都内在地嵌于历史性之中，都与传统有着一种无法割裂的关系。通过阅读，理解者与理解对象之间形成一种我与你的问答模式的对话关系。于是，文本的意义通过文本与理解者的对话而处于不断形成的过程之中。按照伽达默尔的理论，文本不能被看成是一个相对于主体的自我包含或自我包容的客体，文本从本质上讲是不完全的，文本意义的实现，必须要有读者（即译者）的参与，文本和读者（即译者）之间有一种能动的相互作用，有一种对话关系。理解就是一种"对话"，在这种对话中，文本向读者（即译者）敞开，似乎"向理解者提出了一个又一个的问题，而为了理解和回答文本提出的问题，理解者又必须提出业已回答了的那些问题，通过这种相互问答的过程，理解者才能不断超越自己原有的视野"。因而，理解的本质不在于复制历史和文本原意，任何人的理解都是站在自己所处的立场，以特定的视界去解读文本意义，理解不可避免地被打上主观的烙印。而理解的历史性和主观性又使其不断处于变化和更新之中，处于积极主动的创造之中，每个译者对文本的理解都与他人绝不雷同。在阅读理解的过程中，译者，首先作为一名读者，也必将历史地、主观地，因而也是创造性地去理解原文的意义。译者的主观能动性必然对文本产生作用。由于历史条件的制约，读者（即译者）对文本的理解，总是相对的，因此文本的意义面对理解而具有不确定性。鲁迅先生说过，一部《红楼梦》，"单是命题，就因读者的眼光而有种种：经学家看见《易》，道学家看见淫，才子看见缠绵，革命家看见排满，流言家看见宫闱秘事……"①

下面我们就时间跨度较大的《简·爱》两译本举几例，说明译者理解的历史性对诠释的影响。李霁野和祝庆英的《简·爱》译本是国内很有影响的译本，它们均出自翻译名家之手，读者面广，影响面大。李霁野的译本是我国最早的《简·爱》中译本。它最初出现于20世纪30年代。祝庆英的《简·爱》译本问世于1980年。虽然这两种译本在时间上有一定的跨度，相差40多年，其译法大不相同，但它们各有千秋，都堪称译作的佳品。

例1 A running fire of raillery and jests was proceeding when Sam returned.

译1：诙谐玩笑的火光流动着，当沙姆回来的时候。(李霁野译)

译2：开玩笑和打趣像火一样蔓延开来，这时候山姆回来了。(祝庆英译)

例2 Mrs. Reed looked up from her work; her eyes settled on my mine...

译1：里德太太从她的工作向上看；她的眼睛盯在我的眼睛上……(李霁野译)

译2：里德太太抬起头来，眼光离开了活计，盯着我的眼睛……(祝庆英译)

我们比较发现理解的历史性在以下几个方面对译文产生影响：第一，在理解开始之前已经存在的历史因素，这些历史因素无可选择地影响着译者，侵入到译者的思想中；译者总是以自己的前理解和先见进入作品，并从自我理解出发，在不同文化背景下，根据不同的思维方式、生活风俗和知识结构，形成他们不同的"期待视阈"。这种期待视阈决定了译者对作品的内容和形式的取舍标准，以及阅读中的选择与重点。第二，文本也是历史性的存在。文本本身充满了不确定点和空白点，它们需要译者的阅读加以具体化，因此原文文本是一个开放的动态的历史过程。第三，译本接受环境也具有历史性。从接受语境看，译作跨越不同时代、进入一个与它原作社会文化境况完全相异的语境，它首先受到译入语语言文化规范的制约，同时又受到当时接受环境的制约。

《简·爱》的李译本产生于20世纪30年代，因此它必然会带有那个时代的语言特点——欧化汉语。如例1中把时间状语放在句末。例2中把原文中的短语looked up from her work，按单个词的字面意义直译过来"从她的工作向上看"，而不是按短语的整体意义来翻译。这样翻译尽管在文字结构上忠实

① 贺微：翻译：文本与译者的对话，载《外国语》，1999(1)。

了原文，但意义表达得不够完整，在某种程度上丢失了原文短语的内在含义。

祝译本产生于20世纪80年代，其译文语言自然流畅，简洁明快。例2中 looked up from her work 祝译为“抬起头来，眼光离开了活计”则比较准确地表达了该短语的真正含义。

例3　Their conversation eased me completely frivolous, mercenary, heartless, and senseless, it was rather calculated weary than enrage a listener.

译1：“他们的谈话完全安了我的心：轻浮，贪财，无情，无意义，只是使听者厌倦，不足使他愤怒的。”（李霁野译）

译2：“他们的谈话使我完全安下心来：琐琐碎碎，利欲熏心，言不由衷、毫无意义，那只会叫听的人感到厌倦，而不会感到愤怒。”（祝庆英译）

李的译文用词考究，讲求音律，比较严谨，很少节外生枝的渲染，有其独特的语言风格。他以其独特的艺术魅力赢得了他所处的那个时代读者的欢迎，他的译本曾多次再版。祝的译文自然流畅，洗练地道。译文在忠于原文的基础上，突破英汉两种语言表层结构框框，尽力挖掘深层结构的内涵，很好地传达了原作的神韵。译文选词恰当，用词讲究，节奏感强，语序错落有致，充分体现文学翻译是语言艺术的再创造这一特点。祝译本中现代语汇的运用使这部40年后复译的作品比李译本更符合当今读者欣赏的口味，更具时代感与可读性。

例4　Wholly untaught, with faculties quite torpid, they seemed to me hopelessly dull; and at first sight, all dull alike: but I soon found I was mistaken. ...I found some of these heavy-looking, gaping rustics wake up into sharp-witted girls enough. (Volume Ⅲ, Chapter Ⅵ, *Jane Eyre*)

全没有受过教育，天灵十分麻木不仁，她们在我看来，是笨得没有希望了；而且上来一看，全是同样笨，但是不久我就发现我错了……我发觉这些笨样的，张着嘴的乡下人中，有几个到觉悟过来，成为十分伶俐的人了。（李霁野译）

她们完全没有受过教育，官能十分迟钝，在我看来笨得毫无希望：乍一看，全都一样地笨；可是，我不久就发现我错了……我就发现，这些一脸蠢相、张口结舌的乡下孩子里有几个醒悟过来，成为极其聪明的姑娘。（祝庆英译）

在李霁野先生生活的时代，所有追求进步的热血青年都有一个共同的奋斗目标，即唤醒中国人民大众的觉悟，建立一个新世界。作为鲁迅先生的追随者，李先生在其译本中自然而然地就使用了如“心智十分麻木不仁”、“觉悟”等相关词汇。而祝庆英先生的译本是在20世纪70年代末，刚刚经历过“文化大革命”，而祝译本中体现的却是当时权力话语的特色。

2. 文本开放性促使名著复译

文学活动是作者与读者—文本为枢纽的对话，文本的开放性产生于读者与文本的交流，产生于文本本身结构的内在要求，文本的内部构件分为四个方面：叙事者、人物、情节、读者(隐含读者：implied reader)。由于文本的各构件是以语符形式呈线性排列的，即各构件在读者阅读过程中有时间上的先后和空间上的间隔，因此，文本中就会有许多“空白处”，正如书页上语符与语符之间的空白一样，文本中一个构件成分(segment)与另一个构件成分之间的“空白”是文本连贯的“暂时中断”(suspended connectability)，是文本构件缺失的环节(missing link)。

正是因为文本存在着许多的空白点和未定点(spots of indeterminacy)，这些空白点和未定点在读者(译者)对文本的“聆听”、提问的过程中不断地被填充和确定，不断地通过读者(译者)的阅读及理解赋予新的意义。比如，读到书中提到“一个漂亮的女人’，那么在不同读者的头脑中会出现不同类型的漂亮女人，甚至有人会因此而联想到具体的某个女人，正所谓“横看成岭侧成峰，远近高低各不同”。在理解的过程中，理解者难免会用他自己的思维方式和语言去理解文本并且填充和确定其中的空白点和未定点，所以会产生出新的、异于原作者的意图的意义。

例5　I had not long slumbered when the sudden cessation of motion awoke me; the coach door was open, ... (*Jane Eyre*)

译1：我微睡不久，动作的突停使我醒来；车门打开……(李霁野译)

译2：睡了不久，车子突然停下，把我惊醒过来，车门打开……(祝庆英译)

例5的原文是描写简·爱坐着马车从里德太太家到达劳德学校时的情景。由于对原文motion一词理解的不同，译1把motion简单地译成“动作”，并没有具体表明原语中省略的内容——马车突然停下时产生的动作，语义比较模糊。译2添加了“车子”，具体表明了motion在这种语境中的特定含义，如实地传递了语义深层所含的信息。

例6　望庐山瀑布

日照香炉生紫烟，遥看瀑布挂前川。

飞流直下三千尺，疑是银河落九天。

译1：

The purple smoke arises from the sun scorched Hsiang Lu,

In the midair over the brook is suspended a waterfall.

Its flying spout swoops down three thousand feet,

Look! There falls a current of Milky Way from the sky.

译 2:

The purple mist ascending from the Incense Burner solar-lit.

Behold! Yonder hangs a cataract over the river pouring from the summit.

Plump dives a three-thousand-chi outpouring on the fly,

What a spectacle, the very picture of a galaxy descending from the empyreal sky![①]

以上是对李白诗的两种不同英译。诗是文学文本中的一种特殊形式,其未定性更强,更需要译者的透彻理解和丰富的想象来确定文本的意义。诗中的生紫烟、飞流、落九天和疑等词都给译者留下了广阔的诠释空间。译者不得不根据自己的理解去填充这些空白,因此两种英译版本的风格各异,而这也正是文学翻译具有再创造性的根源之一。

3. 视阈融合提倡名著复译

前文已论述过,视阈是理解的起点,文本所包含的视阈是透过原作者的眼睛、心灵和笔所观察感觉和描绘的视阈,而译者从自己当时的情境中来理解文本,因而也有他自己对文本的视阈。视阈和理解一样也具有历史性,它在不断地进行着演变,是一个永远处于"在形成"阶段的过程。正因为理解的历史性,译者才不可能抛弃自己的视阈完全进入原作者的视阈,因为在理解活动一开始,他便带着他固有的视阈进入了文本。译者的视阈进入到文本视阈中时,他的理解便开始分析、判断、归纳、超越,一直到融合文本视阈,与文本产生对话关系。随着对话关系的展开和深入,文本的潜能从作者的意图背后穿越而出,使作品实际所包含的种种内在意蕴从各个侧面得以充分展示,有时对话中所生成的意义会超出作者赋予作品的意义。由于不同译者的视阈不可能完全相同,在翻译同一部作品时会产生出不同的译文,这就为名著复译提供了合理性和必然性。

例 7 (Just the place) POST NO BILLS. POST 110 PILLS. Some chap with a dose burning him. (James Joyce. *Ulysses*, Chapter 8, pp.95-101)

译 1:(这个地方再合适不过了。)"禁止张贴广告"、"邮寄一百零十粒药丸"。有人服下去,心里火烧火燎的。(萧乾、文洁若译)

① 黄龙:《翻译艺术教程》,南京大学出版社 1989 年版,第 96 页。

译2:(也正是这地方。)不准招贴,不住招贴。遇上个梅毒烧得火辣辣的家伙。(金堤译)

译3:“不准招贴”,“不准长占”。碰上个患了脏病又疼得要命的家伙站在那儿。(马红军译)

例7是乔伊斯著名意识流小说《尤利西斯》中的一句话,又是一个文字游戏。前后由三个紧密联系的环节组成:第一个环节 POST NO BILLS 是个告示,告诫人们“不要张贴”;第二个环节是有人调皮,将 NO 和 BILLS 两个英文字各涂掉了一点,于是张贴告示就成了 POST 110 PILLS(寄一百一十粒药丸来);第三个环节是讲有人服下了药,心里火烧火燎的。译1注重表层意义的传达;译2把第1、2两个环节巧妙地联系在一起;译3发挥了大胆的想象力,使三个环节紧密相连。可以看出三种译文按各自的角度进行了阐释,有按字面意思翻译的,也有采取“以变应变”的策略,舍弃表层意思,传达深层意蕴。

第二节　复译中的问题

复译是对旧译的挑战。只有当译者(包括旧译译者本人)强烈感到旧译中的那些不足之处需要得到纠正、改进和完善时,才会萌发进行复译的念头。当译者下决心这样做时,他一定自信自己的译文会超出旧译,达到新的境界。因此在古典名著复译中,确实涌现了一批高水平的重译本,受到了读者的认可和好评。但是,同时也应看到,有些重译本的翻译质量不是很高,存在以下几类问题。

一、误读

误读本义指偏离阅读对象本身意思和内容的误差性阅读。过去多为贬义词,用来指称不正确的阅读,误差性阅读或阅读理解错误、失误。从积极的方面理解误读,指在文学接受中,接受者对发送者的主动积极的接受行为,而导致的一种创造性的接受行为和接受效果。

误读可分为有意误读与无意误读。有意误读,指阅读者就有误读的思想准备和心理准备。有意误读者一方面将阅读视为误读,认为任何阅读实质上却应该是或多或少的误读,这样有利于消除被动阅读的毛病,而去主动积极阅读。另一方面将阅读视为创造性阅读,这样误读就是创造,或者说是“再创造”,从而在阅读中不断有所发现,有所创造。

无意误读是指读者在无意识中、不自觉中,或潜移默化、不露痕迹的误读

和创造性阅读，这是由于时空位移而造成的误读。任何作品都是一定历史时代的产物，当然也是具有历史性和时代性的，也是为满足当时读者的需要而产生的。由于时空的位移，或者是古人作品为今天读者所接受；或异域作品为本土读者所接受，都会因时空差而发生误读或创造，都会使今天的读者带着现代的眼光去读古代的作品，本土的读者带着本土的眼光去读异域的作品。阅读既受制于历史时代，又超越历史时代。削弱作品的时代性和历史感的同时又强调作品的地域性和民族性。诸如翻译，虽然有翻译者水平不高而造成的劣质翻译，就像雷马克指出："翻译活动是文化交流活动中最基本的货真价实的东西，并处在比较文学的核心部位。就像学问一样翻译也有高低之分雅俗之分（从历史的角度来看，不少劣质译作常与优秀译作一样颇具影响力，有时甚至影响更为深远）。"但任何翻译都会因文化过滤发生文学误读（误译），也就有可能因时空位移发生误读，这既有作为译者的误读，同时也有作为读者的误读因素。

误读作为创造性的阅读、积极主动的阅读，其误读效果表达在三方面：

其一，有利于发挥读者的主体性。读者的主体性在阅读中表现在一方面能在阅读中借景抒情，托物言志，亦即借助作品来表现读者的思想感情，表现读者的心灵世界和对世界的感受。另一方面，读者能在阅读中延伸、选择、扩大作品的意蕴和意义，能在"第一本文"基础上创造出"第二本文"。因此，阅读是读者主体性的表现，也是作者创造性的表现。

其二，误读丰富了文学，完善了作品。作品是一个"召唤结构"，这是一个有张力、有弹性、有创造余地的结构，因而积极阅读能读出作品的"空白"，能填补作品的"空白"，使作品的意思、意蕴、意义得以扩大。因此阅读有利于文学创作，有利于文学作品的永恒魅力和交流作用的发挥。

其三，误读有利于其他读者的阅读。阅读之间是有联系的，阅读之间既有文化见仁见智的差异，又有英雄所见略同的共同性。无论差异性还是共同性，都会给阅读之间的交流、沟通创造契机。

二、偏见

"偏见"一词对于自启蒙时代以来的理性主义传统来说就意味着与正义与理性的对峙。由于文艺复兴以来对传统与权威的鞭笞，对理性的崇尚，偏见也就理所当然地成为正确认识的大敌。施莱尔马赫与狄尔泰的偏见观正是植根于这种传统之中，理性主义是他们偏见观的地基。

海德格尔在把理解作为人的存在方式的同时，通过对理解的前结构的分析，确定了理解前结构的合法地位，这就使偏见获得了新生。对前见（偏见）的承认，就意味着对传统哲学的理性主义偏见观的否定，从而也就否定了人在认识、理解之前可以完全处于清明状态，人的意识完全是一块白板，理解可以通过不断地涤除认识主体的偏见而获得对文本原意的认识。相反，在海德格尔看来，文本的意义是离不开主体的筹划活动的。海德格尔正是通过主体的这种筹划活动，通过理解的前结构分析，使诠释学发生了重大的变化，才使文本获得其意义。正如伽达默尔所说的："海德格尔阐释学的成功，首先在于他的前理解的概念，至于这种阐释学意识在阐释学方面取得的丰富成绩我们可以完全不谈。"

伽达默尔认为虽然初判是可以更改的，也是可推翻的，但是没有这种前理解就不可能达到对文本结构的完满理解。据此，他认为，海德格尔的前理解结构是一种"合法的偏见"，人永远处于这种偏见之中，不可能摆脱，没有这种偏见也就是对历史的持续性的否定。伽达默尔认为对权威的服从至少可以被清楚看到，它不同于盲目的无理性的服从命令。虽然它无疑是一种前见的源泉，但权威"最终不是基于某种服从或抛弃理性的行动，而是基于某种承认和认识的行动——即认识到他人在判断和见解方面超越自己，因而他的判断领先，即他的判断对我们自己判断具有优先性……权威依赖于承认，因而依赖于一种理性本身的行动，理性知觉到它自己的局限性，因而承认他人具有更好的理解"[①]。因此，服从权威不是非理性的，"权威的真正基础也是一种自由和理性的行动"[②]。从这方面伽达默尔给了偏见（前见）以合法的地位，并给它以深刻的内容和一系列的阐释学上的地位。

伽达默尔进一步分析道："与其说是我们的种种判断，不如说是我们的种种成见，构成了我们的存在……我们存在的历史性需要种种偏见为我们全部的经验能力指定最初的方向。偏见乃是我们向世界敞开的先入之见。他们简直就是我们借以经验某些事物的条件——凭借它们，我们所遭遇的才向我们诉说某种东西。"[③]偏见总是悄悄地不自觉地起作用，只有当它与文本相遇时我们才能意识到它的存在。在这里，"偏见"并不是"谬误"，而是一种在特定语境中主体意象性所要表现的某种可能趋向性。离开偏见，理解几乎是不可能的。

---

① 伽达默尔：《真理与方法》，洪汉鼎译，上海译文出版社 1999 年版，第 358 页。

② 同上，第 359 页。

③ 同上，第 172 页。

在伽达默尔看来,偏见是由历史、传统构成的,它是指这样一种判断,“它是在一切对于事情具有决定性作用的要素被最后考察之前被给予的”[①]。理解所固有的历史性构成了偏见。他指出:“一种解释学的境遇是被我们自己具有的各种成见所规定的。这样,这些成见构成了特定的现在之地平线,因为它们表明,没有它们,也就不可能有所视见。‘即是说,在理解活动中,理解的主体是处于历史之中的。理解的历史性因素主要有以下几个方面:第一,在理解开始之前已经存在的历史因素,这些历史因素无可选择地影响着理解者,侵入到理解者的思想中;第二,理解对象的构成也是历史性的;第三,由理解主体的实践所决定的社会价值观,也可归结为一个传统的一部分的概览。’”在伽达默尔看来,传统不是保守的、应该加以抛弃的东西,传统一方面保留于文本之中,另一方面,我们也始终处于传统之中,而且,我们始终是传统的一个部分,传统也是人们的一部分。理解是以偏见作为它的出发点的。偏见构成了理解者的一定的视野。一个根本没有视野(地平线)的人是难以形成理解的,伽达默尔说:“地平线就是视阈的区域、这区域包括了从一特殊的占主导地位的观点所能看到的一切……一个根本没有地平线的人是一个不能充分登高望远的人,从而也就是过高估价近在咫尺的东西的人。与之相反,具有一个地平线就意味着不被局限于近在咫尺的东西,而能够超出它去观看。”[②]可见,一个人如果没有地平线(视野)、没有偏见,就难以形成理解,难以对文本有一个恰当的估价与理解。

在伽达默尔的哲学中,偏见并不是死的、一成不变的,相反,偏见是一种敞开的状态,它是在不断地形成、不断地发展的。可见,在伽达默尔的阐释学中,偏见是一种敞开的而不是封闭的偏见,其敞开性表现在两个方面:第一,偏见不是不顾文本意义,而封闭于自己所形成的见解,而是处于与文本的意义不断交流之中,它接纳文本,并在这种交流之中形成一种新的见解;第二,偏见不仅对过去开放,而且偏见在不断地筹划未来,过去与未来实际上是作用现在的两极,对于过去的敞开也即是对未来的状态的筹划。他认为,理解作为人的阐释学的经验,其真理就在于始终包含着一种对新经验的向往,因此,一个有经验的人,我们之所以称之为有经验,并不是以他现在已有的经验为依据,更重要的还在于他对新的经验的开放性,也即对未来已筹划的开放。由此可见,偏见是一方面对文本的意义敞开,另一方面又是对过去的历史的敞开与对将来的

---

① 伽达默尔:《真理与方法》,洪汉鼎译,上海译文出版社 1999 年版,第 347 页。

② 同上,第 388 页。

筹划。在此意义上，伽达默尔也承认偏见是有限的，也正是其有限决定了它具有开放的品格。偏见的这种开放性主要地体现在对作品意义的预期。“我们理解留传给我们的文本乃是以对意义的预期为基础的，这种预期是从我们自己与这题材的先行联系中获得的。”

伽达默尔认为偏见有两种，一种是合法的偏见，一种是非法的偏见，或称为“盲目的先见”。他认为这两种偏见在理解的形成过程中必须加以区别。前者是历史给予的，它具有正面的价值。人永远无法摆脱这种偏见，我们一来到这个世上，在接受了语言、文化和历史的同时，也就形成了自己的偏见，它是历史所给予的一种认知的可能性。而后者很大程度上是从后天得来的，不是人与历史的联系，这一类的偏见有点类似于传统的哲学所理解的偏见，它不具有正面的价值，而是能够导致误解的偏见。伽达默尔对于偏见的辩护主要是为前一类偏见辩护，但是由于这两类偏见开始是混沌一体的，我们并不能对它们进行区分。因为解释者心中的成见和先行意义并不是随心所欲的，他不可能事先就把那种使理解成为可能的生产性成见与那种阻碍理解并导致误解的成见区别开来。那么，我们如何对这两种偏见进行区分呢？在伽达默尔看来，只有在理解中才能加以区别，只有在理解中以偏见作为参照系，在与文本的意义的不断的交流中才能涤除。我们并不能在理解开始之前就区分两类偏见，而是在理解之中来区分的，是在理解之中来消除误解的。误解只是由于我们完全不顾文本向我们述说的一切而固执己见而形成的，但是偏见不仅有盲目的偏见，还有合法的偏见，它决定理解并非是任意，而是要受到历史、文化以及文本的制约。偏见与文本之间由于历史联系决定了它们之间的共通性，同时，也由于它们之间的不同的地平线而具有不同的视野。偏见与文本之间都具有敞开的性质，我们要理解就绝对不会仅坚持自己的偏见。伽达默尔认为，我们并没有被关在偏见的墙院里边，并在一扇小门上写着，“在此不允许评说任何新的东西”，从而只让那些可以进来的东西进来，相反，我们所欢迎的正是那些保证对我们的好奇心来说有某些新的东西的客人。在这里，文本与理解主体都是持开放的态度的。在理解中我们处于与文本的不断交流之中，从而不断地形成视野融合，形成新的偏见。

三、文化过滤

文化是一个民族知识、经验、信仰、价值、态度、宗教以及时空观念的综合。文化具有一贯性、持久性，渗透于社会生活的各个方面：风俗习惯、服饰礼仪、婚丧庆典、节日禁忌等。文化作为文学作品的存在背景，是文学作品的价值内

涵、艺术特色等的载体。文学总存在于文化之中,总是具体文化的反映。当一种文化通过文学的形式"移入"另一文化中时,必然会出现文化过滤的现象,"文化过滤是跨文化文学交流、对话中,由于接受主体不同的文化传统、社会历史背景、审美习惯等原因而造成接受者有意无意地对交流信息选择、变形、伪装、渗透、创新等作用,从而造成源交流信息在内容、形式上发生变异,文化过滤具有明确的方向性与功利性特征。一般来说,文化的差异性越大,文化过滤程度就越高。它是一种文化对另一种文化发生影响时,接受主体的创造性接受而形成的对影响的反作用"①。共同的文化成分可能通过"过滤"的过程,而一些不同的成分则可能被"过滤"掉。外来文化总要被本土文化所过滤、筛选,文化过滤是文学翻译所不可避免的现象,只要存在两种文化的交流就必然会有文化过滤。

由于存在着不可回避的文化过滤现象,文学作品的翻译就面临着忠实原作和适应接受文化的两难困境。翻译不仅仅是对文字进行转码,还涉及译者对原作和原文化的理解和在目的语言文化环境中的表达,涉及译者本人与异质文化的对话。译者本人首先必须是一个读者,要对文本进行解读和接受,然后才能对原作进行译介。译文应当具有译者自己的独创性。一方面要忠实于原文主旨,另一方面又必须适应接受群体的要求。文学翻译要保证体现原作的精神面貌,但同时还要考虑文化因素的迁移和接受。因为文化过滤总是客观存在的,需要考虑的就是使文化过滤更合乎于理。

1. 传统文化对异域文化的"过滤"

其实文化过滤这种现象早在晚清就出现过了,正如张全之所言:"在晚清的翻译界,意译和直译绝不仅仅是一个翻译方法的问题,而是一个文化问题。"在当时的译者看来,"译作是否切合原著无关紧要,重要的是译作是否能够起到预想中的'社会作用',并无条件地为社会变革服务"。据此,他断定:"当时译界的译述活动还没有体现为一种文学行为,只是一种政治行为的延伸。"②翻译家们往往根据民族心理、思维方式、文化习俗、文学传统和时代背景的不同,对其翻译过来的文学作品作相应的处理。如《红楼梦》第六回中有句成语"谋事在人,成事在天",我国翻译家杨宪益、戴乃迭夫妇将其译为"Man proposes, Heaven disposes",而英国汉学家霍克斯却译为"Man proposes,

---

① 曹顺庆:《比较文学学》,四川大学出版社 2005 年版,第 273 页。

② 张全之:《突围与变革(二十世纪初期文化交流与中国文学变迁)》,西北大学出版社 1997 年版,第 43-44 页。

God disposes”。这是因为中国是一个佛教盛行的国家，在佛教文化中“天”具有主宰万物的力量，而在西方盛行的基督教中，基督教徒则把“上帝”视为自然界的主宰。杨译遵循了忠于原作的原则，保留了源语中的文化内涵，而霍译考虑到西方读者的宗教背景和民族心理，佛教文化观念转换成了西方基督教文化观念，便于读者的理解。

翻译家朱生豪在翻译莎士比亚名篇《罗密欧与朱丽叶》时就对下面的句子作了一些过滤性的“改造”。原文中有这样两行：

He made you a highway to my bed;

But I, a maid, die maiden-widowed.

原文的本意应为：他本要借你做捷径，登上我的床；

可怜我这处女，活守寡，到死是处女。（谢天振译）

害羞的大家闺秀，应该半推半就，哪能无所忌讳地说出“登上我的床”呢？这与中国国情不合。如果朱先生照此翻译，必将违背中国人传统的道德观念。于是在翻译这一句时，为了适应中国人传统的道德观念，朱先生把“床”改为得体的“相思”，把“处女”改为“独守空闺的怨女”。并且原文第二句表达了在热恋中的少女渴望和已属于她的新郎在肉体上也和谐地结为一体；而朱译“独守空闺的怨女”的形象，把灵与肉的爱淡化为缠绵的精神之恋。在“有意识的叛逆”后面，几千年礼教文化的影响，性忌讳、性压抑的民族心理积淀，无意识地充分流露出来，这样可以让中国读者更易接受。

2. 文化习俗对异域文化的“过滤”

不同的社会人文环境必然形成不同的习俗文化和制度文化，这使得接受者在接受外来文学时有时难以忠实于原文，只能在过滤中进行再创造。例如：He had been faithful to the fourteen-year-old Vicar's daughter whom he had worshipped on his knees but had never led to the altar.

他一直忠于14岁的牧师女儿。他曾经拜倒在她的石榴裙下，但始终没有同她结婚。结婚是人生大事。

西方结婚仪式通常是在教堂举行，由牧师或神父主持，男女双方面对圣像相互起誓，句中的“led to the altar”字面意义为“来到圣坛前”。传达了西方结婚仪式的重要信息内容，但由于汉语读者缺乏西方文化背景知识，如直译为“来到圣坛前”会使读者不易理解，于是译者将其再创造为“结婚”。

从以上实例我们能够清楚地看到，外来文学要想进入本国文学都必须经受本国文化传统的“规范”和“筛选”，即“文化过滤”。在这一过程中，外来文学甚至可能会变得“面目全非”，失去了原来最为优秀的成分。故我们在接受外来文学的过程中应该熟悉不同民族的心理特征、思维方式、生活习俗、文学传统。

第三节　复译策略

一、勘误性复译策略

勘误性复译意指对业已存在的错误翻译进行重新翻译，以便给译文读者提供一个更加接近文本的真实意义的译文。

伽达默尔认为，理解是历史性的，而由于译者持有的前见及其时间距离所造成的异化，译者注定要被限制在理解的历史性当中。同时，在大多数情况下译者难以区分正确前见与错误前见，因而不可避免地产生理解上的错误，从而导致翻译中的误译现象。而时间距离可以消除错误前见，使真实前见浮现出来。因此，后来的译者为了改正翻译中出现的错误就会重新翻译同一部文学作品。

例 8　"What were you doing for Lady Mithers?" asked Steer-forth.

"That's telling, my blessed infant," she retorted, ... (*David Copperfield*)

译 1：你替米塞尔太太做什么呢？斯提福兹问道。

"那不必说了，我的可爱的小孩，"她……回答道。（董秋斯译）

译 2："你都给米塞夫人搞了些什么名堂啊？"

"我可不能跟你泄这个底，你这个有福气的娃娃，"她回答他说……（张谷若译）

上述两种译文的主要区别在于对"That's telling"的翻译。"不必说"可以指说话人与听话人双方对某事十分清楚而没有必要说，也可以指听话人对说话人所说的内容很不耐烦。然而这两种意思都与原文不符。根据上下文得知，冒齐小姐此处是故弄玄虚，故作神秘，因此张译是正确的。董在错误前见的引导下作出了错误的翻译，而时间距离帮助张过滤了错误前见，使真实前见浮现出来，并进而改正前译本的错误，书写出正确的译文。

例 9　The latter had never been underdrawn: its entire anatomy lay bare to an enquiring eye, except a frame of wood laden with oak cakes and clusters of legs of beef, mutton, and ham, concealed it. (*Wuthering Heights*)

译 1　橱柜从未上过漆：它的整个内里结构任凭人去年研究……（译林出版社 1990 年 8 月版）

译 2　这口柜从来不曾敞开过，它全部的结构……总是让人一览无遗。（上海译文出版社 1991 年 10 月版）

译 3　这里的屋顶从没装过顶棚，整个内里结构只要留神尽可一览无余……（人民文学出版社 1999 年 1 月版）

例 9 是爱米丽·勃朗特的小说《呼啸山庄》第一章故事的第一个叙述者洛伍德经栅栏门进入呼啸山庄的屋内时的描述。理解的关键在于 latter 一词，其前指成分是上句中的 roof，而不是该词前面的 dresser，是这一对词构成了"前者"和"后者"。另外，把 underdraw 译为"上过漆"与下文合在一起明显不通；译成"欠敞开"也缺乏可信的意义理据，前缀 under 意为"在……之下"，而非"欠"或"缺少"。再者，一个既能放入木架并能在其下挂有牛腿的橱柜也真是大得出奇。事实上，dresser 仅指盛放餐具的橱柜，而不是其他。可见，1990 年译林版和 1991 年上海版中的理解错误，在 1999 年人民文学版的重译里得到纠正。

例 10　The girl's cheeks burned to the breeze, and she could not look into his eyes for her emotion. (*Tess of the D'Urbrevilles*)

译 1：那个女孩子的两颊，在微风中红得火热，她感情激越，神飞魄失，她不敢再看克莱的眼睛。（张谷若译）

译 2：苔丝感到了他嘴里冒出的气息，脸上给烧得火辣辣的，她心摇神荡，不敢再盯着安琪的眼睛了。（孙致礼译）

我们发现两位翻译家在对 to the breeze 的理解完全不同。译 1 理解为"在微风中"，既然是"在微风中"，作者为什么不用 in the breeze 呢？而且，"在微风中红得火热"也违背常理。实际上，译者在这里犯了理解错误，breeze 并非"微风"，而是克莱尔说话时嘴里冒出的气息。

二、改进性复译

名著复译就好像是一场接力赛跑，后来者应当利用好前一棒选手取得的优势，团体才能取得好成绩。一个新译本，不能弥补旧译本的不足，不给读者带来新东西，就谈不上"新"，就没有存在的理由。无改进的"复译"，恐怕只能当作消极意义上的"重复"来理解。改进应该是多方面的，诠释手段有所更新，理解有新的角度，语言上有符合时代气息的新意，风格上有更贴近原著风韵的新的体现。

例 11　I love my love with an E, because she's enticing; I hate her with an E, because she's engaged; I took her to the sign of the exquisite, and treated her with an elopement; her name's Emily, and she lies in the East.

(*David Copperfield*)

译 1:我爱我的爱人为了一个 E,因为她是 Enticing(迷人的),我恨我的爱人为了一个 E,因为她是 engaged(订了婚了),我用我的爱人象征 Exquisite(美妙),我劝我的爱人从事 Elopement(私奔),她的名字是 Emily(爱弥丽),她的住处在 East(东方)。(董秋斯译)

译 2:我爱我的爱,因为她长得实在招人爱。我恨我的爱,因为她不回报我的爱。我带她到挂浮荡子招牌的一家,和她谈情说爱。我请她看一出潜逃私奔,为的是我和她能长久你亲我爱。她的名字叫爱弥丽,她的家住在爱仁里。(张谷若译)

译 3:我爱我的那个"丽",可爱迷人有魅力;我恨我的那个"丽",要和他人结伉俪;她文雅大方又美丽,和我出逃去游历;她芳名就叫爱米丽,家往东方人俏丽。(马红军译)

这段文字利用本民族语言文字玩乐一个文字游戏,极具民族文化特色,翻译这种文本对译者的挑战极大。董秋斯的译文无视汉语读者,在汉语译文中夹杂英文字母和单词,所以也就基本上不能算作是严格意义上的翻译了。张谷若将 E 统一翻译为一个"爱"字,突出体现了译者既忠实于原文又兼顾中国语言文化特色的创生译文意义的特点。马红军利用汉语谐音字多的特点将其改进,这样译文更符合汉语语言表达习惯,节奏明快,比较上口,每句字数基本相当,也很适合小说中人物的性格和口吻,较为恰当地再现了原文的意义。可以说,上述每一种改译都是出于对"忠实"原则的考虑,但在创造性上同时又是对前一个译文的改进和提高,可谓忠实与创造并行不逆。

例 12 But then it seems disgraceful to be flogged, and to be sent to stand in the middle of a room full of people. (*Jane Eyre*)

译 1:但是挨打,使得站在满是人的屋子中间,是羞辱的呵……(李霁野译)

译 2:可是挨打和在全是人的屋子中央罚站,多丢脸啊……(祝庆英译)

我们发现两位翻译家对 stand 的理解完全不同,译 1 理解为"站",它没有准确地表达出原文所传递的全部信息。因为 stand 在这里表示的不是一般意义上的"站",而是作为一种惩罚。所以译 2 结合上下文添加了一个"罚"字,译成"罚站",就挖掘到了 stand 的内涵意义,准确地传达了原文的含义。

三、构建性复译策略

构建性复译意指为从一个新的角度来理解原作而进行的复译。其目的并非为改正前译中的错误，而是为读者提供一个前译所不能提供的新的理解视角。

因为理解不可避免地要受到个人前见的影响，持不同前见的人会对同一文本产生不同的理解，进而书写出不同的译文。同一时代的译者如此，不同时代的译者更是如此。同时，文本是历史性的，其意义是不可穷尽的，它会从不同的方式向同时代和不同时代的不同译者展示自身丰富的意义。在构建性复译中，译者将尽可能地从不同于前译的角度来补充原文的意义。任何一部译著，无论译者怎样去补充，都不可能穷尽原文所有的意义，总会有新的意义等待其他的译者去发现。

傅东华先生翻译《飘》时，其电影版早已为观众所熟悉，因为受时间和电影媒介本身的限制，电影反映出来的只是一个美国南北战争时期的爱情故事。电影熟悉之后，观众产生了阅读小说原文的需求，鉴于这种情形，译者认为需要做的主要是充实故事情节，不应该对南北战争给予太多关注，正如译者自己在译序中所说："这本书描写的美国的南北战争，和我们现在相隔八十年，地隔数万里，又跟我们自己的事情有什么相干呢？"[①]于是译者主要采用了归化手法，还删掉了多处环境描写和心理描写。1990 年浙江文艺出版社又出版了黄怀仁、朱攸若的译本，当时翻译的目标也很明确，就是针对傅东华译本的不足进行重译，让读者看到原文的真实面貌，在序言中明确表示"采取全文照译的办法，不肆意改动。原文有些地方，即使我们认为冗长乏味，语言重复，也还是保留了下来"[②]。因而，黄怀仁、朱攸若的译本基本采取直译的方法，尽可能把作品的原貌展现给读者。新的译文补充了前译，使读者能够有机会愈来愈接近本文的真理。

进行构建性复译的译者就像一个文学评论家，其任务是给我们带来有关原作的新的信息，并提供给我们一个新的接近原文的途径。

下面以白居易的《长相思》三种译文为例加以阐释。

例 13：汴水流，
　　　泗水流，
　　　流到瓜洲古渡头，
　　　吴山点点愁。
　　　思悠悠，

① 傅东华：《飘》，浙江人民出版社，1979 年版，序言。

② 同上。

恨悠悠，
恨到归时方始休，
月明人倚楼。

译1： Long Longing

Waters of Bian flow,
Waters of Si flow,
Flow to the old ferry of Guachow,
The hills in Wu bow in sorrow.
My longing seems to grow,
My grieving seems to grow,
Grow until comes back my yokefellow,
We lean on the rail in moonglow.

（赵彦春译）

译2： Everlasting Longing

The still flaw of Si River runs,
At the ancient ferry of Gua Zhou.
The confluence whirls, eastward.
Beyond,
Jiangnan peaks emerge from the mist.

Deep is my grievance,
No end to my abjection
Till we are reunited.
Now,
In the moonlight a solitary one stands.

（范静哗译）

译3： Everlasting Longing

See the Bian River flow
And the Si River flow!
By Ancient Ferry, mingling waves, they go;
The Southern hills reflect my woe.

My thought stretches endlessly;
My grief wretches endlessly.
Oh, when will my beloved come back to me?
Alone I lean on moonlit balcony.

（许渊冲译）

原诗使用了排比、拟人、对偶等多种修辞手法，集音、行、意三美于一体，刻画了一位女子倚楼怀人的场景。在朦胧的月色下，映入她眼帘的山容水态，都充满了哀愁。从互文性来看，三篇译文的译者在读者和阐释者层面上都是成功的，但从作者层面上看，只有第一篇译文是最成功的。不仅译文的长短句与原文的长短句相呼应，而且译文中的顶真与原文中的顶真相呼应，并且译者为T押韵，成功地创造了“yokefellow”、“moonglow”两个词，使译文从头句押韵到尾句，加上题目的译文“Long Longing”巧妙运用英语中两个形近的词汇，颇具艺术感，达到如此高度的一致在古典诗词的英译中实属难得，体现了译者视阈与原文视阈的完美融合。

四、倾向性复译策略

倾向性复译指针对某一特定读者群重点介绍某一特殊方面意义而进行的复译。对同一部文学作品所做的解释中没有任何一种解释能适合所有的读者，针对不同的读者群就会有不同的解释，所以译者有权采用倾向性复译策略来复译文学作品。

例14：寻寻觅觅，
冷冷清清，
凄凄惨惨，戚戚。

译1：I look for what I miss.
I know not what it is.
I feel so sad and drear.
So lonely, without cheer.

译2：Search, Search, Seek, Seek.
Cold, Cold, Clear, Clear.
Sorrow, Sorrow, Pain, Pain.

这两首英译文，第一首是翻译大家许渊冲先生的译作；第二首乃是由一位外国译者所译。它们在形式和风格上完全不同，但都传达出了原词作者所寄予的孤单、冷清、凄凉的情感和氛围；它们在结构和措辞上又都独具特色，一起放在读者面前均不失为成功的译作。

例 15：I wouldn't want to be that old, an old man is a nasty thing.

译 1：我才不要活的那么老，老头是个臭烂物。

译 2：我才不要活得那么老，人老了讨人嫌。

译文 1 将"a nasty thing"译成"臭烂物"，虽然是根据原文字词的直译，但是不符合汉语的习惯，显得粗直，而改成"人老了讨人嫌"将偏正结构转化为主谓结构，让读者一目了然。

从上述译例中我们可以看出，在应用倾向性复译策略进行复译时，不仅仅语言而且对某些观点的解释都要能满足特定读者群的需要，因此译者应像该读者群中的成员一样来理解、解释，进而翻译文学作品，这同时意味着译者具有该读者群的成员所共有的前见。每一时代都有自己的读者群，因而不同的时代就有不同的译本。

五、超越性复译策略

翻译家罗国林在《包法利夫人》台湾林郁版的《译者的话》中，写过这样一段文字："台湾既有《包法利夫人》的译本为什么还要出版拙译呢？我想这一方面是为了海峡两岸的文化交流，另一方面是为了寻求译作的完美。像《包法利夫人》这样的世界文学名著，存在几种不同译本，不仅是正常的，也是必要的。事实上，目前在大陆，包括拙译在内，《包法利夫人》已有四种译本；相信以后还会有新的译本问世。为什么要不惜人力、财力，做这种看似重复的工作呢？答案诚如刚才所言，就是要寻求译作的完美。翻译《包法利夫人》的译者，一般不可能是其原作者福楼拜先生那样的文学大家；纵令是大家，由于汉、法两种语言及各方面背景差别殊异，也不大可能一次翻译就能产生与原著效果完全一样的译作。译作之臻于完美，必然是一个渐进的过程，需要经过不同译家，甚至几代译家呕心沥血的努力，相互借鉴，取长补短，方能在内容和艺术风格上，达到最大限度地与原著相接近的水平。因此，一部名著的每一种译本，只要其译者具有扎实的功底，只要是诚实而认真地去完成它的，都有不可抹杀的作用，都是一份贡献。"[①]这段话的中心意思，是强调重译是为了寻求译作的完美，在译的过程中就要千方百计超过旧译。

朱生豪翻译的散文体《莎士比亚全集》以其译笔清新、流畅、典雅，素来为

① 福楼拜：《包法利夫人》，罗国林译，林郁文化事业公司 1977 年版，"译者的话"。

读者称道，是令人爱不释手的经典译著，而方平先生没有拘泥于传统，而是发现了用散文体译莎剧"存在的固有的缺陷"，以全新的追求创造性地投入到用诗体翻译莎士比亚全集的工作中，使莎剧翻译取得了可喜的进展和成就，也使河北教育出版社推出的《新莎士比亚全集》格外引人注目。又如，傅雷先生笔下的《约翰·克里斯托夫》的译本"既得作者之心，又得到读者的共鸣，可以说是一部名著名译"，开头的"江声浩荡"四个字更是不知镌刻在多少读者的心中，这样一部经典译著是否可以重译呢？许渊冲先生在复译此书前也面临如此的困惑，且不论傅译和许译孰高孰低，但后者不仅充分体现了译者"知之，好之，乐之"的翻译优化论这一独创的翻译理念，更为不同欣赏趣味的读者提供了新的选择。可见，翻译中的超越与创新是永无止境的，也是令人尊敬的。再如，米兰·昆德拉的作品近年来炙手可热，其中的代表作《生命中不能承受之轻》于 1987 年由作家出版社推出韩少功的译本，在国内引起巨大反响，总印数高达百万册，2003 年上海译文出版社又推出许钧先生的新译本《不能承受的生命之轻》，立即引起了各界的广泛关注，并引发了两位译者间以及翻译界、读书界、批评界就翻译本质、翻译观、翻译原则、对原文的理解与阐释等重要翻译问题的讨论。可以说，这部复译作品不仅使原作生命在新的文化语境中得以拓展与延伸，更在某种程度上积极推动了翻译理论研究，深刻体现了超越与创新的价值所在。

例 16 "I beg your pardon," said Alice very humbly, "you had got to the fifth bend, I think."

"I had not!" cried the mouse, sharply and very angrily.

"A knot?" said Alice, always ready to make herself useful, and looking anxiously about her. "Oh, do let me help to undo it!" (*Alice's Adventures in Wonderland*)

译 1："请原谅，"阿丽思很恭顺地说，"我想你是讲到第五个拐弯的地方吧？"

"我还没有讲到！"耗子生气地尖声说道。

"打了一个结！"阿丽思说，她总是乐于帮助别人，所以焦急地看着周围。"啊，让我帮你把它解开！"

译 2："对不住，对不住。你说到第五个弯弯儿啦，不是吗？那老鼠很凶很怒道："我还没有到。"

阿丽思道："你没有刀吗？让我给你找一把罢！"

作者通过"not"和"knot"在英语中谐音，故意玩了一个文字游戏，如果忠实地直译出来，不仅失去作者的精巧构思，还让读者感觉一头雾水，而译2完全叛逆了原文的表层意思，用“到”和“刀”二字的谐音，创造性地传达了作者的用意，为在较高层次上追求“忠实”作了最好的注脚。

例17：Yet，a it sometimes happens that a person departs his wife，who is really deserving of the praise the stone-cutter carves over his bones；who is a good Christian，good parent，child，wife or husband；who actually does have a disconsolate family to mourn his loss；...（*Vanity Fair*）

……不过是偶然也有几个死人当得起石匠刻在他们朽骨上的好话，真的是虔诚的教徒、慈爱的父母、孝顺的儿女、贤良的妻子、尽职的丈夫，他们家里的人也哀思绵绵地追悼他们……（杨必译）

这里，原文用一个good统领Christian，parent，child，wife，husband多个名词，杨必没有死扣原文将其统一翻译为一个“好”字，而是根据其修饰的名词的同义采取不同的处理。虽然字面上与原文不同，但是好教徒、好父母、好儿女、好妻子、好丈夫的“好”恰恰体现在其虔诚、慈爱、孝顺、贤良、尽职上了，这在深层意义上与“好”正相对应。这是译者创生译文意义的一个方面。

例18：“Look at him. He doesn’t know which way to go. Like a duck’s uncle without an aunt.”

译1：“瞧他，简直晕头转向，慌了手脚啦！”

译2：“瞧。他不知道往哪儿走啦。像一头蠢鸭。”

译3：“瞧他晕头转向的，活像鸭公找不到鸭婆。”

Like a duck’s uncle without an aunt是幽默的口语，译1避鸭不谈，缺少了原文的幽默色彩，风格上与原文相去甚远。译2只提到了“蠢鸭”，还是缺少幽默的成分。而译3采用直译手法，将duck’s uncle与aunt分别翻译为“鸭公”、“鸭婆”，不仅字句贴切原文，又将原文的幽默风格恰到好处地体现出来，可以说达到了与原文的“最佳融合”。

伽达默尔的诠释学理论使我们认识到，人类在不断理解中不断超越自身，在不断更新、发展着的“效果历史”中，始终不断地重新书写自己的历史，重新对自己和文化进行反思的批判。一部译作只能是对原作生命在时间和空间上的延伸和扩展，其本身却又不可能是超越时空的“不朽”。对每个人而言，文本都是一种开放性结构，对一文本或艺术品真正意义的发现是没有止境的，这实际上是一个无限的过程。文本意义的可能性是无限的，文本的真正意义是和理解者一起处于不断生成之中。从这个意义上讲，文学名著的重译值得提倡。即使已有好译本，重译也还是必要的。因为甚至一种近于完美的定本，也会因时代的变化，出现新的重译本。作品的意义是多元的，一个译本只是特定历史、文化临时固定。一部文学巨著犹如一个丰富无比的矿藏，并非通过一次性的诠释就能穷极对它的开掘。多个译本就是多次的开掘，正是通过这样一次一次的诠释，人们才接近完成对一部传世之作的认识。一部作品就其文本本身而言，诞生之日起就已经凝固，但是译者的审美观点、审美情趣、价值取向，以及他所把握的要传达原作思想的语言，是随时代的变迁而不断变化着的，因而不同时代也就非常需要有适应这种变化的不同译本了。

本章参考文献

[1]爱米丽·勃朗特.呼啸山庄.上海:上海译文出版社,1991.

[2]爱米丽·勃朗特.呼啸山庄.北京:人民文学出版社,1999.

[3]爱米丽·勃朗特.呼啸山庄.北京:燕山出版社,1999.

[4]爱米丽·勃朗特.呼啸山庄.南京:译林出版社,1990.

[5]包惠南.文化语境与语言翻译.北京:中国对外翻译出版公司,2001.

[6]曹顺庆.比较文学学.成都:四川大学出版社,2005.

[7]陈定安.英汉比较与翻译.北京:中国对外翻译公司,2000.

[8]陈言.20世纪中国文学翻译中的"复译"、"转译"之争.四川外语学院学报,2005(2).

[9]邸爱英.1919年～1949年中国翻译界的转译现象.电子科技大学学报(社科版),2007(4).

[10]董洪川.文学影响与文化过滤.四川外语学院学报,2001 (5).

[11]方平.不存在"理想的范本"——文学翻译工作者的思考.上海文化,1995(5).

[12]傅东华.飘.杭州:浙江人民出版社,1979.

[13]福楼拜.包法利夫人.罗国林译.台北:林郁文化事业公司,1977.

[14]郭建中.当代美国翻译理论.武汉:湖北教育出版社,2000.

[15]贺微.翻译:文本与译者的对话.外国语,1999(1).

[16]洪敬涛.解释与理解的可能性的重要前提——偏见——论伽达默尔的偏见观.康定民族师范高等专科学校学报,2002(3).

[17]胡乔木,胡绳.中国大百科全书·哲学.北京:中国大百科全书出版社,1987.

[18]黄龙.翻译艺术教程.南京:南京大学出版社,1989.

[19]黄龙.翻译艺术教程.南京:南京大学出版社,1989.

[20]伽达默尔.真理与方法.洪汉鼎译.上海:上海译文出版社,1999.

[21]金堤.等效翻译探索.北京:中国对外翻译公司,2001.
[22]李霁野.简·爱自传.上海:生活书店,1936.
[23]李霁野.简·爱.西安:陕西人民出版社,1982.
[24]刘宓庆.当代翻译理论.北京:中国对外翻译公司,2000.
[25]刘宓庆.文体与翻译.北京:中国对外翻译公司,2001.
[26]刘重德.文学翻译十讲.北京:中国对外翻译公司,1999.
[27]罗国林.名著重译刍议.中国翻译,1995(2).
[28]罗新璋.复译之难.中国翻译,1991(5).
[29]罗新璋.翻译完全可能有定本.中华读书报,1996-10-09.
[30]鲁迅.非有复译不可.载鲁迅全集(5),(6).北京:人民文学出版社,1998.
[31]马红军.翻译批评散论.北京:中国对外翻译出公司,2000.
[32]茅盾.为发展文学翻译事业和提高翻译质量而奋斗.翻译研究论文集(1949—1983).北京:外语教学与研究出版社,1984.
[33]裘姬新.名著复译剖析——以阐释学理论为视角.浙江教育学院学报,2005(5).
[34]孙青.传统文化因素的过滤对文学翻译的影响.四川师范学院学报(哲学社会科学),2002(4).
[35]孙致礼.傲慢与偏见.南京:译林出版社,2000.
[36]孙致礼.翻译与叛逆.中国翻译,2003(1).
[37]谭载喜.新编奈达论翻译.北京:中国对外翻译公司,2000.
[38]托马斯·哈代.德伯家的苔丝.张谷若译.北京:人民文学出版社,1990.
[39]托马斯·哈代.德伯维尔家的苔丝.孙致礼等译.郑州:河南人民出版社,1999.
[40]王宏印.红楼梦回目辞趣两种英译的比较研究.外语与外语教学,2002(1).
[41]王科一.傲慢与偏见.上海:上海译文出版社,1990.
[42]许钧.翻译不可能有定本.载许钧主编翻译思考录.武汉:湖北教育出版社,1998.
[43]许钧.翻译思考录.武汉:湖北教育出版社,2000.
[44]许渊冲.翻译的艺术.北京:中国对外翻译出版公司,1984.
[45]喻云根.英美名著翻译比较.武汉:湖北教育出版社,2000.
[46]袁榕.名著重译应确保译文质量.外语研究,1995(1).
[47]张利群.中国古代意象的发生和表现及其理论构成意义.惠州学院学报

（社会科学版），2001(3).
[48]张玲，张扬.傲慢与偏见.北京：人民文学出版社，2001.
[49]张全之.突围与变革(二十世纪初期文化交流与中国文学变迁).西安：西北大学出版社，1997.
[50]张泽乾.翻译经纬.武汉：武汉大学出版社，1994.
[51]周仪，罗平.翻译与批评.武汉：湖北教育出版社，1999.
[52]祝庆英.简·爱.上海：上海译文出版社，1980.
[53]邹韬奋.致李石岑.时事新报(通讯栏)，1920-06-04.
[54] Charlotte, Bronte. Jane Eyne. London: Penguin Group, 1985.
[55] Davis, K. Deconstruction and Translation. Shanghai: Shanghai Foreign Language Education Press, 2004.
[56] Iser, W. The Implied Reader. Baltimore: The Johns Hopkins University Press, 1974.
[57] Iser, W. The Act of Reading. Baltimore: The Johns Hopkins University Press, 1978.
[58] Iser, W. Prospecting: From Reader Response to Literary Anthropology. Baltimore: The Johns Hopkins University Press, 1989.
[59] Kraszewski, Charles S. Four Translation Strategies Determined by the Particular Needs of the Receptor. Lewston: The Edwin Mellen Press, 1998.
[60] Snell-Hornby, Mary. Translation Studies—An Integrated Approach. Shanghai: Shanghai Foreign Language Education Press, 2001.
[61] Thomas, Hardy. Tess of the D'Urbervilles. Beijing: Foreign Language Press, 1994.

图书在版编目(CIP)数据

从独白走向对话——哲学诠释学视角下的文学翻译研究 / 裘姬新著. —杭州：浙江大学出版社，2009.9
(外国文学研究丛书)
ISBN 978-7-308-07033-1

Ⅰ.从… Ⅱ.裘… Ⅲ.文学－翻译－研究 Ⅳ.I046

中国版本图书馆 CIP 数据核字（2009）第 165034 号

从独白走向对话——哲学诠释学视角下的文学翻译研究
裘姬新　著

责任编辑　张　琛
文字编辑　何　瑜
封面设计　刘依群
出版发行　浙江大学出版社
（杭州天目山路 148 号　邮政编码 310028）
（网址：http://www.zjupress.com）
排　　版　杭州中大图文设计有限公司
印　　刷　杭州浙大同力教育彩印有限公司
开　　本　787mm×960mm　1/16
印　　张　12.5
字　　数　213 千
版 印 次　2009 年 9 月第 1 版　2009 年 9 月第 1 次印刷
书　　号　ISBN 978-7-308-07033-1
定　　价　26.00 元

浙江大学出版社发行部邮购电话　(0571)88925591